お茶壺道中

梶よう子

角川文庫
22919

目次

第一章　葉茶屋奉公

一

童たちが、輪になって唄っている。

「ずいずいずっころばしごまみそずい、茶壺に追われてとっぴんしゃん、抜けたらどんどこしょ、俵のねずみが米食ってちゅう、ちゅうちゅうちゅう――」

なだらかな斜面を緑の葉が鮮やかに彩る茶園が一面に広がっている。畝は等間隔に整えられ乱れがない。遠目に見るとさらに美しい。その畝の間を仁吉は息を荒く吐きながら懸命に走っていた。

「仁吉、仁吉」

輪の中から抜けて、声をかけてきたのは、幼馴染みの良介だった。仁吉は、走りなが

ら振り返り、

「お前は見に行かないのかぁ、御茶壺道中が出立する日だぞ」

後ろ向きのまま大声でいった。

「相変わらず、好きだなぁ。おらはもう見飽きたよ」

「ならいいよぉ」

前に向き直った仁吉は跳ねるように再び駆け出した。

仁吉は宇治で生まれ育った。両親は茶園で働いている。毎年江戸から下って来る御茶壺道中の見物に行くのが大好きだった。

五月の上旬、江戸を発った御茶壺道中の一行が東海道を上り、宇治に来る。仁吉の心は浮き立つ。上さまのために、丹誠込めて栽培された茶葉が宇治から江戸へはるばる運ばれて行くのだ。

宇治は上さまのための茶を作り、買い上げていただく。仁吉は、その誉れと誇りを強く感じている。茶葉作りに手間ひまをかけ、慈しんで作る。緑の鮮やかな葉が、その一服が、安らぎを与えてくれるのだ。

江戸におわす上さまに、そうした時を楽しんでいただく。上さまをお守りするのも、ご政道の力になるのももちろんなくてはならないお役目だ。が、心穏やかな時をお過ごしになる、その手助けをしていると、宇治では皆、思っている。

――うわあ、やっぱりきれいだ。

宇治橋を渡って先頭を行くのは採茶使。その後ろには茶坊主、奴、徒士、そして、茶壺を載せた駕籠がいくつも連なり、しずしずと進んで行く。駕籠には徳川家の家紋である三葉葵が光っていた。

この行列が江戸に到着するのは初夏だ。

「おや、仁吉じゃないか。また見送りに来たのかい」

御茶師の上林家の当主十代目春松がにこにこと笑みを浮かべながら声を掛けてきた。

うん、と仁吉は元気に返事をして、大きく頷いた。

そうかそうか、と上林は仁吉の頭に優しく手を置いた。

山城国に属する宇治郷は、あたりに天領、寺社領、藩領が入り組む、複雑な支配地である。御茶師は、かつては在郷の有力な代官を務めたこともある。御茶師たちは京都町奉行の管轄下にあり、御茶壺道中の壺に納める茶葉は、宇治でも限られた数家の御茶師が交替で務める御茶頭取によって、差配されていた。

茶師には様々な位があり、江戸から運ばれてきた茶壺に茶葉を詰められるのは、宇治で数十家の御茶師だけと決められていた。御茶師は、朝廷や幕府へ碾茶（抹茶）を納入する特権を与えられ、その下には御控茶師、あるいは平茶師と呼ばれる者がいて、もしも御茶師が栽培する茶だけで足りないときはその不足を補い、また茶葉の小売り業などもできた。

上林家は古くから続く御茶師の一家だ。

その年一番の濃茶は、半袋（はんたい）という長さ四寸ほどの紙袋に詰め、それを中心に据え、周りに薄茶を詰める。むろん、粉状の抹茶ではなく、摘み取った茶の若芽を蒸して、乾燥させたものだ。

昔々は、江戸から宇治に届く茶壺が百以上もあったという。それが、八代吉宗（よしむね）のときに縮小されてしまい、以降、御茶壺道中は、少しずつ衰退した。が、十一代家斉（いえなり）のときには、再び大層な行列となった。

江戸から運ばれる空の茶壺は数が少なくなったが、帰りは増えて、やはり百壺余りにもなったという。

「まだしゃべれもせん頃から母親に負ぶわれて御茶壺道中一行を見送っていたものなぁ」

「だって、宇治はずっと昔から上さまが飲まれる碾茶を作っているんだ。将軍さまの世が続くかぎり、ずうっと道中も続くんだろう？　茶師さま」

仁吉は真剣な眼差（まなざ）しを上林へ向ける。

「ああ、そうや。泰平の世を作った徳川さまが選ばれた宇治の茶は日本一なのだよ」

上林が仁吉の頭を撫（な）でる。

一行はどんどん離れて行く。仁吉は後方の奴の姿が小さくなるまで見送っていた。

「ねえ、茶師さま、今年の茶葉はどんな塩梅（あんばい）だい？」

上林が孫を見るように眼を細める。

「どんな塩梅とは、生意気な口を利くね。いったろう、宇治の茶は日本一や。今年の茶葉も上出来や」

　仁吉は、へへっと鼻の下を指でこすった。

「宇治は茶葉に適した土なんだから当たり前だよね。それに今年は暑くも寒くもなかったし、雨もほどよく降ったし」

　ははは、と上林は上機嫌に笑う。

「お前は本当に面白い子やなあ。仁吉もふた親のように茶園で働くとええ」

「うん。おいらがもっと美味しい茶葉を工夫するからさ。香りがよくて、甘みと深みがあってさ」

「そら頼もしいな」

　上林家の当主は眼を細め、もう一度仁吉の頭を撫でた。


　はっとして仁吉は眼を覚ました。中二階の奉公人部屋はまだ闇に落ちていた。歯ぎしりや寝言があちらこちらから聞こえる。ああ、そうかと呟き、仁吉はひとり、合点した。遅咲きの桜がすっかり散り、梅雨寒が終わると暑さがやってくる。

　宇治を出立した採茶使一行が江戸に到着するまであと半月ほど。だからこんな夢を見たのかもしれない。ちょっとだけ口許を緩めて、再び眼を閉じた——。

　早朝、仁吉は通りの掃除をする。近所の人々と挨拶を交わしながら、竹箒を動かす。

「おーい、仁吉。表の掃除が終わったら、弥一の世話を頼む」

手代の長次郎が店座敷から怒鳴った。「承知しました」と、仁吉は応え、軒下に吊るされた看板を眺める。細長の看板には『宇治製御茶処・森山太兵衛』とある。

仁吉が奉公しているのは、日本橋に店を構える森山園という宇治茶を扱う葉茶屋だ。山城国宇治小倉の控茶師の甥、三右衛門が営む葉茶屋森川屋から、三代前に暖簾分けされた店だった。森山園にとっては江戸の森川屋が本店ということになる。

早く客を相手に茶葉を売りたい、と仁吉は思っていた。手代とともにお得意先回りはしているが、ただの荷物持ちだ。お店でも、まだ接客はさせてもらえない。

掃除を終えて竹箒を片付けると、古い帳簿を持って仁吉は中二階に上がった。すでに弥一が文机を前に座っている。弥一は十二歳。森山園に入って一年半経った。古い帳簿を使って、算盤の練習をさせている。数字がただ並んでいればさほどの苦労はないが、お店には金額を表す符牒があるので、それを覚えることが肝心だ。森山園では、●や▲、■、「」を組み合わせて値を表す。支払いの悪い客、渋る客も符牒によって記される。

それ以外にも、お店だけで通用する隠語はいくらでもあった。それを覚え、使いこなすことで、奉公人として認められる。

「さ、やろうか」と、仁吉の横に座った。

弥一は少し膨れっ面をしていた。算盤が面倒なのだろう。だがお店に一緒に入ってきた者たちより遅れている。その分、早く追いつかねばならない。隠語や符牒や算盤も飲み込みは悪くないのだが、生来、怠け者なのか、興味が持てないせいなのか、どうにもやる気が感じられない。奉公人としての先が思いやられた。

番頭の幸右衛門に命じられ、仁吉は、弥一の面倒をみさせられていた。先年、新たな奉公人を十人迎えたが、弥一よりひとつ下の十一の子がすでに手代とともに店外に出る仕事をしている。それは顧客への顔見せの意味もある。

弥一も、少し前まで手代とともに得意先を回っていたことがあった。

だが、弥一は手代や若衆らの目を盗んで勝手に寄り道する癖があった。あるときは、しゃぼん玉屋の後をついていってしまい、迷子になって、幸右衛門に大目玉を食らった。もっとも在郷から賑やかな江戸に来たという物珍しさが先に立ってしまうことはなにも弥一だけに限らないが、少々眼に余る。

かつては仁吉もそうだった。人で溢れ返る両国、浅草、少し乱暴で早口な江戸の人々の言葉遣い。騎馬の侍や大名行列、早駕籠が通る日本橋通り、棒手振りの売り声、河岸の賑わい。なにより侍の多さには眼を瞠った。ここには、日本中の侍がいるのだと思った。江戸城と富士の山。宇治川の清冽な流れよりも、満々と水を湛える大川には、常に数十もの舟が浮き、架かる橋の上は、いつも忙しなく人が往来し、怖いくらいだった。平地となだらかな丘陵に青々とした茶畑が見渡す限り続いていた宇治とは違って、江戸は家々が密集し、旗本や大名屋敷の長い塀や厳しい門が立ち並んでいた。在所とまったく違う風景に臆したり、胸を躍らせたりもした。うっかり立ち止まり、叱られることもしばしばあった。

茶園で茶葉を栽培する望みもあったが、こうして葉茶屋で奉公して、江戸の人々に宇治の茶を広めるのも、在所のためになる。だから早く商いを覚えて、お店の役に立ちたい。

窓を開け放していても、天井板の張られていない中二階は、屋根に直に陽が当たるせいか、蒸し暑い。かしこまっていると膝裏に汗が滲んでくる。帳簿を繰りながら、弥一はそれがうっとうしいのか、ときおり指でかきむしる。

階下からは客の応対をする声が、表通りからは童たちのうたう子とろ子とろが聞こえてくる。

「いいなぁ、ちっちゃい子どもは遊んでいるばかりで、うらやましいよぉ」

「ほらほら弥一、手が疎かになっているぞ。手許に集中しないと間違える」

仁吉は厳めしい声を出す。弥一はすぐに他のことにとらわれてしまう。たしかに、訳のわからない●や▲を数字にするのだ。飽きがくるのも無理はない。弥一をたしなめつつも、童の唄声に仁吉は懐かしさがこみあげる。幼子の頃、茶園を走り回って、ふた親に怒られながらうたった唄――。

ずいずいずっころばし、ごまみそずい、茶壺に追われてとっぴんしゃん、抜けたらどんどこしょ、俵のねずみが米食ってちゅう、ちゅうちゅうちゅう、と仁吉が小声でうたう。

えっ、と弥一が珠を弾く指を止め、急にうたい出した仁吉へ顔を向けた。

「その唄、知ってるよ。おっ父さんが呼んでも、おっ母さんが呼んでも、いきっこなしよ、井戸の周りでお茶碗欠いたのだぁれ、だろ？」

弥一が仁吉の後を続けた。

「この唄にちゃんと意味があるのは知ってるだろう？」

そう仁吉が問うと、弥一は首を横に振る。

ずいずいずっころばしは、山城国宇治郷から将軍家に茶葉を運ぶ御茶壺道中の情景を表しているといわれている。

行列がやって来たら、戸をぴしゃりと閉めるから、とっぴんしゃん。通り抜けたら、どんどこ騒いでも構わない。けれど、鼠が米を食べても、父親母親に呼ばれても、井戸で茶碗が割れても、行列が過ぎ去るまでは静かにしていなければいけないと、子どもたちを戒める唄だと仁吉はいう。それほど、御茶壺道中というのは、権威と威厳のあるものだった。

「へえ、そんなこと気にせずに唄っていたなぁ、おいらは」

古い時代には、幕府のお役人以外に、人足は千人以上、茶壺も百をゆうに超すほどだったと教えると、弥一は、大きな眼の玉をぐりぐりさせて驚いた。

「なあ、仁吉兄さん、御茶壺道中ってのはそんなに偉いものなのかい？」

そうだよ、と仁吉が応える。

「弥一の生まれは、和束だったよなあ」

うん、と素直に頷いた。だとすると、宇治から少し離れているため御茶壺道中を眼にしていないのかもしれない。

百余りの茶壺の中でも、御物御茶壺は将軍家が、それ以外の茶壺は、大奥や寛永寺、増上寺などに下される。

茶壺の行列は、旗本や大名行列以上の格式を持ち、万が一御茶壺道中と遭遇してしまった場合には、大名家でも路傍に寄り、道を譲らなければならない。

行列を従える幕府の役人たちは、逗留先で下にも置かぬ歓待を受け、我が儘放題であるという。だが、万が一、茶葉を濡らす、壺を割ってしまうというようなことがあったら一大事だ。切腹ものになるかもしれない。それだけ、皆が常に気を張り詰めているのだ。仁吉は、行列の者たちがただ横暴を繰り返し、迷惑を掛けているだけとは思えなかった。ある種、命がけともいえるお役目なのに違いない。御茶壺道中を終えたあと、ひと月の間休養を許されると耳にしたことがある。それだけ、辛い役目なのだろう。

茶と武士との繋がりは昔々からある。茶葉の産地、品質などを飲み当てて勝負を競う闘茶という遊びも盛んに行われていた。また、武士階級に広まった禅宗とも深くかかわっている茶の湯は、武士の嗜みのひとつとして、不可欠なものになった。

いまも茶会は多く開かれている。森山園の得意先のほとんどが武家だ。

「仁吉、仁吉、いるかい？」

台所衆の爺さんが、梯子段の下から、声を張り上げてきた。

大旦那の太兵衛が呼んでいるという。

「ただいま参ります」と、仁吉は応えた。

仁吉が奉公に入ったのは三年前だ。

安政二年（一八五五）十月二日の夜、江戸に大きな地震があり、森川屋、森山園の両店でも多くの犠牲者が出た。その穴埋めのために、翌年、森川屋の主人、三右衛門が直々に宇治にやってきて、仁吉を含め、十一から十二歳ほどの子どもを三十名雇い入れた。

実は、前年の元年に宇治でも大きな地震があった。茶園や家屋に多くの被害が出た。その中で故郷を離れる心細さを覚えたが、仁吉のふた親は人の多い江戸で宇治茶を広めてくれたら張りになると背を押してくれた。

しかし江戸に到着し、潰れた家屋や、地震の後に出た火事でまる焼けになった処、お救い小屋で酷い暮らしを余儀なくされている人々の姿を眼の当たりにしたときには、本当に奉公が勤まるのかどうか不安に駆られた。地震の被害はあちらこちらに見て取れ、仁吉を含め子どもたちは、恐ろしさに身を震わせた。それでも、地震から復興し始め、次第に町が活気を取り戻すと、人の行き来のあまりの激しさにめまいすら覚えた。ここが江戸なのだと、ここで働くのだと、仁吉は気を引き締めた。

三右衛門の伯父は、広い茶園を持ち、茶作人を多く使っていた。仁吉の父親も母親もそこで働いていた。その縁ももちろんあったが、仁吉の寺子屋での勤勉さが認められて江戸に来ることになったのだ。二十名が本店の森川屋に、十名が森山園に振り分けられた。したがって、江戸店といっても、奉公人は在所の者だけだ。江戸の者を雇うことはない。

仁吉の幼馴染みの良介が森川屋に行ってしまったのは寂しかったが、互いに番頭になるまで勤め上げようと誓い合った。良介とは寺子屋で算盤、読み書きを競い合った仲で、一番の仲良しでもあった。

だが、宇治郷から江戸にやってきた三十名の子どものうち、三年後に奉公人として残っているのは約半分だった。皆、親が恋しくなったり、病に罹ったり、不幸なことに、昨年夏、江戸で猛威を振るった虎列刺で命を落とした者もいた。けれど、それで死んだことは店外では話さぬよう口止めされている。虎列刺に罹患した者がいた店と噂が立つのを恐れたためだ。すぐにお店が持っている根岸の寮（別荘）に運び込まれたが、医者も怖がって往診にも来なかった。幼い子どもが罹ったらひとたまりもない。嘔吐や下痢で体力を消耗し、衰弱して死んでいった。森山園では虎列刺除けのため、店の者全員が護符を枕の下に入れて眠った。護符があってもなくても患う者は患った。

「親許に亡くなったことを報せるのは辛いよ」

幸右衛門が顔を曇らせていっていた。

この流行病で死んだ者は、江戸市中で十万余名とも、二十六万余名に上ったともいわれ、火屋（火葬場）は大混雑だったという。怖かった。往来で突然倒れたりする者もいた。看病していた者まで患ってしまう。その上、将軍家定の薨去があり、鳴りもの禁止で、江戸の町はまるごと通夜のようだった。

本店の良介が森山園に遣いで来たとき、元気なその姿を見て、互いに手を取り合って喜んだ。

ふたりで、「運を拾ったようなものだ。互いに番頭になろう」と、再び誓った。

今年、安政六年（一八五九）が明け、仁吉は十五になった。そろそろ半元服、そして本元服を経て、一人前の大人として扱われることになる。いまはまだ、子どもと呼ばれているが、元服後には若衆となる。子どもは、お仕着せと食事が与えられるが、給金はない。が、元服すれば給金が出る。仁吉の胸は躍る。初めての給金は、親許に送ろうと決めていた。まだ数年、宇治に帰ることは許されないが、ちゃんと勤めているのだと安心させることができる。

仁吉は腰を上げながら、

「弥一、私が戻ってくるまで、心構えをよくよく読んでおくんだよ。わかったね」

強い口調でいった。仁吉がいなくなった途端に怠けそうな気がしたからだ。

唇を尖らせながら弥一は、壁に貼られた奉公人心構えを唱え始める。

「ひとつ、普段から店の定法を守ること。ひとつ、御仏、両親に感謝し、主人によく仕え、先達のいうことをよくきくこと。ひとつ、奉公人同士、互いに助け合うこと。ひとつ、言葉遣いは――」

「ていねいと読むんだよ」

仁吉が教えると、ああ、そうかと弥一は「丁寧にすること」と読み進めた。仁吉は少し安堵して梯子段を下りる。店と居宅を繋ぐ廊下を、音をたてずに急いだ。

大旦那の太兵衛の居室は、母屋の一番奥にあった。岩や池などが配された裏庭に面する座敷で、初夏のこの時季は、色とりどりの花が咲き、香りも華やかだった。庭の一角に植えられているのは茶の木で、そろそろ新芽を摘んでもよいころだ。

太兵衛は、寝間着から普段着にようやく着替えたばかりだった。右膝を痛めているが、誰も着替えの手伝いには来ない。まだまだひとりでできると、太兵衛が拒んでいるという話を聞いた。太兵衛の朝は誰より遅い。歳を重ねれば早起きになるはずだと陰口を叩いていたのは誰だったか。けれど、仁吉は、夜遅くまで太兵衛が帳簿の整理をしているのを知っている。

「大旦那さま、おはようございます。いますぐに茶をお淹れします。あ、梅干しもお持ちいたしますね」

「急がなくてもいいよ」

仁吉を静かに見返し、頷いた。太兵衛は朝起きると、濃いめの煎茶で喉を潤し、梅干しをひと粒、少しずつ齧る、それで朝餉は仕舞いだ。これをもう五十年も続けているという。太兵衛はすでに古希を過ぎていた。二十歳のころから——つまり十年前に亡くなった内儀と祝言を挙げてから続けているのだ。

いつだったか、「かみさんの飯がまずくてね。朝から食わされては仕事をする気が失せるので梅干しにしたのだ」と、嘘かまことか仁吉に洩らしたことがあった。

太兵衛の息子利兵衛夫婦は昨夏、箱根に湯治に出掛け、その帰路、亡くなった。なぜ年老いた自分が残されたのかと嘆いている姿が葬列の者たちの涙を誘った。

いまは孫娘夫婦が店を切り盛りしているが、実権は、いまも太兵衛が握っている。孫娘のお徳はそれが気に入らない。けれど、お徳が菓子屋の三男坊の恭三に入れあげて、なにがなんでも一緒になると我が儘を通したとき、まだ存命であったお徳の両親を祖父である太兵衛が説得したこともあり、苦々しく思いながらも頭が上がらないのだ。

仁吉が座敷から下がろうと、障子に指を掛けた。

「開けたままでいいよ。鳥の鳴き声がするね」

ぴーるり、と高い鳴き声がする。

「おや、珍しいですね、瑠璃鳥でしょうか」

仁吉は眼を細めて庭の樹木を見上げる。しかし、青い羽をした美しい姿はどこにも見当たらなかった。仁吉は太兵衛の座敷を辞して、すぐさま台所へ行き、梅干しをひとつ皿に載せ、とって返す。湯を沸かす小さな火鉢である涼炉とその上部に置くボーフラを準備した。湯が沸くと、湯飲み茶碗にまず湯を注ぐ。上質の茶葉は、熱い湯を注いでは風味が損なわれる。急須に茶葉を入れ、湯飲み茶碗の湯を急須に移す。それから、小振りの湯飲み茶碗に静かに茶を注ぐ。美しい翠玉色で、ふくよかな葉の香りがする。急須を軽く振り、最後の一滴まで洩らさずに入れた。

「相変わらず茶の淹れ方がきれいだね、仁吉は。所作はどこで習ったのだい？」

「在郷の母より煎茶の淹れ方を教わりましたが、もちろん正式な作法ではございませんのでお恥ずかしいですが。此度は、宇治田原の煎茶でございます」

茶碗を茶托に載せ、太兵衛の前に置く。

「これはうれしいね。私の祖父の故郷だ」

太兵衛は、昔を懐かしむような遠い眼をした。そして茶碗を覗き込み、いい色だ、と満足そうに頷く。宇治田原は、煎茶の製法を最初に編み出したといわれる。それまでは、碾茶（抹茶）以外は、茶色をしたほうじ茶や茶釜で煮出す番茶が主だった。庶民の口に入るのも、番茶、ほうじ茶、あるいは麦湯だったが、この製法が広まると、澄んだ緑色をした煎茶はたちまちもてはやされたのだ。

「そういえば、どうだね、本店の三右衛門からの報せはないかね」

「すでに五月の中旬には、お行列が宇治を発ったと伝わってきましたが」

仁吉は急須の蓋を取る。こうしておくと茶葉が蒸れず、二煎、三煎と楽しむことができる。

ほうほう、と白い眉を下げ、太兵衛が相好を崩す。

御茶壺道中は、往路は東海道を通り、復路は、宇治から中山道を通り、美濃路から東海道を経て、天候の乱れがなければ最短十二日間で江戸に到着する。

「今年は冷害もなく、茶葉の生育も例年通りと伺っております」

「なに、仁吉がそわそわしていないものだから、まだなのだろうと思ったのだがね。到着のときには、また見ておいで」

「恐れ入ります」

宇治の御茶壺道中は、ずっと以前から、その荘厳華麗な茶壺の行列の様子が語り継がれてきた。

仁吉はそれを幼い頃から聞かされてきた。江戸から行列が到着すると、真っ先に出掛けた。

初夏、幕府の採茶使、数寄屋坊主、駕籠かき、金箱担ぎ、それを警固する徒士たちが、大勢やって来る。

御用を務める御茶頭取以下の御茶師たちが十徳を着けた正装で、宇治橋東詰めで一行を出迎える姿を、幼い頃から仁吉は眺めていた。そして、行列が江戸へ出立するときは、何をおいても見送りに行く。行列が豆粒ほどになるまで立って見ていた。

御茶師のうち、御通御茶師という家がある。将軍家が宇治の茶葉を買い上げるきっかけになったのは、この者たちが、本能寺の変に際し、神君徳川家康公が三河へ逃げ帰る手助けをしたからだ。

「まったく、ふしぎなものさ。本能寺からもう幾年経っているかねぇ、お武家はまことに恩を忘れないね。そこへいくと商売人は、儲け話があればあっさり掌を返すこともある。やれやれ、因果なものだ」

太兵衛は美味そうに茶を含み、梅干しを指先でちぎって口に入れると、「ああ、すっぱ」と頬をすぼめる。源助に塩が多いと伝えなければ、とひとりごちた。

仁吉は、指を使って懸命に数える。

「あ、かれこれ二百八十年ほど前になりますね」

ほう、数えていたのかと、太兵衛が驚く。

「お前、よく本能寺の変がいつだったか知っているね」

「うろ覚えですけれど、天正十年が本能寺の変で、慶長五年は関ヶ原」

それ以降は、様々な事件や天変地異などの記憶を辿った、と仁吉は気恥ずかしそうにいった。

「やはりお前をこちらで雇ってよかった。三右衛門も、お前を欲しがっていたからね」

本店森川屋の主人三右衛門は、亡くなった自分の息子ほども歳が違う。

吟味があったのを覚えているかい？　と太兵衛が悪戯っぽい笑みを浮かべた。

「吟味などありましたか？」、と仁吉が首を傾げる。

太兵衛は、うふふと含むように笑い、三十名の子どもの前に、茶葉を載せた四枚の皿を置き、それぞれの産地はどこかいわせただろう、といった。見た目と香りだけでいい当てろといわれたのだ。ああ、と仁吉は頷いた。十一、二歳の子どもたちだ、ただの遊びと思って、皆でわいわい大騒ぎした覚えがたしかにある。

幼馴染みの良介以外の者たちは、駿河、薩摩、河越（狭山）などさまざまな産地をいった。

「あれは単なる戯れではなかったのですか？　三右衛門さまも、大旦那さまも、あのときの答えは教えてくださらなかった。いま、お教えくださいまし」

仁吉は膝を乗り出した。

「そう、勢い込まずとも良いだろう」

じつは、と太兵衛はさらに笑いながら切り出した。

「あれは、みな宇治の茶だ」

はぁ？　と仁吉は呆れ返った。

「子どもは素直だ。違う皿に載せて、産地を当てろといえば、懸命に考えて別の場所をいう。だが、お前と森川屋の良介だけは、宇治の産だと譲らなかった。私たちが、幾度もそれでいいのかと意地悪く念を押して訊ねてもだ」

そういえば、三右衛門は、きりりとした細面に、にやにやと笑みを浮かべていた。

「それに加えて、お前は、小倉、田原、宇治、和束と呟いていただろう？」

「はい。茶葉の色、撚り、香りがわずかながら違っておりましたので」

「それで、三右衛門が色めき立ってな。どうしても仁吉が欲しいというので、賭けをした」

太兵衛はさもおかしいとばかりに、前屈みに腰を折った。

「賭けですか？」

仁吉は驚いた。まさかそこまで試されているとは思いも寄らなかった。

「なに、つまらない賭けさ。色を訊いたはずだよ。緑と朱色のどちらが好きかとね」

ああ、たしか良介は、緑だった。茶園の色だからといったのだ。

「そう、仁吉、お前は朱だった。宇治の仕事終わりの夕焼けの色だとね」

それは半纏の色だった。三右衛門の店は緑色。森山園は朱。

「それで、うちがお前を引き受けたというわけさ。いやあ、三右衛門は地団駄踏んで悔しがった。あんなに悔しそうな顔は、うちが阿部正外さまの御用を受けたとき以来だった」

阿部は三千石の旗本だ。小普請組支配役から、このたび禁裏付を拝命されている。大老の井伊掃部頭直弼に眼をかけられているというお方だと、番頭の幸右衛門がいっていたことがある。

「阿部さまのお祝いには伺うのかね？　お届け物をするときには、粗相があってはならないぞ」

と、太兵衛は、頰を緩ませっ放しだったが、

「まあ、でも利兵衛、いやせめて嫁だけでもいれば、森山園ももっと落ち着いた商いができていたのかもしれないね」

そう呟き、息を洩らした。

二

「ところで幸右衛門から聞いたのだがね、三右衛門が、横浜に葉茶屋を出すというのはまことかね」

太兵衛が仁吉を探るような目付きをした。

「私は伺ってはおりません。大旦那さま、私はまだ半元服も済ませていない子どもの扱いですよ。本店の話など耳にいたしません」

仁吉が茶道具を片付けながらいうと、ふむと太兵衛が小首を傾げた。

安政元年（一八五四）に、幕府は日米和親条約を締結した。もちろん、仁吉はそんなことは知らない。その前年に浦賀という処に、黒い船が四隻もやってきて、その大将が天狗のような顔をしたぺるりという亜米利加人だと、大人たちや寺子屋の先生が騒いでいたのを聞いただけだ。

その際に、

『泰平のねむりをさますじょうきせん　たった四はいで夜も寝られず』

という落首が出た。これは蒸気船と上喜撰を掛けた洒落だが、「上喜撰」というのは、宇治の「喜撰」という煎茶の銘柄の中でも最上級の品だ。仁吉は、落首になるほど、江戸でも宇治の茶葉が広まっているのが嬉しかったのを覚えている。

太兵衛は苦虫を嚙み潰したような表情をしながら、幕府が横浜に店を出すように大店に通達しているようだといった。

横浜は、東海道から外れた寒村だった。そこに町を造ってしまおうという考えらしい。

「町を造るのですか？」

うむ、異人のためのな、と太兵衛はいった。

「ではでは、長崎のようになるのでしょうか。異国船のための港ができるのですね」

仁吉は思わず身を乗り出した。口調も弾んだものになっていた。それがどうしてなのかわからなかった。ただ、ひとつだけ、異人はどんな茶葉を口にするのだろうと思ったのだ。

森川屋の主人三右衛門が、横浜に店を出すというのは、きっと異人との商いを目当てにしているのだ。商いを広げるのは商人として当たり前なのかもしれない。

「大旦那さまは、どう思われますか？」

仁吉が訊ねると、太兵衛は口をへの字に曲げ、

「茶は味、香り、色だ。産地によっても、独特の風味がある。異国の者などにわかるものか。あやつももう四十を過ぎておる。新しい場所には、多く人が集まる。まして商売相手が異人なら、どんな手を打ってくるかもわからんのだぞ。丸裸にされなければよいがの」

と、吐き捨てたが、どこか息子を心配するような口振りに感じられた。

「そうだ、半元服も済ませていないといったが、仁吉は、幾つになった」

「十五でございます」

太兵衛が、いきなり眼を見開いた。

「なんとしたことだ。すまなかった。まったくお徳はなにをしているのやら。奉公人への目配りがまったくなっておらん。恭三も恭三だ。主人のくせになにもせんのか。半元服をして、それから本元服だ。仁吉と同じ頃に奉公に入った者たちもそうだろう？」

ひとつ歳上の者たちはすでに元服を済ませている。青々とした月代が仁吉の眼に眩しく映った。元服をすれば、ひとりで外へ仕事に出掛けられる。もう子どもとは呼ばれなくなる。若衆となれば給金ももらえる。そのあとは平手代になり、手代へと続く。店の中心に入れるようになるのだ。

「すぐにお徳へいっておくよ。悪かったな。お仕着せも窮屈だろう。背丈も随分伸びた。私も気づかず悪かった」

太兵衛が申し訳なさそうに眉尻を下げた。

「とんでもないことでございます。ありがとうございます。一層、奉公に励みます」と、仁吉は背筋を伸ばした。自分でも驚くほど声が高くなっていた。

「ははは、元気がよいのう」、と太兵衛が満足げに首肯した。

とうとう元服だと胸を躍らせながら太兵衛の居室を出、中二階へ上がると、弥一が文机に突っ伏してうたた寝していた。

「弥一、起きろ」

「あ、兄さん」、と眼をこすりながら半身を起こした。

「駄目じゃないか。怠けていたら――」

仁吉が帳簿を見ると、ちゃんと終えていた。

えへん、とばかりに弥一が胸を張った。

「これなら安心だよ。じゃあ、今度は私が数を読み上げるから、それを弾いておくれ」

はあ、と弥一はため息を吐きながら、算盤の珠をぱちぱち弾き始めた。と、

「ちょっと、仁吉。下りていらっしゃい」

甲高い声が階下から響いた。弥一の動きがぴたりと止まる。太兵衛の孫、森山園の内儀のお徳だ。

「いるんでしょ。もたもたしないで早くいらっしゃいっ」

「ただいま」と、仁吉は慌てて梯子段を下りる。

眉間に皺を寄せたお徳が梯子段下で腕を組み、待ち構えていた。

「ああ、ここに来ただけで相変わらず葉っぱ臭いわねぇ」

葉茶屋の内儀とは思えぬ言葉を吐きながら、きっ、と仁吉を睨め付けてきた。

「あんた、お祖父さまに元服はまだかって迫ったの？　どういうつもり」

仁吉は面食らった。

「そりゃあね、十五にもなって、つんつるてんのお仕着せは嫌だろうけどさ。あーあ、膝まで出ちまってみっともないったらありゃしない。それにしても、奉公人の分際で大旦那さまに元服を迫るだなんて。あたしだってね、ちゃんと考えていたわよ」

「あ、ありがとうございます」

仁吉は頭を下げた。

店と母屋を分ける朱色の長暖簾を乱暴に撥ね上げて幸右衛門が急ぎやって来た。お徳の声が店座敷にまで聞こえていたのだろう。

「お嬢さま。仁吉が粗相をいたしましたか」

「お嬢さまじゃないでしょ、お内儀さんと呼びなさい」

お徳は後れ毛を撫で付けた。十八になったばかりの若妻は、眉のそり跡も初々しく、赤い唇から覗く鉄漿にも色気がある。

「お祖父さまにねだったんだから、あんたの元服は特別な吉日を選んであげるわよ。楽しみにしていなさいね」

元服、と呟いた幸右衛門が仁吉を見る。事の次第を把握したようだった。

お徳は、何かを思い出したようにぱちんと手を鳴らした。

「丁度よかったわ、幸右衛門。あたし、旦那さまとこれからお芝居にいってくるから。あとは頼むわね」

えっ、と幸右衛門が眼を見開いた。

「本日は、お旗本の阿部さまのお屋敷へお祝いのご挨拶に伺うことになっておりますが」

お徳は顎に指をあて、しばし考え込んだ。

「あら、すっかり忘れていたわ。だって、今日は海老蔵の追善興行よ。なら、足の悪いお祖父さまを手伝って、お前が行ってきてよ。お祖父さまは、店をいまだに自分の物だと思ってるんだから。恭三さんという立派な主人がいるのに、いまだに名を譲ろうともしないし」

憎々しげにそういうと、お徳は「なにを着ていこうかしら」と、うきうきした足取りで奥へと入っていった。

海老蔵は七代目の市川團十郎だ。病で臥せっていたが、今年の三月、養生の甲斐なく逝ってしまった。お徳と恭三は芝居小屋で出逢って互いに一目惚れした。そうしたふたりなら、人気役者の追善興行に連れ立って出かけるのも致し方ない。

幸右衛門は、肩で大きく息を吐いて、気の毒そうに仁吉を見る。幸右衛門は仁吉が元服をねだったなどとは、微塵も考えていないのだろう。

「お嬢さまにも困ったものだ。恭三さまもちっとも商いに身を入れようとはなさらない」

恭三は菓子屋の三男。祝言を挙げるときこそ、菓子と茶とはいい取り合わせだと、太兵衛も喜んでいた。しかし、この恭三が、遊び好きのぼんぼんで、茶よりも酒好きという男だった。

以前のお徳はああではなかったと、幸右衛門はまたもやため息を吐いた。奉公人を優しく見守り、ひとり娘として店を守り立てようと考えていたのだという。あの不幸さえなかったら、とぼやく。事故でふた親が逝ってしまったことをいっているのだろう。

「ただねぇ、うちの店は当然宇治の出の者ばかり。お嬢さまも恭三さまも江戸生まれ、どこか違うのかもしれないね」

やれやれとばかりに幸右衛門が首を横に振った。が、不意に仁吉を見て口を開いた。

「そうだ、仁吉。お前、阿部さまのお屋敷に付き合っておくれ。お嬢さまが伺わなかったことを、大旦那さまに告げ口するわけにもいかないから。でも、その恰好では、少々みすぼらしい。誰かの小袖を借りておいで」

「ですが、弥一の面倒を見ないといけませんし、阿部さまでは荷が勝っています」

「弥一は他の者に任せるからいいよ。しかし、もう元服なんだ。阿部さまには顔繋ぎをしておいたほうがいい。さ、誰かの着物を借りてきなさい」

三千石の旗本。どんなお方なのか。ぶるっと武者振るいした。すぐさま、仲のいい若衆の小袖を借り、鮮やかな朱の半纏を着ける。襟に森山園の文字、背には店印が染め抜かれている。子どもでは半纏を着用出来ない。途端に身が引き締まる思いがした。

「なかなか似合うぞ。急に大人びた。前髪立ちなのはご愛嬌だな」

幸右衛門が笑う。前髪が残っているのは、自分でも決まり悪さを感じるが、こればかりはいかんともしがたい。

すでに駕籠が手配されていた。宇治の碾茶はもちろん、祝い酒や阿部の奥方への反物など、荷は山ほどあった。幸右衛門は徒歩で、仁吉は茶壺を守るために駕籠に乗せられた。阿部家は、麴町の千鳥ヶ淵近くである。

「阿部さまがおられるかどうかは、わからない。禁裏付のお役を承られたそうだから、そのお祝いだ」

禁裏付とは、帝がお住まいになっている禁裏御所の警備や、公家たちの監察を行うお役だと幸右衛門がいった。

「阿部家は白河藩主の分家筋にあたるお旗本でね。長兄の正定さまが白河藩主となられ、正外さまが、阿部家の家督をお継ぎになったのだよ」

森山園とは、いまの太兵衛からの付き合いで、碁仇だという。婿の恭三の実家が以前から阿部家に出入りをしていたことがきっかけで、出入りを許されるようになった。太兵衛が恭三を婿に迎えることに異を唱えなかったのは、そのせいもある。対局が終わると、太兵衛が茶を点て、楽しんでいるという。

駕籠は気持ちの悪いほどに揺れた。麴町周辺は坂が多く、下るときには前のめりになり、上るときには背が痛んだ。うかうかしていたら振り落とされそうだった。内側に下げられた縄を片手で摑み、茶壺をもう片方の腕で抱えた。

当主の正外は不在だったが、祝いの品を用人に預けた。

帰りは歩きだ、といった幸右衛門の言葉にほっとする。駕籠があれほど速くて乱暴な乗り物だとは知らなかったからだ。茶壺を守るのに精一杯だった。

長く延びる阿部家の屋敷の塀に沿い、幸右衛門の後ろについて、歩を進めていた。少々臆する気持ちがあったものの、阿部正外に挨拶出来ずに帰路につくのは、勢いを削がれた感じがした。

「なんだ、仁吉。面白くなさそうな顔をしているぞ」

仁吉の様子を見て取った幸右衛門がからかい混じりの言葉を投げてきたとき、棒手振りの豆腐屋が、売り声を上げながら通り過ぎ、右の角に消えていった。と、屋敷の裏口の潜り戸が急に開いて、若い娘が飛び出してきた。

手に笊を持っている。

「ああ、豆腐屋さんが行っちゃった」

また、怒られちゃうと、娘が呟いて肩を落とした。

「あの、豆腐屋なら、その角を右に曲がりましたよ。まだ間に合いますよ。それとも私が」

いい終える前に仁吉は駆け出していた。

仁吉は豆腐屋に追いつき、共に戻って来た。娘は、豆腐を数丁頼むと、ほっとした表情で、仁吉に礼をいった。

「ありがとうございます。昨日もお豆腐を買いそびれて、叱られてしまったので」

娘が仁吉を見上げた。額が広く、わずかに眦が下がっているが丸い眼をした娘だった。なにかに似ていると思ったが、思い出せない。

「わたし、阿部家の台所奉公をしております、おきよです」

ぺこりと頭を下げた。

「私は、森山園の奉公人で仁吉と申します」

番頭の幸右衛門がにやにやしている。

「さ、名乗りも終わったし、行くよ、仁吉」

はい、と仁吉は身を翻す。ふと振り向くと、豆腐の入った笊から水をしたたらせながら、おきよはまだ頭を下げていた。

その仕草が愛らしかった。

奉公人たちは、番頭格から手代、平手代、若衆、子どもと順に並んで、板の間にきちりとかしこまって朝餉を食べていた。番頭は通いなので朝は共にしない。

膳の上は一汁一菜。香の物がつくだけの質素なものだ。皆で二十五名ほどいるが、台所衆の源助爺さんは、飯だけはこんもりと盛ってくれる。とはいえ、十四、五歳の少年たちの腹は当然満たされるはずがない。仁吉もそのひとりだ。隣に座る弥一の魚をついついじっと見てしまう。

「兄さん、魚を半分、あげようか」

弥一がにっと笑った。

「なにをいうんだ、お前がお食べ。私はもうこの食事にはなれているから」

いったそばから、腹が鳴る。仁吉は咳払いをしてごまかす。

そのとき、斜め向かいに座っている平手代の友太郎が仁吉をちらと見て、隣の平手代に何事か話しかけた。友太郎が、くくっと肩を揺らす。

「友太郎兄さん、食事中の私語はいけないのですよ」

弥一がいった。友太郎が、きつい眼差しを弥一へ向けた。

「おい、先に話していたのはお前たちだぞ」

弥一が真っ赤な顔をして俯き、唇を尖らせた。友太郎が、ふんと鼻を鳴らす。

「仁吉。食事が終わったら帳場へ来ておくれ」

幸右衛門が、暖簾を分け、顔を覗かせた。

いつもの算盤と符牒の修練を他の子どもたちと一緒にするように弥一にいうと、仁吉は、自分の膳を片付け、帳場の幸右衛門の許へ急いだ。

帳場に座っていた幸右衛門が、仁吉の姿をみとめると手招きし、にこりと笑った。

「仁吉、いよいよ御茶壺道中が二日後には到着するようだぞ。今年も見物にいくのだろう」

「はい」

仁吉は幸右衛門が呆れるほど、遠慮なく応える。

「まったく、お前には感心するよ。毎年御茶壺道中など眺めたところで、なにが面白いんだい?」

「番頭さんは、誉れに思わないのですか?」

仁吉は逆に訊ねた。幸右衛門が、うむむと唸った。

「そりゃあ、宇治の茶が公方さまのお口に入るのは、なによりだが」

「そうです。それに、宇治は東照大権現(徳川家康)さまの頃から、将軍家の茶を作ってきたのですよ。宇治茶は献上ではありません。きちんとお買い上げいただいているのです。それだけ、味、香り、色とお気に召されているということではありませんか」

献上茶と呼ばれているものは、試飲用の試し茶と、初冬の口切り前に新抹茶として飲む夏切り茶のごく一部だけで、それ以外は、幕府が購入している。

「まあ、そうだが、ね」

宇治の者たちには誉れだが、それ以外の土地の者たちにとって御茶壺道中は迷惑この上ない、と幸右衛門が苦く笑う。

「茶壺に追われての唄にあるとおりだよ。仁吉も知っているだろう？」

「ええ、もちろんです」

御茶壺道中は、将軍家だけでなく、御三家でも行われている。むろん規模は将軍家ほどではないが、街道沿いの藩では、農繁期であろうと、人足や馬などを提供しなければいけなかった。道の整備を命じられ、さらには、凧揚げも禁止、屋根の置き石も撤去、とむらいさえも延期させられる。休息場や宿泊先になったところはさらに気を遣う。酒肴でもてなし、宿場によっては、領主、家老までが挨拶に訪れ、城内に茶壺を入れて番をすることもある。

「大きな声ではいえないが、迷惑だと思っている方々も多いのだろうね。葵の御紋の威光を笠に着て、暗に金銭まで要求する茶坊主も多かったと聞く」

幸右衛門は遠慮がちに、こそっといった。

これは、私が聞いた話だが、と幸右衛門が続ける。

江戸まであとわずかの箱根で、寝ずの番をしていたお武家が御茶壺を運ぶ緊張に堪えられなくなって、突然暴れ始め、酌婦を斬り殺してしまった。その酌婦が大切な茶壺に触れたとか触れなかったとか、喚き散らしたという。酒の呑み過ぎということで収められたが、そのお武家が江戸に戻ってきたという記録は残っていないそうだ。

　まさか、そんなことがと、仁吉は震え上がる。

「いやいや、単なる噂だがね。人足などは途中の宿で雇い入れたりするだろう。少々行状の悪い者もいただろうし、彼らの話が、お武家にすり替えられたり、酌婦に狼藉を働いた茶坊主がいたり、まあ、そういう話はいろいろとあるのだよ」

　幸右衛門は、仁吉が驚いたり、安堵したりする様子に満足したようだ。

　葵の御紋の威光と畏怖は、たしかに街道筋の者たちには、はなはだ迷惑なのかもしれない。けれど、ただの茶葉を仰々しく運ぶことに意味があるのだと仁吉は思っている。一服の茶を喫するために、十数日をかけ、宇治から江戸へ運ぶことが大切なのだ。

　それで世の泰平が保たれているような気がするからだ。

　近頃、支配役や番頭が、よく異国の話をするようになっていた。江戸の本店である森川屋が横浜に葉茶屋を出すのは、まことのことのようで、もうすでに主人の三右衛門は横浜へ幾度も視察に赴いているという。

　仁吉は横浜という地がどんなところかも知らないが、港ができたらどうなるのだろう、異人が江戸にも来るのだろうかと、なんだか妙な気分になった。大旦那の太兵衛は異人に茶の味などわかるものかといっていたが、新しい物、珍しい物が受け入れられることは十分あり得る。でも、異国と付き合うようになったら、いまの世が変わってしまうような気がした。どこかわくわくするような期待もあるが、やはり不安もある。

宇治は、昔から碾茶（抹茶）の産地だ。

宇治川に架かる宇治橋の両側に広がる丘陵地のほとんどが茶園だった。

新芽の色が美しくなるように、大量の肥をまく。その上、茶の新芽は、陽を浴びすぎると葉が硬くなる。だから、直射を避けるために、日除けを作って覆うのだ。

冬の寒い時季に葭簀と筵を編み込むのは女の仕事だ。その覆いを掛ける木組みを作るのは男の仕事。宇治の茶園は、こうして葉を覆ってしまうので、覆下園と呼ばれる。この栽培方法は、特定の御茶師にのみ許されたものであり、それが宇治と他の茶産地との大きな違いとなった。

茶摘みも覆いの中で行われる。

こうした光景は、碾茶を作ってきた宇治以外には見られない。宇治は特別な茶園なのだ。

宇治の御茶師は、幕府や朝廷の御用を賜り、名字帯刀を許されるにまで至った。御茶師を束ねる御茶頭取ともなれば、古くは、将軍の代替わり、あるいは頭取を世襲する場合は江戸へ参府し、将軍にお目見得することもあった。

それだけ、特別な場所であった。

けれど、それ以外の地域にもたくさん茶の産地がある。農家では茶を自給していたが、江戸や大坂などの大きな町は生産地ではなく消費地であったから、早くから茶の行商人がいた。江戸では、駿河、甲州、信州産のものが多く出回っている。

宇治はとりわけ茶の産地として有名であったが、それはあくまでも茶の湯での碾茶の産地としてだ。日常の飲用とするには、他の産地のもののほうが宇治の産より飲まれているというのが実情だった。

かつては、乾燥させた茶葉を薬缶で煮出す茶がほとんどだった。色も茶色で味も苦い。ところが、宇治の茶業家が、蒸した茶葉を焙炉の上で揉むことによって、美しい薄緑色の茶を作り出した。苦みの中にも甘みがあるその茶は、煎茶と呼ばれ、その製法が各地に知れ渡り、いまは江戸でも薄緑色の煎茶が好まれるようになった。

「番頭さんは、在所のことを覚えていますか？」

「なんだい藪から棒に。おや、在所が恋しくなったのかい？」

「いえ、そうではありませんが」

「そうだねぇ、私は、江戸に来てもう二十二年だからね。在所にいた年数より江戸のほうが長くなってしまった」

「でも、あと一年のご奉公で三度登りですね」

うんと、幸右衛門は頷いた。森山園では、初めて郷里へ戻ることを許される初登りは、奉公の年数に関わりなく二十歳、二度目の登りは、十三年目、三度登りは、二十三年目と決められていた。そのあとは、隠居登りだ。店を退くということだ。

在所に戻るときには、親許へ祝儀や土産物などを持っていく。森山園では、登りの季節が二度ある。ひとつは、冬の初めに江戸を発ち、戻るのは晩春だ。丁度、茶畑の忙しい時季でもあり、その労働力にもなる。もうひとつは、新茶の時季を終えたあとに発ち、冬に戻る。ただ、登りをしたまま戻らない奉公人もなかにはいる。あるいは、奉公にしくじった者などは、病登りと称して、親許に帰してしまう。

ふと、幸右衛門の顔が曇った。

「私はね、三度登りをしたら、もう江戸に戻るつもりはないんだよ。これは大旦那さまにもお話ししてあるが」

突然の言葉に仁吉は思わず膝を進めた。

「実は、親父が倒れたのだ。うちは小さな茶畑だが、母に戻ってくれないかといわれていてね。兄夫婦だけでは手が足りないそうだ。私も三十半ば近い。あちらで所帯を持って暮らそうと思っているのだよ」

仁吉の表情が硬くなる。幸右衛門は若いが大旦那の太兵衛を支えていた番頭のひとりだ。大きな店は、ほとんどが奉公の年数や歳といった年功序列で出世していく。しかし、大旦那の太兵衛は、実直な幸右衛門を気に入り、すぐに若衆、手代と引き立てた。番頭になったのは二十歳そこそこだったというから、いかに出世が早かったかがわかる。

「でも、大旦那さまは――」

幸右衛門が、仁吉の肩をぽんと叩く。

「私など、まだ若造の番頭だ。支配役の作兵衛さんもいるし、他の番頭も万事心得ているから心配などいらないよ」

幸右衛門が立ち上がりしなにいった。

「私が、ここを退くのは、皆には内緒にしておいてくれよ」

「わかりました」

幸右衛門が森山園を辞めてしまう。

客あしらいもうまく、幼い奉公人たちにも気配りをかかさない誠実な働き者だ。けれど、母親に頼まれては仕方がないのかもしれなかった。きっと、大旦那さまも引き止めたに違いないが、幸右衛門の意志は固かったのだろう。

「さて、御茶壺道中が到着するとなると、店も忙しくなるからね」

幸右衛門が店座敷へと向かいながらいった。

すでに、宇治からの荷は届けられている。しかし、新茶は、御茶壺道中が到着してからでないと売ることができない。それは将軍さまより先に初物を口にするのは、畏れ多いからだ。ただし、碾茶は道中が到着してから、お城の富士見櫓に保管されることになっている。厳重に封をされた茶壺の口切りをするのは、初冬だ。碾茶は数カ月の保存を経てからが旬になる。煎茶とは違う。

朝餉を終えた主人の恭三とお徳が、支配役の作兵衛を連れて店に出てきた。

「ちょっと、幸右衛門。店を開ける前に皆を集めてちょうだい」

お徳の甲高い声が飛んだ。

「仁吉、頼むよ」

仁吉はすぐに台所に走り、手代と若衆を呼んだ。表を掃き始めていた子どもも店内に戻る。

森山園は、間口七間の中二階の店だ。真ん中は土間になっており、一段高くなった店座敷が両側にある。壁際の棚にはもちろん、店座敷にも茶壺や茶箱がずらりと並んでいた。

お徳は帳場に、支配役の作兵衛と番頭、手代たちを並べて、その前に居住まいを正した。主人の恭三は、その後ろにちんまりと座っている。

「まもなく御茶壺道中が江戸に到着しますから、わかってるわね、お得意先回りを忘れずにしてちょうだい。とくに、お大名、お旗本には、ご試飲用の碾茶と、ご挨拶の品を持参するように。作兵衛、ちゃんとしてちょうだいよ。それから、掛取り帳を吟味して、支払いの悪いところ、量を買わないところは進物の品は質を下げていいから」

白髪頭の作兵衛が、お徳に頭を下げる。

「それで、進物品は恭三さんのご実家の扱っている一枚四文の煎餅(せんべえ)にしてね」

一同が呆気(あっけ)にとられた。

「先日、お前が幸右衛門と、阿部正外さまのお屋敷へご祝儀を届けたそうだな」

太兵衛を前にして、お徳が芝居に行くため、その代わりに行ったとはいえなかった。

「まったく、しょうのない孫だ。どうせ、亭主の恭三と芝居見物にでも行ったのだろう」

太兵衛がむっと唇を曲げたとき、仁吉は笑いを堪えていた。

「なんだ、図星か」

ため息を吐いた太兵衛は、

「今後も、お前が阿部さま付になっておくれ。元服をすれば、若衆だ。手代や番頭の供以外にも外回りがひとりでできるようになる」

そういった。阿部さま付――若衆で。まさか、大役すぎる。

「あの、大旦那さま、阿部さまは上得意」、と仁吉がおずおず口を開いた。

「くれぐれも頼んだぞ。大切なお方だからな」

太兵衛は仁吉を遮って念押しした。仁吉はぐっと詰まって言葉を呑み込む。

仁吉は太兵衛の座敷から下がりながら、平手代や手代を差し置いて若衆が上得意付になれば、やっかまれる、友太郎に皮肉をいわれる、それよりお内儀さんがなんというか――つい息が洩れた。と、不意に阿部家の台所奉公をしているという娘のことを思い出した。名はたしかおきよといった。

豆腐の入った笊から水をしたたらせながら、いつまでも辞儀をしている姿が愛らしかった。

あっと、仁吉は思い出した。額の広い丸い顔。少し眦の下がった眼。たぬきだ。

仁吉は笑って、うっかり茶道具を落としそうになり、あわてた。

阿部さま付になれば、また、おきよと顔をあわせることもあるだろうか。仁吉はそんなふうに思う自分が不思議だった。


その夜、仁吉はあちらこちらから聞こえる寝息の中で、まんじりともせずにいた。もうすぐ御茶壺道中がやって来る。心が躍る。遠い道程を経て、江戸まで戻って来る。採茶使、茶坊主、奴、警固の武士、たくさんの長持、御紋の入った駕籠――。雅な絵巻物を見るかのように、仁吉の頭の中に行列が広がる。

ようやく眠りに落ちたのは、屋根の雀が騒ぎ始めた頃だった。

「仁吉兄さん、おはよう」

弥一に揺り起こされた。

「珍しいね、兄さんが起きないなんて」

仁吉は、笑ってごまかした。御茶壺道中が楽しみで寝つかれなかったとはいえない。

「明日、道中が江戸に着くんだろう？　一緒に連れていっておくれよ」

「それは無理だよ。大旦那さまに伺わないと」

「だって、仁吉兄さんは毎年行くんだろう。ずるいよ」と、拗ねたように弥一がいう。

仲間の奉公人は皆呆れて、諦めているようだが、たしかに勝手をさせてもらっている。

わかった頼んでみるよ、と仁吉は弥一の頭を撫でた。

午(ひる)を過ぎた頃、急にお徳の居室に呼ばれた。

お徳は、花を活(い)けていた。

「ああ、来た来た。もう、他の奉公人には伝えたんだけど、あんたが最後になっちゃったわね」

廊下でかしこまっていた仁吉は、何事かと首を捻(ひね)った。

「あんたが望んでいた元服、明日するからそのつもりでね」

「明日、ですか？」

仁吉は言葉に詰まった。

「なあに、その顔。元服したいといったのは、あんたでしょ。半元服はしないでいいわよね。早いところやってあげようと、旦那さまと話をしたのよ。そうしたら、吉日だから明日がいいだろうって。よかったわね」

明日は、御茶壺道中が到着する日だ。

「あ、あの、お内儀さん。明日は」

背を向け、花を活けていたお徳が振り返り、一瞬眉根を険しく寄せたが、

「なに？　喜んでくれると思っていたのに、どうしたの？　他の子たちはみんな、ありがとうございますっていってたわよ」

笹紅を塗った口許から、鉄漿が覗いた。

なにか、用事でもあったの？　と訊ねてきた。お徳は知っていていっているのだ。太

兵衛に気に入られているのが腹立たしいというのが、ありありと見える。

仁吉は、首を横に振った。

「そうよね。まだ仕事だって一人前にしているわけじゃないんだもの。けど、あんたも、元服したら、もう子どもとしては扱われないのよ。いま以上に働いてもらわなくちゃいけないの。それに、あんたはお祖父さまのお気に入りなんだから、期待しているのよ」

お徳は柔らかな声でいうと、ぱちりと百合の茎を切り、さ、もういいわ、お行きなさい、といった。蕾が半分開きかけた百合の花が一輪落ちた。

仁吉は、静かに頭を下げると、障子を閉めた。

立ち上がるやいなや大きなため息が出た。これは、わざとお徳が決めたのだ。本元服も半元服もこんなにあわただしく決めはしない。

お徳は、大旦那の許しを得て、仁吉が御茶壺道中を毎年見物に行くことを知っている。だから、わざとその日に決めたに違いない。いや、そんなふうに考えるのは、奉公している身としては思い上がりだ。親代わりになって、奉公人のために元服の儀をしてくれることに、感謝しなければいけないのだ。

元服はやはり嬉しく感じる。けれど、年に一度の御茶壺道中を見ることができないのが、ひどく寂しく思えた。

畳の上に落ちた、開ききれない白い百合のような気分だった。

三

翌日。晴天に恵まれ、朝から陽が輝いていた。

大旦那の太兵衛が、仁吉の前髪を剃り落とした。仁吉は静かに目蓋を閉じて、一呼吸おき、背筋を伸ばした。太兵衛に感謝の言葉を述べ、頭を下げた。

半元服の者が三名、本元服の者は仁吉を含め、四名いた。

仁吉は、なにやら頭の鉢が涼しくなったような気がした。

髪結いが櫛を入れ、両手で丁寧に鬢付け油を髪になじませると、白い元結を根元に結び、髪を折り返して、もう一本、元結を結びつける。

固くしっかりと結ばれた元結のように、仁吉の身もきりりとした。もう子どもではないのだ。森山園の若衆として、しっかりと仕事をこなし、お店の役に立つ者にならなければ、と気持ちを新たにした。

「まあまあ、みんな立派な若衆になったこと。ねえ、お前さん」

お徳は鉄漿を覗かせて、隣に座る亭主の恭三に笑いかけた。

「そうだねえ、これからもしっかり頼むよ」

皆が一斉に頭を垂れ、礼をいう。

「お店のために一所懸命、勤めさせていただきます」

仁吉も、お徳夫婦に頭を下げた。

さて、と太兵衛が居住まいを正して、大きく声を張り上げた。

「半元服、本元服、いずれも森山園にとって喜ばしいことだ」

それで、と太兵衛は、仁吉へ柔らかな視線を向ける。

「仁吉。本元服を済ませたのだから、名も変えねばならないが、私の名を一字取って、これからは、仁太郎と名乗りなさい」

太兵衛がにこりと笑った。

「仁太郎、でございますか？ ありがとうございます」

仁吉は身を震わせた。太兵衛の「太」を与えてくれたのだ。これほどの喜びはない。

「お祖父さま。どういうこと」

お徳が眉間に皺を寄せた。

「おや、仁太郎では、不都合があるのかい、お徳」

「うちには、友太郎がいるのよ。ややこしくなるじゃないの」

「しかし、友太郎は、元が友太であったからなぁ」

「仁吉のことがお気に入りなのは承知しているけれど、太の字を与えるなんて、他の奉公人のことも考えてちょうだい」

だいたい、ここの主人は、もううちの人だというのに、いまだに名も譲ってくれないからご近所じゃ笑い物になっているのに、と小声で毒づいた。

太兵衛は、お徳の言葉を聞いているのか、いないのか、別にいいではないかといった。

「ならば、友太郎に恭三の名を与えれば良い」

「お祖父さま！　そういうことじゃないでしょう」

「お徳、もうおやめ」

喚くお徳を恭三がなだめた。お徳は、大きく息を吐いて、自分の祖父を睨みつける。

「せっかくの祝いが台無しになるじゃないか。皆、うちの大切な奉公人だ。わかるね、仁吉。いや、仁太郎。お前の心がけ次第だということを忘れちゃいけないよ」

恭三が、暗い目で仁吉を見つめる。恭三は顔立ちの整った色男だが、時々陰湿な表情を見せることがあった。

恭三の瞳は、いい気になるな、そう告げていた。

元服の儀が済むと、祝宴になった。刺身、煮物、椀物などに、眼を瞠る。これまで口にしたことのないような料理がひとりひとりの膳に載っていた。

店仕舞いした後の夕餉には、他の奉公人たちにも、いつもとは違う料理が振る舞われ、酒も出される。そのせいか、今日は皆、張り切って仕事をしている。

豪華な膳部に舌鼓を打っている仲間の中で、仁吉だけはどの料理を口にしても美味いとも不味いとも感じなかった。御茶壺道中は今どのあたりまで進んでいるだろうか。まだお城に到着していないだろうか。それればかり考えていたせいか、舌で味わうことがすっかり疎かになっていた。弥一が太兵衛の許しを得て、代わりに見物してくるといってくれたが、やはり自分の眼で見たい。

宇治からはるばるやってくる御茶壺の行列を一目だけでも見たい。

「なあ」と、急に話しかけられ、仁吉は我に返った。

「おれなんか、符牒もまだ覚えていないし、まったくの役立たずだ。先が不安でならないよ」

隣に座っていた銀太が、仁吉に身を寄せてこそっといった。元服して付いた新しい名は銀之助だ。銀太は、同じ年に奉公に入って来た者の中で一番のお調子者だ。少々騒がしく支配役の作兵衛や番頭の幸右衛門はもとより、手代たちからもよく注意を受けていた。

そのたびに不貞腐れて、まだ奉公してまもない子どもたちに、掃除をさせたり、自分の肩をもませたりしていた。

「まったくよう、なぜ大人にならなきゃいけねえのかな。おれはさ、歳を取らずに童のままでいられたらいいなっていつも願ってたよ。仁吉もそう思わないか？　童のままでいられたなら、楽じゃないか。遊んでばかりいればいいんだから」

銀太が、面倒だといわんばかりに落胆の息を吐く。元服すれば大人の扱いになる。店での仕事もいま以上に増える。外出ができるようになるのは嬉しいが、それも自分の好き勝手ではなく、仕事がらみの外出だ、と口許を歪ませた。

「いつまでも童のままでいられないよ。けれど、こうして在所の親の代わりに大旦那さまに元服を祝っていただいたんだ。感謝しなけりゃ」

銀太は、唇をねじ曲げ、

「相変わらず生真面目で嫌になるよ。お前はいいさ。大旦那さまに目をかけられているからな」

吐き捨てるようにいった。その声が思いの外響いて、銀太は首を竦ませ、仁吉に詫びた。だが、さらに仁吉に身を寄せ、耳許で囁いた。

「お前さ、手代や若衆の兄さんたちに陰でなんていわれているか知っているか？　大旦那さまのお小姓だぞ」

大旦那さまのお小姓？

仁吉は、黙って銀太を見つめた。小姓は、武家社会で主君の身の回りの世話をする役目だが、その昔は、しばしば男色の相手として傍に置かれていたという。

仁吉の顔から眼を逸らし、銀太がくつくつ笑う。

「友太郎の兄さんがこの間、いっていたよ。朝も夕も大旦那さまの寝所に呼ばれて何をしているのかってさ。その上、太の字をもらったとくれば、噂はまことだったとなりそうだ」

銀太は卑しい口調でいうと、仁吉の肩に自分の肩を当ててきた。

「ほんとのところどうなんだよ」

仁吉は、あまりの馬鹿馬鹿しさに二の句が継げなかった。

太兵衛に茶を淹れ、わずかの間、話をするだけだ。たしかに、太兵衛が自分を大事にしてくれているのは、強く感じている。しかし、それはあくまでも奉公人として主人である恭三を支え、森山園を守り立てられる人物であるかどうか、試されているのだと思っている。

仁吉は腹立たしい思いでいっぱいだった。自分を腐すのは一向に構わない。しかし、太兵衛をも嘲るのは許せない。けれど、ここで自分が懸命に否定すればするほど、いい気になるのは友太郎だ。手代たちに、面白おかしく吹聴するのは眼に見えている。

「どうしたんだよ、仁吉。そんなに怖い顔をしなくてもいいじゃないか。そういう噂があると教えてやったんだぞ。おれにはほんとのことをいってくれよ。皆にはいわずにいてやるからよ」

「あまりにくだらない噂を教えてくれて、ありがたいよ」

仁吉は銀太を見ずに、汁椀を手に取った。

銀太は、ちぇっと舌打ちして、煮物を口にほうりこんだ。

「つまんねえ奴だな。面白い返しが出来ねえのかよ。ああ、これから仕事が増えるのは嫌だが、出来ることも増えるって思えばいいか。給金も出るしよ」

子どもの頃は、住まいも衣裳も飯もすべてお店がまかなうので、銭の必要はない。ただし、正月過ぎの藪入りのときなどには、小遣い程度が与えられ、子どもたちは外出して、飴や饅頭などを買って食べる。だが、元服後には決められた給金が支払われるようになる。森山園では、若衆が三両二分、平手代で四両、手代が四両二分から始まり、役付きの年数や、外回りでの新規の客を得た場合などに給金に色をつけてくれる。

銀太は、にやけ顔を向けた。

「自分の銭が持てるようになるんだ。女郎屋とかさ、兄ぃたちのお供もできるかもしれねえしさ。仁吉も興味あるだろ」

「いや、私は……」

なんだ、恰好つけるなよ、と肘で仁吉を押した。

「あら、仁吉、なにを赤い顔をしているの？　ごめんなさい。もう仁太郎と呼ばなきゃいけないのかしら」

お徳は、気味の悪いくらいにこにこ顔をしていた。

「いいえ、まだ少々恥ずかしいです」

「なにをいうのよ、お祖父さまの一字をもらっておいて。でも、あんたも大きくなったわよね。うちに来たときは、まだほんの子どもで、声も幼くて。背丈だって、幸右衛門と同じくらいになったのじゃない？」

「番頭さんのほうが少し高いですが」

仁吉は、五尺六寸ある。番頭の幸右衛門より、二寸ほど低いが、奉公人の中では、幸右衛門に次ぐ二番目。とはいっても背丈は仕事とはかかわりない。便利といえば、棚の上の物を踏み台なしで取れることくらいだ。

お徳も同じことをいった。

「でもね、背ばかりあっても、大事なのは仕事だからね。いい？　ほかの人たちも頑張ってね。お祖父さまから一字もらった仁吉に負けないように」

皆が仁吉にさりげなく眼を向ける。その視線を受け止めるのは辛かった。

そうそう、とお徳は居住まいを正し、半元服の者、本元服の者の顔をひとりひとりたしかめるように見てから口を開いた。

「恭三さんとも話をしたのだけれど」

奉公人たちが箸を置く。

これからは、奉公の年数や年齢ではなく、個人の働き、能力次第で、役付きを決める、といった。座がざわつく。

「このことは、もう支配役の作兵衛には伝えておいたから、他の奉公人も承知しているはずよ」

「あのう、お内儀さん、それは若衆になったばかりの我々でも働きによっては、平手代にすぐになれるということですか？」

「そういうこと。ただし、お客を増やす、売り上げを伸ばすことが肝心要。それを恭三さんとあたしが認めれば、平手代を通り越して手代にもなれるわよ。だから、頑張って。お給金も上がるのよ」

お徳にそれを訊ねたのは、仁吉より一年あとに入った者だった。そいつは、前屈みになって仁吉をちらと見る。その眼には、仁吉への対抗心があるように思えた。

「おい、お徳。そんな話は聞いておらんぞ」

「お祖父さまは、もう隠居なされたんです。お店には恭三さんという立派な主人がいるのですから、あたしたちが決めたことには口を挟まないでもらいたいの。いつまでも、森川屋から暖簾分けされた店じゃだめなのよ。江戸の葉茶屋は森山園、そうならないと」

森川屋は幕府から、港を開いた横浜へ店を出すように申し渡されたと、お徳は悔しげにいった。たしかに、本店は森川屋であっても、屋号は違う。同じ宇治の茶を扱う葉茶屋として、森山園も大きくならねば、とお徳は太兵衛にいった。

「幸右衛門を引き立てたのもお祖父さまでしょう？　ひとりのお気に入りを作るのじゃなくて、分け隔てなく扱いたいのよ、あたしは」

太兵衛は、うむむと唸ったが、祝いの場を壊すのを遠慮したのか、口を噤んだ。

どのお店でも、真面目に長く勤めれば認められ、役付きになれる。だが、お徳夫婦の考えは、それを一歩先んじたものだ。早く役付きになれるとなれば、奉公人同士が競い合うことになる。それが、ひいては店の売り上げにも反映される、そう考えてのことだろう。主人の恭三と話し合ったというより、お徳ひとりの考えのようにも感じた。

「でもね、少しでもしくじったり、損を出したりしたら、遠慮なく降格させるから、そのつもりで励んでちょうだい」

お徳はきっぱりといいきった。

「つまり、いまの手代が平手代になることもあるってことよ」
元服した者たちに緊張が走る。早く出世も出来るが、店に損害を出せば、その代償もあるということだ。
「給金も下がるってことですか?」
銀太がおずおずと訊ねると、当たり前でしょ、とお徳はにべもなくいった。
「それは厳しいや」
銀太がいうや、皆がくすくす笑った。お徳が、「あんたって子は」と呆れたようにいいながらも、口許に笑みを浮かべた。
再び、皆で祝い膳に箸をつける。緊張していた奉公人たちも、ようやく気持ちが緩んで、互いの月代を撫でたり、髷の形をいい合ったりし始めた。
銀太が、いきなり立ち上がり、
ああ、お茶がありゃこそ、湯谷のみやこ　よいしょ
お茶がなければ、いやの谷
ああ、お茶を摘むなら、湯谷へござれ　よいしょ
煎茶元祖の　お茶を摘む
と、宇治の茶摘み唄を、うたい始めた。
その場にいた奉公人が唄に合わせて、手拍子を打つ。中には涙ぐむ者もいた。青々と広がる茶園の風景や、茶摘みをする母親や村の者たちを思い出したのだろう。仁吉の心

の中にも、家族の顔が次々浮かんできた。茶園を走り回って怒られたことや、宇治川で石を投げて遊んだこと、昔々に建てられた荘厳な鳳凰堂へ参拝にいったこと……すべてが懐かしく甦る。

　お粗末さまでした、と銀太が座って、頭を下げた。

「在所の宇治田原村で仕事の際、皆でうたっています」

「まあ、そんな唄があるのね。あたしは江戸生まれだから、ちっとも知らないけれど、皆で唄をうたいながら、茶葉を摘むのね。銀太、いいものを聴かせてくれたわね」

　お徳は機嫌良くいう。銀太は早速、お徳に気に入られようとしているようだ。

と、お徳が、いま気づいたとばかりに、胸の前で手を合わせた。

「そういえば今の茶摘み唄で思い出したのだけれど、今日は、仁吉の大好きな御茶壺道中が着く日だったわよね」

　びっくりしたのよ、あたし、とわざとらしく声を張る。

「それなのに、元服は今日にしたいって自分からいい出すなんて偉かったわね。お祖父さまも驚いていたのよ。大人になると違うのね。これまでは、その日の仕事も放り出して、見に行っていたもの」

　えっ、と仁吉は耳を疑った。元服の日を決めたのは、お徳ではないか。

「お徳からそう聞かされて、私も本当に驚いたよ。今年もあんなに張り切っていたじゃないか」

太兵衛も盃(さかずき)に口をつけながらいった。

「お祖父さま、だから、仁吉もすっかり大人になったってことよ。いいことじゃない。道中、道中と騒がなくなって」

お徳は、銚子を持って太兵衛の盃に酒を注いだ。

仁吉は押し黙った。まさか話がそんなふうになっていたとはまったく思いも寄らなかった。お徳の居室にいきなり呼び出されて、元服の日を告げられたのだ。

「でも、御茶壺道中が到着すれば、うちも忙しくなるわね。これまでのお客さまはもちろん大事にしなけりゃいけないし、新しいお客さまも増やさなきゃ。あらためて、皆を集めて話すけれど、新規のお客さまをどれだけ取るか、それぞれに割り当てるからそのつもりでね」

仁吉も他の者たちも驚きを隠せなかった。新規客が取れなかったら、どうなるのだろうか。

お徳は、にこりと笑った。

「まだ若衆のあんたたちに、期待はしていないわよ。でも、一緒に回る平手代や手代によっては、あんたたちにも損得があるかもしれないわね」

「じゃあ、おれは幸右衛門さんがいい、おれは如才ない友太郎の兄さんがいいと、若衆たちはごそごそ話をし始めた。

と、座敷へ弥一が転げるように入ってきた。月代をそっくり剃り上げた仁吉の姿に一

瞬眼をしばたたかせたが、

「仁吉兄さん、御茶壺道中が着いたよ。まだ、お城に入る前だ」

と、大声を上げた。

「こら、弥一、いまは元服の祝宴の最中(さなか)だぞ」

恭三が弥一を睨むと、仁吉へ眼を向けた。

「あいすみません、場所もわきまえず。弥一下がりなさい」

仁吉が険しい顔でいうと、弥一は不満そうな表情をする。

「だってよ、仁吉兄さん、御茶壺道中がもうそこまで来ているんだぜ」

ともかく早く来いとばかりに弥一は苛々(いらいら)と足踏みする。

突然、高らかに、太兵衛の笑い声が響いた。

「仁吉、ならば早(はよ)う行け行け。もう月代を剃り、髷も結い直し、仁吉は立派な大人になったのだ。その初仕事として、御茶壺道中を見てくるといい」

「お祖父さま！」

お徳が血相を変えた。

「仁吉だけになにゆえ殊更、眼をかけるのですか。他の奉公人の手前、控えてくださいな」

「私はの、仁吉がこの店を守り立ててくれると信じているからこそいうているのだ。きっと恭三やお徳の力になるとな」

「じゃあ行ってらっしゃいな」

お徳は、大袈裟に息を吐き、突き放すようにいい捨てた。

仁吉は、一瞬躊躇したが、太兵衛が行け行けと手を振っている。

「ありがとうございます」と頭を下げると、弥一とともに座敷を飛び出した。

御茶壺道中は、しずしずと進んできた。

毛槍を先頭にして、採茶使、徒士、そして荷駕籠、騎馬の侍が続き、「御壺」と札を差した駕籠が三つ、ご用金の荷、茶道衆を乗せた駕籠の次には、葵の御紋がついた長持。大名行列でさえ道を譲る御茶壺だ。道行く人々は、通りの端に寄り、棒手振りも留まって、売り声などもちろんあげずに、通り過ぎるのを待つ。

「もっときらびやかな行列かと思ったけど、案外地味だよな」

弥一ががっかりしたようにいった。

仰々しいきらびやかさは、はるか昔のことで、いまは道中の人数も減らされている。

弥一のいう通り、地味ではあるが、この御茶壺道中が続く限り、宇治の茶は将軍家に買い上げられる日本一の碾茶であり、安寧の世が保たれているのだと、仁吉はあらためて思う。

「さあ、店にもどろうか、弥一」

「兄さん、お城に入って行くところまで見なくていいのかい？」

「うん。江戸に無事に到着しただけで満足だ。なあ、弥一、今年の茶葉も天候に恵まれていいものになったそうだ」

碾茶は壺のまま保管して、初冬に封を切る。

「きっと皆さまを唸らせる香り高い、よい茶なのだろうな」

仁吉は、その碾茶を味わう将軍さまや大名を思うと嬉しくなる。

若衆となった仁吉は、仁太郎と名を改め、早速、手代の長次郎の供として外へ出るようになった。今日は浅草の料理屋『笹竹(ささたけ)』へ新茶を届けにいく。

すでに奉公人たちは煎茶の味見を終えている。香り、渋み、甘みともに昨年のものを上回る出来だった。大旦那の太兵衛は、朝の茶を新茶に替えているが、飲む度にほっと息を洩らして、至福の表情を見せる。

「この茶葉ならば、新しい客が取れるな。森川屋は横浜店の準備で主人の三右衛門も大(おお)童(わらわ)のようだ。いまが好機かもしれんなぁ」

太兵衛はそういった。

『笹竹』と森山園とは、先々代からのつきあいだ。長次郎は味見用の新茶と進物を仁吉に持たせ、浅草へ向いながらいった。

「あそこは、私がこの三年受け持ってきたところだからね。余計な真似はしないでおくれよ。お前はあくまでも私の供なのだからね」

仁太郎は、はいと応えた。

その二日後。

長次郎と出掛けた『笹竹』から、早速注文がきた。

五斤（約三キログラム）を、すぐに届けてほしいと、遣いが来たのだ。応対した友太郎は、振りの客と話をしていた仁太郎の傍らにすぐさま近寄ってくると、耳許で「こちらのお客は私が相手をするから。笹竹さんを頼むよ」そういった。

長次郎は別の用事で出掛けていて、いなかった。

「ですが、笹竹さんは長次郎兄さんの受け持ちなので。私が出ては……」

仁太郎が戸惑っていると、

「何をいっているんだい。先日、兄さんの供をして行ったのだろう？　こうして注文がきたんだ。兄さんには、私から告げておくから、お前がお行き」

友太郎は、振りの客に愛想笑いを向けながら、早く行けとばかりに仁太郎の背を押した。

「あいすみません、私が代わってお相手させていただきます」

「ああ、頼むよ」

商家の番頭らしき振りの客が、仁太郎の出した茶を啜った。

「新しい物をお淹れいたしますよ」といいながら、友太郎は仁太郎をちらと見る。

仁太郎は頷いて、『笹竹』の遣いの前にかしこまった。

その夜、店を閉め、夕餉も済んだ後、手代の長次郎と番頭の幸右衛門から仁太郎は帳場に呼び出された。

「どういうことか、教えてくれないか、仁太郎」

幸右衛門が広げた売上帳に『笹竹』五斤、仁太郎と記されていた。思わず眼を疑った。こんなはずは、と仁太郎は声を張る。

「これは間違いでございます。笹竹さんは長次郎兄さんの受け持ちです。私が売ったように記されていますが、そうではありません。私の筆ではありません」

たまたま長次郎兄さんが外出をしているときに遣いが来たので受けただけで、自分の売り上げにしようなどと、毛頭思わなかったと、懸命にいった。

だが長次郎は得心のいかない顔でいった。

「けど、こうして記されているじゃないか。誰がお前の名を書いたというんだい？　新茶五斤を届けたのも、お前だろう？」

「はい。お急ぎのようでしたので」

幸右衛門は、懐手をして考え込んだ。

「友太郎兄さんを呼んでいただけませんか？　初めに笹竹さんの応対に出たのは友太郎兄さんです。それに、兄さんから長次郎兄さんに伝えておくからといわれました」

聞いてないな、と長次郎は憎々しげにいった。どうも友太郎とは馬が合わないらしい。

「では、これを記したのは、どなたですか？」

「このとき、私も大旦那さまと出掛けていたので、帳場にはいなかった。ここに座っていたのは誰かな」

不意に暖簾を分けて、お徳が顔を出した。

「三人でこそこそなにをしているの？　灯りがもったいないじゃない」

幸右衛門が事の次第を話すと、お徳は、口許に手を当てて、笑った。

「それがなに？　笹竹さんから注文を受けて、茶葉を届けたのは仁太郎だったのでしょう？　あちらは急いでいらしたのだし、そのとき長次郎が別の用事で出ていたのは運が悪かっただけ」

そんな、と長次郎が膝を乗り出した。

「帳場に座っていたのは、あたしよ。あたしが友太郎から知らされて売上帳に書いたの。それが気に入らないのかしら？」

長次郎は唇を噛み締める。

「でも、お内儀さん、ここは長次郎兄さんが三年受け持ってきたお店なんです。私ではなく、長次郎兄さんの売り上げとして書き換えてはいただけませんか？　お願いいたします」

仁太郎はお徳に頭を下げた。

お徳が、仁太郎へ視線を放ち、はあ、と大きく息を吐いた。

「そういう見え透いた態度はおやめなさい。そうやって、お祖父さまのご機嫌も取っているのかもしれないけれど、あたし、いったわよね。これからは仕事の出来次第だって」

　幸右衛門が眉間に皺を寄せる。

「たしかにおっしゃる通りですが、これは長次郎の受け持っていた店です。まだ若衆になったばかりの仁太郎にこれだけの仕事が出来るはずはございません」

　此度は、私の責任で以て書き換えをいたします、と幸右衛門がはっきりといった。

　お徳は幸右衛門を睨めつける。

「勝手にしなさいな。もうすぐ店を退く人は、主人に楯突いてもなんともないものね」

　長次郎が眼を見開き、仁太郎は幸右衛門から眼をそらした。

　お徳は、すっと背を向けると同時に、書状を幸右衛門へ放り投げた。

「あんたの在所から届いてたわよ」

　幸右衛門がそれをすぐさま広げ、中身を眼で追う。次第に顔色が変わる。

「親父が、死んだ――」

　幸右衛門は悔しげにその書状を握り潰した。幸右衛門は、これまで受け持っていた得意先への挨拶を終えたら、江戸を発つことになっていた。父親が亡くなったからといって在所に戻るのが早まることはないかもしれないが、やはりもう森山園を辞める決心は変わらないのだろう。

　仁太郎は、長次郎の供を外された。幸右衛門の差配だ。若い奉公人同士でのいがみ合いを懸念してのことだった。仁太郎は、初老の番頭の源之助付になった。森山園の通いの番頭の中では、一番の古参だ。支配役の作兵衛からの信頼も厚い。源之助は、旗本阿部正外の受け持ちを幸右衛門から引き継いでいる。仁太郎は太兵衛から阿部正外を受け持つよう命じられていたが、それもまた、友太郎をはじめとする平手代や手代たちによく思われなかった。

そんな折、阿部家から、禁裏付の祝いの返礼として屋敷に招かれた。むろん主賓は太兵衛だ。阿部正外は、返礼がしたいというより、太兵衛との囲碁勝負を望んでいるのだ。

これまで、九十九回対局して、四十九勝、五十敗。阿部が一つ多く負けを喫している。京へ発つ前に、百回目の対局でどうしても五十勝に並びたいらしい。

まだまだ、夏の陽射しのような強い光が江戸中を照らす中、少し足の弱っている太兵衛を駕籠に乗せ、幸右衛門と麴町の阿部家へと向かった。

仁太郎は、ゆっくりと進む駕籠の傍らで歩を進めながら、阿部家の台所で奉公しているおきよを思い出していた。今日は会えるだろうか——いや、何を考えているんだと、仁太郎は気を引き締めた。

対局は、なかなか好勝負で、どちらも一歩も引かない状況だった。

「阿部さま、腕をあげられましたな。以前ならば、手の内が見えましたが」

「なにを生意気なことを。置き碁にしてやってもよいと思ったがな」

置き碁とは、実力の劣る者が、あらかじめ盤上で有利になるよう石を置くことだ。

「それでは私が勝ってしまいますな。五十一勝ですぞ」

わははと、太兵衛が笑うと、阿部はさして気分を害することもなく、口角を上げた。

「口のへらない隠居はうるさくてかなわん」

ぱちりぱちりと、石を打つ音が響く。

仁太郎は心地よくその音を聞きながら、煎茶を淹れていた。

「よい香りだ」

阿部が小鼻をひくつかせた。

「では、太兵衛、お前ももう耳にしていると思うが」

「横浜の港のことでございますか」

阿部が重々しく頷いた。

「どのような町になるのか、いまは見当がつかん。異国との条約調印以来、立て続けに強硬な手段がとられている」

大老井伊直弼による、弾圧だ。昨年、日米修好通商条約調印に抗議した水戸の徳川斉昭や越前の松平慶永らが、押し掛け登城として処罰を受けた。さらに尊王攘夷運動が活気を帯び、それらが広がることを恐れた幕府は、橋本左内や吉田松陰らを次々に捕え、まもなくその処罰、処刑がおこなわれるとのことだった。

「わしは大老のご推挙により、禁裏付になったといっても過言ではない。ご政道に逆らうつもりはないが、独裁的な政を行えば、ひずみが生じるのは必定。大老とてそれは重々承知なさっておいでのはずなのだが」

動き始めた歯車はもう止めることは出来ないだろう、と阿部は悔しげにいうと、碁笥に指を入れた。

仁太郎は、茶を捧げ持つように、阿部の前に置いた。緑の色が美しい。

「ほう、翡翠のような色だな」

阿部は碁笥から指を抜き、茶碗を手にして口をつけた。

「これは美味い。頭の芯がすっきりする。鼻から清々しい香りが抜ける」

阿部が感嘆し、仁太郎へ視線を向けた。

「太兵衛はいつもこの者に茶を淹れさせておるのか、羨ましい限りだ」

あの、と仁太郎はおずおずと声を出した。

「ご政道のことは、私にはわかりませんが、横浜に港が出来、異国の品物が入り、我が国の品物が異国へと渡って行きます。異国の者はなにを求めて我が国へ参るのでしょう」

「それは難しい質問だな。我々が、異国の品物を見て驚き欲するように、異国の者たちも、我が国の物が欲しくなるだろうな」

「たとえば、お茶などは」

阿部が、うんと考え込んだ。

「茶、か。それは十分にあり得るな」

清国で起きた戦は、まさに茶葉が原因であったからな、と阿部が唸った。

茶葉が、戦のきっかけ？

仁太郎は、阿部の言葉に眼をしばたたいた。そんなことがあるのだろうか。

四

阿部が、碁盤を睨みながら口を開く。対局相手の森山園の隠居である太兵衛は、ふうと息を吐き、盤上の行方を見つつ、仁太郎の淹れた茶を飲んだ。

「清国と英吉利国との間で戦が起きたのは——今から、かれこれ二十年ほど前になる」

天保十一年（一八四〇）のことだ。仁太郎は、むろんまだ生まれていない。仁太郎は、一番番頭の幸右衛門とともに、きちりと背筋を伸ばし阿部の話に耳を傾けた。

英吉利国は清国から茶葉を輸入していた。茶葉は、英吉利国人の嗜好をあおり大流行した。東洋の品が珍しかったのも要因ではある。しかし、茶葉を大量輸入していた英吉利国だったが、清国への輸出は芳しくなく、大きな貿易格差が生まれた。そのため、自国の植民地であった印度に綿織物を輸出し、印度には阿片を作らせ、それを清国に売った。英吉利国はこれまで通り、茶葉の輸入を続けた。

「阿部さま、まことに恐れ入りますが、私には少々わかりかねます」

仁太郎が阿部にいうと、幸右衛門が、「これ、お話の途中だぞ。控えなさい」と制した。

よいよい、と阿部は仁太郎へ視線を向けた。

「わかったような顔をして物を申す者が、一番性質が悪い。城の中にもそうした輩がわんさかいる。わからぬことは、何事も納得するまで訊くがよい」

「ありがとうございます」

仁太郎は真っ直ぐに阿部を見る。うむ、と阿部は頷き、「聡い眼をしている」と笑みを浮かべた。

「阿片は、鎮痛薬としても使用されている。しかし、煙草として吸引すると、気分が高揚するが身体を蝕む。不幸なことに清国では阿片を医術に用いず、一時の快楽のために吸引する者が多かった。英吉利国が茶葉を求めたように、清国の民は阿片を求めてしまった」

清国は阿片を一掃しようとしたが、ああした物は自国の者が商売として眼をつける。いくら禁止しても、流入が止められなかった。商いとはそういうもの。儲かると踏めば、それがたとえ人々を苦しめる物であろうと、金にする。それが商売人の性だ、と阿部が皮肉っぽくいう。太兵衛は「恐れ入ります」と、慇懃に頭を下げた。

その結果、輸入禁止を強硬に進めた清国と、それに反発した英吉利国とが衝突。戦になり、大国の前に清国は敗れた。

茶葉がきっかけを作った戦。

大海を渡ってくるような船を造ることが出来る国は力を持っていると、あらためて仁太郎は思った。露西亜や仏蘭西、亜米利加、みんなそうだ。

清国の轍を踏まずに、我が国は多くの異国と付き合う事が出来るのか。仁太郎は脚に載せた手に力を込め腕を突っ張る。異人に宇治の茶葉は売れるのだろうか、それが清国のような戦を引き起こしはしないだろうか、と不安にもなる。

仁太郎が難しい顔をしているのを見て取った阿部は、軽く笑った。

「まあ、そう深刻になるでない。新たなことを始めるときは、誰でも不安が先に立つものだ。しかし、そればかりを考えていては前にも進めぬからな」

阿部がまた、ふふと笑う。

「やれやれ政の話など退屈であろう。やめだ、やめだ。いくら頭を捻ったところで詮無いことだ。この者は、将来が楽しみだな、太兵衛」

「ええ、元服に際し、私の一字を与えました」

なるほど、と阿部は感心するように頷くと、仁太郎へ「果報者だな」といった。

はい、と平伏したままの仁太郎はさらに額を畳にこすりつけるほど頭を下げる。すると、番頭の幸右衛門が、膝を乗り出した。

「阿部さま、この仁太郎は茶葉にかけては、いずれの奉公人たち、いや長年番頭を務めておりますわたくしめよりも、優れた眼と舌と鼻を持っております」

「おお、茶葉を見る眼、というか舌が他の者より優れているのか」

「滅相もございません。ただ、私は宇治の茶が好きなのでございます。将軍家に毎年、お買い上げいただいている宇治茶を誇りに思っているのです」

太兵衛が、くくっと含み笑いを洩らした。

「この仁太郎は、御茶壺道中が好きで好きで。道中が江戸に到着する頃になると、居ても立ってもいられず、仕事もそっちのけで、私に許しを請うて見物に行くのですよ」

「御茶壺道中の見物か？」

「今年は、元服の儀がちょうど到着の日と重なってしまいましたが、祝いの宴の最中に私が許しました。そうしましたら、この仁太郎めは、一目散に飛んで行きましたよ」

　ははは、それはまことに好きなのだな、と阿部が楽しそうにいった。仁太郎は耳まで赤くなるのを感じた。

「お前のように、在所の産物を誉れに思うことは大事なことだ。たしかに宇治の茶は、上さまが賞味なされる大切な茶だ」

　仁太郎は顔を上げて、はいと大きな声を出して応える。

「宇治の碾茶は天下一でございます」

「天下一とは、大きく出たな。だが、茶葉の産地は宇治だけではないぞ。駿河や河越、伊勢、薩摩もある。それぞれがよい茶葉を作っておるだろう」

　仁太郎は、背筋を伸ばして、阿部を見つめた。

「もちろん存じております。ですが、宇治が他の産地と大きく異なっておりますのは、東照大権現さまとの繋がりでございます」

「ほう、それは知らなんだ。ぜひ聞かせてくれぬか」

「少々、ご退屈かもしれませんが」

「気にするな。政の話のほうがよほどつまらぬ」

仁太郎は、きちりと膝を揃えて、一礼すると口を開いた。

「茶が広く飲用されるようになったのは、京の都に建仁寺をお開きになりました栄西禅師が、宋風の抹茶の作り方や飲み方を教えたことがきっかけといわれています」

それが、僧侶や公家の間に広まり、次第に様式化し、茶人、千利休によって茶の湯という独自の文化が生み出されていく。

「ふうん、武家にとっても茶の湯は嗜みのひとつになっているがな。東照大権現さまが、宇治とどうかかわってくるのだ」

「本能寺の変でございます」

天正十年（一五八二）六月、明智光秀の急襲を受けた織田信長が本能寺で自害した。その報を得た徳川家康は堺にいたが、明智軍や落ち延びた武士との遭遇を避けるため、三河への帰還を決めた。その際、宇治の者たちが手引きをしたと伝えられている。

当時すでに宇治に茶園を持つ上林家、森家が大きな力を得ていた。とくに上林家の末弟竹庵は、関ヶ原の合戦の直前に起きた伏見城籠城のとき、出陣し討ち死にしている。その忠節を徳川家康から讃えられた上林家は、上方代官衆のひとりとして取り立てられ、嫡流、傍流かかわらず幕府より知行を得ることになった。さらに、慶長二十年（一六一五）大坂夏の陣の際には、その戦勝を祝って、二条城の徳川家康の許に、新茶を持参したという逸話も残っていた。

「なるほど、宇治はそのように東照大権現さまと結びついていたのだな。いまも将軍家が茶葉をお買い上げになるのは、そうした訳があったのか」

「はい。それがいまも御茶壺道中に繋がっております。ですが宇治は、東照大権現さまへの忠節を示しただけではありません。やはり、茶葉に対する創意工夫、その努力があったゆえに茶処として認められているのだと、私は考えております」

茶葉は、寒さに弱い。覆いをし、霜や強風から守り、さらに日光の直射を避けることで、茶の味を向上させた。それが宇治の碾茶だと、仁太郎は胸を張った。

「さらに、煎茶、玉露といった茶の製法を編み出したのも、宇治です。煎茶は、宇治田原郷に住んでいた永谷宗円が、茶葉を蒸し上げ、揉んで、焙炉の上で焙じることによって、それまで煮出し茶であったものを、湯を注ぐだけで飲用できるようにしました。その製法を宗円が、各地に広めたことによって、こうして煎茶が庶民にも楽しめるようになったのです」

「もうそろそろ、止めたらどうだ。阿部さまと大旦那さまは、対局中なのだからな」

幸右衛門が、たしなめる。

仁太郎は、はっとして、阿部と太兵衛を交互に見る。ついつい話し過ぎてしまった。

阿部が眼を細め、仁太郎を見て穏やかにいった。

「宇治茶がいかに尊いものかがよくわかった。夏切り茶は堪能できるが、初冬に茶壺の封を切る頃には、わしは京にいる。残念だが、屋敷の者たちで味わうことになろう」

「なにをおっしゃいます。京へいらっしゃるなら、もっといいではありませんか。宇治が近うございますからな」

太兵衛がいうと、阿部がぽんと膝を打った。

「ああ、そうであった。京で存分に喫することが出来るな。さて、と、太兵衛。今日はそろそろ参ったといってもよいのではないのか、な」

阿部は盤上に視線を落とした。

「いいえ、まだ負けてはおりませぬよ」

太兵衛は眉根を寄せながら、碁笥に指を入れた。

「そういえば、お主が仲介してくれた娘だが、愛らしいと奥が申しておった。やることなすこと、のんびりだが、素直で懸命だと。父親が、元は武士だったな」

太兵衛は、黒石を置いてから口を開いた。

「ええ、代々の浪人ということでしたが、父親が一昨年、亡くなりましてな。知り合いから奉公先があればと頼まれていたものですから。奥方さまにそういっていただければ、私も間に入った甲斐があったというもの」

「いまは、台所におるが、いずれ奥向きの女中として身の回りの世話をさせたいと、奥がいうのでな」

仁太郎は、どきりとした。もしかしたら、おきよかもしれない。武士の娘にはまったく思えなかった。今日は顔を見られそうにないな、とがっかりしている自分がいた。

一刻（約二時間）ほどして、阿部屋敷を後にすると、太兵衛は待たせてあった駕籠かきに、「いつものところへ頼む」といって、駕籠に乗り込んだ。

「お前たちは、もう店に戻ってよいぞ。夕餉もいらぬと伝えてくれるか」

太兵衛の声が幾分弾んでいるように思えた。対局は僅差で太兵衛が勝ちを収めた。

これで私が五十一勝ですな、と笑う太兵衛に、阿部は、まったく容赦のない隠居だ、京へ赴くはなむけとして勝ちを譲ってもよかろうにと、悔しがった。それでも、碁仇というのは対局が終われば遺恨を残さない。お互いの打ち手を、今一度、検討しながら、褒め合ったり、感心し合ったりしていた。

「では、行ってくる」

「行ってらっしゃいませ」

幸右衛門は、ごく自然な態度で太兵衛の乗った駕籠に頭を下げた。隠居の太兵衛が供も連れずにひとりでどこに向かうのだろうか、と不思議に感じながら仁太郎は去って行く駕籠を見送った。

「しかしありがたいことだ。私がお店を退くことで、阿部さまから、お言葉をいただけた」

帰りしな、幸右衛門が森山園を退くことを告げると、阿部は「よくこれまで務めてくれた。よい奉公人も育ち、安心だな」、といったのだ。

「阿部さまはお前を気に入ったようだ。どうした？　妙な顔をして。ああ、阿部さまのお屋敷での話が退屈だったのか。政は難しいからな。だが、異国と付き合うことがどういうことなのか私にもよくわからんが、商いになるなら情勢を見定めるのは必要だ。しかし、この頃は、攘夷だ、開国だ、尊王だと、様々な考えを持っている者たちが、なにをしでかすか、お上とて穏やかではないだろうな」

幸右衛門は、やれやれとばかりに首を振る。

「尊王というのは、京の都におわす——」

畏れ多くて、仁太郎は口にできない。徳川将軍家は武家の棟梁であって、朝廷から征夷大将軍に任ぜられて、政を担っているのだ。尊王論を掲げる者たちは、徳川家が政を朝廷に返上するべきだという考えを持っている。

でも、だからといってそんなことをどうやって実現するのだろう。頭で考えてただ騒ぐだけなら、仁太郎にもできそうな気がした。徳川家の政は間違っていると声をあげるならば、どう正すのかも考えるべきだ。仁太郎は不安にかられた。けれど、考えてばかりいても前には進めぬ、と阿部はいった。では、阿部がいう「前」とはなんだろう。

いまとは違う世の中になるということだろうか。

ふう、と幸右衛門に気づかれないように、ため息を吐いた。

「しかし、お前には驚かされることが多い。あのような知識をどこで得たんだい？　江戸へ出てきたのは十二のときだろう？」

幸右衛門が、不思議そうな顔で訊ねてきた。

「それは、在所の茶園で働く古老の方々に伺ったりもいたしましたし、ふた親からも聞かされていました。茶の淹れ方を教えてくれたのは母ですが」

ふうん、と幸右衛門はどこか変わり者を見るような目付きをしながらも、眼を細めた。

「まあ、仁太郎はまずは商いを覚えねばな」

「ですが、番頭さん、商いはご政道とまったくかかわりがないわけではありません。宇治が、そうではないですか？　茶の湯がお好きだった豊太閤や東照大権現さまとの交わりが深かったからこそ、茶の産地として大事にされたのですから」

「たしかに、その通りだがな。だからこそ、お前はいまは商いを学べ」

幸右衛門の言葉に、仁太郎は頷いた。

「さて、大旦那さまも行ってしまったし、私たちも帰ろうか。それともちょっと寄り道していこうか？」

えっと、仁太郎は眼をしばたたいた。店の決まりでは、してはいけないことのひとつだ。

「ま、寄り道といっても商いのためだ。店の中だけでは学べないこともあるからなぁ」

幸右衛門はさくさく歩き出した。

「あ、あの。番頭さん。大旦那さまですが」

幸右衛門が振り向いた。

「どちらにお出掛けになったのですか？　なにやら嬉しそうにしておられましたし、夕餉もいらないとおっしゃって。旧いご友人とのお約束でも？」

ああ、そうか、と幸右衛門が顎を上げ、独り言のようにいった。

「お前は、まだ知らされていなかったな。もっとも、知っている者はわずかだが。いまでなくともいいんだが、はて、どうするかな」

もったいぶった物言いに、気が引かれた。

が、訊いてはいけないことだったのではないかと、仁太郎は背負った荷の結び目をぎゅっと握りしめて、幸右衛門の言葉を待った。

幸右衛門が少し困った顔をして、仁太郎を見る。

「お前は、大旦那さまのお気に入りだから、そのうち聞かされると思うが――」

幸右衛門は、歩きながらでいいか、といった。仁太郎は頷き、幸右衛門の横に並んだ。

「じつは、大旦那さまには、もうひとりお孫さまがいるのだ」

仁太郎は、思わず立ち止まってしまい、はっとして慌てて幸右衛門の後についた。

「そんなに驚くな。でもまあ、お店では、ひとり娘ということになっているからな」

先代、つまりお徳の父親が余所で産ませた男児だという。

「せ、先代さまに、男の子！」

「大きな声を出すな。いいか、他の者には断じていってはならんぞ」

仁太郎は、ともかく頷いた。

「そのことは、お内儀さんはご存じなのですか？」

「当たり前だ。それで、お内儀さんは大旦那さまを恨んでいる。大旦那さまが、生まれてくる子に罪はないと、自分の父親が外に作った女子が子を産むのを許したのだからな」

幸右衛門は、顔を歪め、一旦言葉を切った。武家屋敷が建ち並ぶこの辺りは、人の行き来が少ない。長く延びた塀の中から、過ぎ去った夏に置いてけ堀を食った蝉の鳴き声が聞こえてくる。地面に、仁太郎と幸右衛門の短い影が落ちる。

「お二人が昨年、亡くなられたが」

「まもなく一周忌ですが、まだ大旦那さまもお内儀さんも、なにもおっしゃっていませんね」

「うん、そのうち法事の話が出るだろう」

「でも、番頭さん。先代の旦那さまに、その、あの」

「お妾かい？」

「はい。そのお妾に子を産ませることを大旦那さまがお許しになったことで、お内儀さんが恨んでいるとおっしゃいましたが、それだけではないのですか？」

幸右衛門が首をゆっくり縦に振る。

「お二人が亡くなったのは、事故ではなく――虎列刺だ」

「虎列刺！」

これ、と幸右衛門が、口許に指を当てた。

「そう大きな声を出すなといっているだろう。あれは、川開きが終わる頃だ」

先代夫婦が旅に出たのは覚えていないかい？　と歩を緩めた幸右衛門が仁太郎を見る。

箱根に湯治に行った。その後、奉公人たちが聞かされたのは、帰路の箱根路で落石事故にあったということだった。仁太郎は、言葉を失った。それがすべて偽りだったのか。

「旅に出るといったときにはすでに根岸の寮におふたりとも運ばれていたんだよ」

おしまは、親許を離れ、遠く江戸まで来た幼い奉公人たちの面倒をよく見てくれる、優しくもの静かな人だった。腹をすかしている者がいれば、こっそり呼んで菓子を食べさせたり、お仕着せがきつくなれば、その成長を喜んでくれた。仁太郎も、覚えがある。奉公に入って二年目の冬に、風邪を引いて高熱を出した。すぐに医者を呼んでくれ、仁太郎は、他の奉公人たちとは別の座敷に移され、おしまが夜通し看病をしてくれたのだ。朝、熱が下がっているのがわかると、仁太郎の額にそっと手を載せていった。

「あたしは、在所の親御さんから大事なお子さんを預かっていると思っているの。辛い思いをさせちゃ、親御さんに申し訳ないものね」

そういう人だった。先代の利兵衛もそうだ。商いには厳しいが、奉公人を頭ごなしに叱り飛ばしたりする人ではなかった。まさか虎列剌で亡くなっていたなんて。

太兵衛が裏から手を回したのだろう。表店を持つ者は、大抵、奉行所の役人と付き合いがある。ちょっとした不始末をもみ消してもらうためだ。その代わり、盆暮れ、祝儀不祝儀、あるいは見廻りの際には茶代などは普段からかかさない。

森山園にも、篠塚健四郎という定町廻りがよくお店に訪れる。すると、帳場にいる番頭が必ず、懐紙で包んだ銭を渡す。そういえば、平手代の友太郎は、手代とともに与力の屋敷にも必ず挨拶に赴いていた。

「虎列刺で死んだとなれば、森山園に客が寄り付かなくなる。それを恐れたんだ。子どもが死んだ時も口止めされたろう？　それが主人夫婦ではさらにだよ」

よくよく考えてみたら、奉公人たちは亡骸を見ていない。ふたつ並んだ棺桶に、手を合わせただけだ。

「火屋で焼いたからね。事故であれば、皆の同情を引くだろう？　大旦那さまはそれを見越したんだよ」

仁太郎は、そうだったんですか、と呟くようにいった。

「それから妾には十分な金子を与えて、孫の利吉さまを引き取ったんだ」

太兵衛の悲嘆に比べ、自分のふた親がいっぺんに死んだというのに、お徳は涙ひとつこぼしていなかった。

仁太郎には、その姿が不思議に見えたが、それはこれから、恭三と森山園を守って行かねばならないという決意をしていたのだと、そう感じていた。

「病に罹ったことが、そんなに恥ずかしいの？　妾に子を産ませたり、お祖父さまは、どうかしてる」と、お徳は泣きじゃくったらしい。

幸右衛門と仁太郎は、武家地を抜けて、町場に出た。仁太郎は、ふと夢から覚めたように周りを見渡した。麹町の往来は賑やかで、いつもの風景が広がっていた。棒手振りの売り声が響いて、床店の玩具屋には、母親に駄々をこねる幼子の姿があった。

「おしまさまは、産み月の前にお子を流してしまったことがあってね」

「もしかしたら、男の子ではないですか」

「なんで知っているんだい？」

幸右衛門が眼を見開いて、仁太郎を見た。

「私が熱を出して寝込んでしまった時、私の傍で手拭いを絞りながら、ふと呟かれたのです。無事に生まれてきてくれていたら、仁吉や奉公人たちと遊ぶ姿が見られたのに、と。でも男の子の遊びは危なっかしいからとも」

熱に浮かされていた仁太郎は、ぼんやりと耳にしただけだったが、おしまの寂しそうな横顔だけが妙に眼に焼きついた。

「そうかい。その数ヵ月後に、妾が子を産んだのだよ」

おしまは、哀しく、苦しかったに違いない。夫の利兵衛の不実を恨みたくなるが。

「だが、妾が産んだ子の名を利吉と付けたのは、おしまさまだ」

仁太郎は驚いた。

「出来たお方だよ。ご自分が男児を産めなかったからといってね。本当は、引き取って育てたいともいっていらしたのだ」

「それに異を唱えたのは、大旦那さまだ。後継ぎはお徳さまとお決めになっていた。商家では後継ぎはむしろ娘の方がいいというのは聞いたことがないかい？」

仁太郎は頷いた。商いに秀でた婿養子を迎えたほうが、店は安泰だという。婿なら遠慮もあるし、お店のために励むからだ。だが、太兵衛の目論見は残念ながら外れた。お徳が選んだのは、商いに身を入れない恭三だったからだ。

「いま、おいくつなのですか？」

「たしか、十だったかな」

そんな馬鹿な、と仁太郎は思った。

「わかったかい？　お徳さまが、祖父の大旦那さまを恨んでいる訳が。妾に子を産ませ、母親を苦しめた。そして、ろくな手当てもせず、根岸の寮に運んで、そのままにした。殺したも同然だとね」

仁太郎は切なくなった。

「こんな話をするのはどうかと思うが、実は、お徳さまの婿に、私の名が挙がっていたのだよ」

「ええ！」

「それほど驚かれると、困るな」

幸右衛門は盆の窪に手を当てる。

幸右衛門が、森山園で太兵衛や利兵衛に頼りにされていたのは、仁太郎が奉公に入ったときから感じていた。入り婿の話も頷ける。けれど、お徳は、菓子屋の恭三に惚れて一緒になった。それも、父親と太兵衛への反発のようにも思えた。あのきつい物言いも嫌みも、太兵衛の気に入りの仁太郎へ向けられるのは、当然のことに思えた。

「いいかい、仁太郎。奉公人では、支配役の作兵衛さんと、番頭の源之助さん、そして私の三人だけが承知していることだ。これは、決して開けてはいけない玉手箱なんだよ。どんな家にもそういうものがあるだろう？　触れてはいけないことなのだ」

仁太郎はごくりと生唾を飲み込む。しかし、そんな秘密をなぜ、幸右衛門は自分に洩らしたのだろう。

「いいか、大旦那さまは、もちろんお徳さまを可愛いと思っていらっしゃる。だからこそ恭三さまを迎えて森山園も譲った。けどな」

「はい」

「利吉さまに、新たな店を持たせようと思っているらしい」

仁太郎は眼を丸くした。森山園からの暖簾分けとして、葉茶屋を立ち上げるということだろうか。

「大旦那さまは、利吉さまの守役として、私を大番頭に据えようと考えてくださっていた。けれど、私はお店を退く」

では、その話は、どうなるのですか、と仁太郎は訊ねた。

「大旦那さまもお歳だ。利吉さまを一人前の商売人にするにはもう年月が足りないと、こぼしていた」

それで、仁太郎、よくお聞き、と幸右衛門が再び歩を緩めた。

「お前が、利吉さまのお側につくかもしれないのだよ」

仁太郎は、すぐには話が吞み込めなかった。はっとして、あわてて首を横に振る。

「私など、無理ですよ。まだ若衆になったばかりではありませんか」

「茶葉のいろはを教え込んで欲しいのだろうな。利吉さまは、江戸の生まれだ。宇治のことも茶葉のことも、御茶壺道中のことも、なぁんにも知らない」

「それはそうでしょうけれど」

仁太郎は、幾分背を丸めた。まさか、そんな話が出ていようとは夢にも思わなかった。というより、色々な話をいっぺんに聞かされて、当惑していた。

「ただ、大旦那さまから、お話があるまでは、お前のほうから何もいっては駄目だぞ。だが、そういう腹づもりでいればあわてずに済む。古参の源之助さんの供につき、お屋敷回りをするということは、先のことを思っての意味が含まれているのだということを忘れてはいけないよ」

これで、すべてをお前に伝えられた、と幸右衛門が横から、仁太郎の顔を見た。

「ま、まだ利吉さまは、幼いからな。いますぐに店を出そうということではない。しかし、そうなるとなぁ」

幸右衛門は、顎先を掻いた。

「お徳さまが、なんといわれるか。それが心配の種だ。だいたい、これまで一度も会ったこともなければ、弟と認めてもいない。森山園の暖簾分けなど許すとは思えないよ。

大旦那さまが丸く収めてくれればよいが、それも、元気なうちにしてもらわねば――おっと、いまのは失言だ」

老い先短い自分に何ができるかぐらい、きっと太兵衛もわかっている。

「それで、今日はそのお孫さまのところに。寮かなにかで暮らしていらっしゃるのですか」

「根岸の寮は、今はお徳さまが時々、お得意さまをお招きするのにお使いになっているからな。大旦那さまが別の処に家を借りている。それは、私たちにも教えてくださらない。利吉さまの面倒を見る年増女と老爺をひとりずつ雇っているようだが」

不意に仁太郎は、葬式のとき、太兵衛が流した涙は本物だったのだろうかと思い、唇を強く嚙み締めた。

太兵衛が、恐ろしく感じられた。

柔らかな眼で仁太郎を見つめる、その瞳の奥には、なにが隠されているのだろう。商売のためなら、店を守るためなら、息子夫婦の病死を事故死にすりかえてしまう。

「さ、寄り道だ。最近、評判の水茶屋がこの近くにあってな、そこの茶が美味いらしい。どこの産地の茶葉を使っているのか、仁太郎、当ててみたらどうかな」

仁太郎の戸惑いをよそに、すべてを話し終えて、すっきりした幸右衛門は、眩しげに空を見上げた。

第二章　湊の葉茶屋

一

仁太郎は、朝の茶を淹れるために、いつものように太兵衛の居室に向かった。昨夜半から降り出した雨が、朝を迎えてさらに強くなっていた。軒からは、雨粒が滝のように落ちている。

涼炉など煎茶を淹れるための道具と、一粒の梅干しを載せた盆を置き、廊下から声を掛けたが、太兵衛の返事がなかった。

厠へでも行かれたのだろうか、と仁太郎は、廊下に座り太兵衛を待った。しかし、なかなか太兵衛は姿を現さない。これだけ雨が激しいのだ。きっと、聞こえなかったに違いないと、仁太郎は少し大きめに呼び掛けた。

そのとき、わずかではあるが、座敷の中から呻くような、もがくような声がした。

「大旦那さま」

仁太郎は障子を開けた。太兵衛が夜具から離れたところで倒れ伏していた。うぐぐ、と苦しげに呻いている。

「いますぐ、お医者を。お内儀さんも呼んで参ります」

仁太郎が身を翻すと、太兵衛が、うつ伏せのまま首を振った。

「大丈夫だ。なんでもない。うっかり転んでしまっただけだ。もうなんともない、起こしてくれないか」

それでも太兵衛は苦しそうだった。

仁太郎は、戸惑いつつ太兵衛に近寄り、うつ伏せの身体に手を掛けた。太兵衛が唸る。

「申し訳ございません。どこか痛むところはございますか？」

「痛むといえば、倒れたとき、顔を打ち付けたくらいだ。さ、頼む」

仁太郎は一旦太兵衛を仰向けにすると、背に手を添えて、上体を起こした。

ふう、と太兵衛が気を落ち着けるように、大きく息を吐いた。

頰のあたりがわずかに赤くなっているが、大したことはなさそうだった。太兵衛はこの頃、膝が痛むといって杖を使っていた。

「雨のせいか知らんが、今日はことのほか膝が痛んでな」

夜具から出て、立ち上がろうとしたとき、膝に激痛が走ったのだという。そのため、足がもつれて倒れてしまったと、太兵衛は決まり悪そうな顔をした。

「歳は取りたくないものだな。自分の身体がいうことをきかぬ」

太兵衛は両脚を投げ出し、膝頭を撫でさすった。

「夜具で横になったほうが」

仁太郎がいうと、そうだな、と太兵衛が応える。このように気弱な太兵衛を、初めて見たような気がした。

幸右衛門の「大旦那さまもお歳だ。利吉さまを一人前の商売人にするにはもう年月が足りないと、こぼしていた」という言葉が、仁太郎の脳裏に甦る。

「さ、大旦那さま。お立ちになるのはお辛いでしょうか？」

「んむむ、仁太郎、肩を貸してくれるかな」

仁太郎は、太兵衛の腕を自分の肩に回し、身体を支えながら立ち上がる。そのとき、太兵衛が、

「なにやら、力も入らんような気がするが、困ったものだ」

かすかに笑みを浮かべる。

座敷の隅に置かれていた文机の上に、帳簿と算盤が載せてあった。仁太郎の視線の先を見て取った太兵衛がいった。

「恭三や番頭たちを信じていないわけではないのだがね、私は自分の眼で確かめないと気が済まない厄介な性質だ。もうお店のことには口を出さないのが隠居だというのに、自分でもほとほと呆れてしまうよ」

利吉さまのためにも、まだまだ長生きをしてくださらねば困りますと、喉まで出かか

ったのを、懸命に呑み込む。

仁太郎は、少しずつしゃがんで太兵衛を夜具に横たえさせた。

「ああ、すまないね。助かったよ。仁太郎、茶を淹れてくれるかい」

「承知しました。では、半身だけ起こしましょう」

太兵衛の上体を起こし、仁太郎が廊下に置いた茶道具を手にしていると、お徳が、ものすごい形相で廊下を歩いてきた。

「お祖父さま！　また帳簿をこちらにお持ちになったでしょう。いったい、どんな訳があって続けるの。あたしと恭三さんがそんなにも頼りないですか？」

声高にいいながら、太兵衛の傍にかしこまった。太兵衛は、むうと口許を歪める。

「そういうことではない」

「なら、なんで帳簿を持ち出すの。何か不都合な点がありましたか？　帳簿のごまかしとか」

「何もないよ。新しい客も増えているようだし、結構なことだ。働き次第で立身できるというのが、奉公人たちにも励みになったようだな」

お徳は、どうだとばかりにつんと顎先を上げた。

「奉公人たちが店に来た振りの客を取り合っているわ。受け持ちが増えれば、自分の売り上げも伸ばせるもの。面白いわよ。いままで、無愛想な応対をしていた子が、にこにこしちゃって。ねえ、仁太郎もそう思うでしょ」

はい、と仁太郎は頷く。お徳のいう通りだった。特に平手代たちが張り切っている。友太郎はもともと愛想の良さだけで生きているような男だが、それに続けとばかりに、皆が笑みを絶やさず、歯の浮くようなおべんちゃらもいうようになった。常連客が、「ずいぶん、皆が朗らかになったねぇ」と、眼を丸くして驚いていた。

「歳や奉公の年数で役付きを決めるなんて古臭いの。商い上手な奉公人は認めてあげないと。だから頑張れるのよ。いまは友太郎の売り上げが一番いいわ。手代にしてあげてもいいくらい」

お徳は、自分の思いつきが店を明るくし、活気づかせたのだと、手柄を立てた武士のような口振りだ。

「ただ、気をおつけ。奉公人同士がいがみ合わないように、目配りはきちんとしてやらんとな。先日のこともある」

手代の長次郎と仁太郎の一件のことだ。

お徳が、紅を引いた唇をきゅっと引き結び、

「お店のことにいちいち口を出さないで」

そういうと、すっくと立ち上がった。

「そんなに帳簿がご覧になりたいのなら、古い物でも眺めていたらいいでしょう？　もう、お祖父さまは隠居の身なの。わきまえていただかないと」

「お徳、私になにをわきまえろというのだね」

「そうして、いつまでも夜具に入ったまま、仁太郎の淹れたお茶でも飲んで、静かにしていればいいのよ。余計なことはしないで。森山園はあたしと恭三さんの店です」

仁太郎は、あまりの言葉に面食らった。太兵衛もさすがに、顔色を変えた。

「お徳……」

お徳は、眉間に皺をくっきり浮かせた。

「出しゃばらないでっていっているの。わかる？　隠居なんだから、もう余生を楽しめれば十分でしょう？」

「――出て行きなさい」

太兵衛がぼそりといった。身体が小刻みに震えている。

「なあに、聞こえないわ」

「出て行けといっているのだ！」

太兵衛が顔に血の色を上らせ、怒鳴った。お徳は、はっと眼を見開くと、太兵衛を見下ろし、

「いわれなくても、出て行きます。帳簿を取りに来ただけですから」

文机の上の帳簿を乱暴に手にすると、さっさと座敷を出て行った。出て行く間際に、仁太郎を鋭く見た。

やれやれ、と太兵衛が肩を落とした。

「みっともないところを見せてしまったな。お徳も、幼い頃は素直で優しい子だった。

じいじ、じいじと、腕を伸ばして、よく抱っこをせがんできた。祭りにも、ふたりでよく出かけたものだ。夏には大川の花火……」

　と、いって、太兵衛は口を噤んだ。過ぎた日を思い起こしても詮ないことと感じたのだろう。

「お内儀さんも新規のお客を増やそうとお忙しくしています。それでついついきつい物言いに。でも、大旦那さま、お身内だからこそ遠慮なく物がいえるのではと」

　太兵衛が、ちらりと仁太郎を見た。

「これは差し出がましいことを申しました。お許しください」

　仁太郎は、手をついて頭を下げた。ふふっと、太兵衛の笑いが洩れた。仁太郎が顔を上げると、太兵衛の笑い声が次第に大きくなった。

　呆気に取られて、太兵衛を見つめる仁太郎に、

「まだ元服をしたばかりの者から、そのように諫められるとは思いもしなかったよ」

　そういって、また笑った。

「幸右衛門も、阿部さまのお屋敷で、とうとうと宇治の茶を語るお前には舌を巻いたといっておった」

「帰り道に、どこから得たものかと訊ねられました」

「そうだろうなぁ。宇治と東照大権現さまとの繋がりなど、幼い奉公人には知る由も無い。どうだろうな、仁太郎、お前のその知識を活かしてみないか」

「と、おっしゃいますのは？」

「まだ先になると思うが、ちょっとばかり考えていることがある。お前もまだ若衆になったばかりだ。商いについてはもっと学ばなければならん。時が来たら、あらためて話す」

幸右衛門がいっていた孫の利吉のことだろうか。

期待しておるからな、と太兵衛がいって、

「では、茶を淹れてもらおうかな」

相好を崩した。

雨はさらに激しくなっていた。今日は、お店も暇だろうと、仁太郎はゆっくりと茶を淹れ始めた。


「雨がすごいなぁ」

弥一が店座敷から三和土に降りて、表通りを眺めた。昼になっても薄暗い。

「真っ黒な雲が、居座ってるよ。これはまだまだ止みそうにないよ、仁太郎兄さん」

こんな日には、まだ奉公に入ったばかりの子ども衆は、寝間にしている中二階の部屋で、店の符牒や帳簿の付け方、読み書きと算盤の練習をしている。

「弥一も中二階に行ったらどうだい？」

仁太郎がいうと、振り向いた弥一が、つまんないから嫌だ、といった。

「商いのいろはを学ばないと、後で困ることになるよ」

「別に、おいら、商売人にならなくてもいいと思ってるからさ」

「そうなのか。じゃあ、どうしてここに来たのだい」

仁太郎は、茶箱が置かれている棚の隙間を布切れで拭きながら、訊ねた。

弥一は、けろりとした顔で応えた。

「口減らしだよ。弟や妹が多いからさ、長男坊のおいらが奉公に出れば、その分の飯が浮くだろう」

そうか、と仁太郎が息を吐く。

「そんなに大層なことじゃないよ、兄さん。そういう家は、いくらでもあるからさ」

「在所が恋しいと思ったことはないかい？」

んーっと、弥一が生意気に腕組みをして考え込んでから、口を開いた。

「わかんないな。弟や妹たちに会いたいとは思うけど、それだけだよ。こっちなら白まんまが食べられるし、腹を空かす心配もない」

「じゃあ、在所に戻ったら、茶園で働くのかい？」

「それも面倒だな。うちは雇われ人だし、お父っつぁんとおっ母さんの苦労も見てきたしな。茶葉は手間ひまかけて育ててやらないといけないから。もっと楽な仕事はないもんかって、本気で考えてるんだけどな。江戸は賑やかだろう。何年も奉公して苦労するお店者でなくても、楽に生きていけそうな気がするんだ」

そんな考え方もあるのか、と仁太郎は呆気に取られた。

「仁太郎、いまいいかな」

首を回すと、番頭の幸右衛門が立っていた。

屋根を叩く雨の音がさらに強くなった。

母屋の廊下を幸右衛門が足早に歩く。仁太郎は、その後ろを黙ってついて行く。

「大旦那さまから、お話がある」

幸右衛門は、振り向かずにそういったが、気が張り詰めた声をしていた。おそらく表情も硬いのだろう。

仁太郎は、今朝方大旦那の太兵衛が転倒したことを告げたほうがよいのではないかと思った。転んで顔も打っている。本人はなんでもないといっていたが、もともと膝に痛みを抱えていた。また、同じことが起きることもある。

庭木が激しい雨に打たれて、うなだれていた。

「あの、番頭さん」

幸右衛門に呼び掛けた。仁太郎の声は届かなかったのか、幸右衛門はすたすたと先を行く。

「番頭さん」

仁太郎が一度目より大きな声を出すと、幸右衛門が足を止め、驚いた顔で振り返った。

「すまないね。考え事をしていたんだ。どうした、仁太郎」

「じつは、大旦那さまが、今朝方——」

仁太郎が、太兵衛の転倒の件を告げると、幸右衛門はいくぶん眉をひそめた。

「その話も含めてのことだろう。少し前に医者が帰ったところだ」

えっと仁太郎は眼を丸くした。医者を呼んだのか。仁太郎は店に出ていたので気がつかなかった。医者を頼んだということは、やはりなにかしらの病だと、太兵衛は感じていたのかもしれない。

太兵衛の居室の前にかしこまり、幸右衛門が声を掛けた。

「大旦那さま。幸右衛門でございます。仁太郎を連れて参りました」

返答がなかった。幸右衛門は、わずかに顎を上げ、もう一度声を張った。

「おお、お入り」

しっかりした太兵衛の応えに、仁太郎はほっと胸を撫で下ろした。

「失礼いたします」

幸右衛門は、障子を開けると、膝立ちのまますするすると居室に入った。

「仁太郎も、入りなさい。すぐに障子を閉めてな」

太兵衛は夜具から起き上がって、仁太郎を手招いた。

「急に呼び出してすまなかったね。まあ、この雨では客も少なかろう。今日は、開店休業のようなものだな。奉公人たちもたまにはいいだろうな」

太兵衛は、軽く笑みを浮かべる。

「恐れ入ります。今日は、若衆や平手代が子どもたちに、読み書き算盤を教えております」

　ふむ、と太兵衛は頷いた。

「幸右衛門、子どもたちに在所へ文を書くようにいっておくれ。番頭たちも、その文に、それぞれの様子などを必ず一筆添えてな」

「承知いたしました」

　仁太郎も宇治の親許に文を何通も書いている。親にこれだけ読み書きが出来るようになったこと、お店での仕事や江戸のこと、そしてなにより元気でいることを報せるためだ。番頭は、別に文を添える。それには、どれだけきちんと奉公しているか、店は家族のようなものだから安心してほしいうんぬんといったことを記す。遠く離れて暮らす我が子を心配しない親はない。たとえ、短い文でも、子の無事が知れれば、嬉しいものだ。

　先代のお内儀さんが生きていた頃は、お内儀さんが文をしたためてくれた。大事な大事なお子をよく江戸に出してくれた。一人前になるまでは、私どもが親代わりであるから、どうぞ安心してお任せください、という文言が綴られていた。

　それを眼にしたとき、仁太郎は目頭が熱くなったことを覚えている。お内儀さんの気配りや優しさが滲み出ていた。それだけに、命を奪った病が憎い。そして、それを隠し通そうとした太兵衛の心の内が計り知れなかった。

「仁太郎、大旦那さまのお話、聞いていたかい？」

幸右衛門の声に、仁太郎は慌てて、「はい」と応えていた。太兵衛が苦笑する。

「おまえも、若衆になったことを在所に報せなさい、とおっしゃったのだよ。元服して大人になったのだ。親御さんもさぞお喜びになるだろうよ」

「申し訳ございません。すぐに、文を書きます」

そういえば、添え文を番頭が書き始めたのは、

「なんでご飯やお支着せを与えているこっちが、奉公人の親に媚びなきゃいけないのよ。馬鹿らしくてやってられないわ」

お徳がそういったからだと、手代から聞いたことがある。真偽のほどは定かではないが、お徳らしいと、その場にいた若衆や子どもが、皆、一斉に納得したものだ。

さて、と太兵衛は、いささか顔を強張らせていった。

「これから私がいうことに、質問はなし、疑問も持たず、ただ聞いておくれ」

幸右衛門は、神妙な面持ちで太兵衛の言葉に頷く。仁太郎は、それはどういうことかと、早速疑問を持ったが、唇を引き結んで、太兵衛の顔をじっと見た。

「仁太郎、今朝は驚かせてすまなかったな」

いいえ、と仁太郎は首を横に振る。

「あれから、やはり調子が芳しくない。その上、左足と左手にしびれを覚えたのでな、幸右衛門に医者を呼んでもらった。その診立てによれば、どうも卒中の気があるとのことだ」

「卒中！」

思わず仁太郎は声を上げ、慌てて口許を手で覆った。幸右衛門が、首を回して仁太郎を視線でたしなめる。

太兵衛は、軽く笑う。

「といっても、そうした気があるという話でな。ほれ、いまはもうなんともない」

太兵衛は、左手をふたりに向けて差し出すと、閉じたり開いたりして見せた。仁太郎は幾分ほっとしたものの、卒中が怖い病であることは重々承知している。

向かいの小間物屋のお内儀がそうだ。昨年暮れに倒れて、いまは寝たきり。言葉もうまく出せなければ、手足もほとんど動かせない。口さがない者たちは、あれでは、周囲に迷惑をかけるだけ、いっそ死んでしまったほうが本人も楽だったろうにといっている。

そうしてかろうじて命を取り留めることもあるが、死に至る病であるのもたしかだ。

「医者によれば、手足のしびれはむろんのこと、言葉が出なくなるとか、ろれつが回らなくなるなど兆候はあるらしい。一番怖いのは頭痛だそうだが――」

一応、医者は薬を置いていったが、ただの気休めにしかならないだろうと、太兵衛は薄く笑った。そこで、と険しい表情を見せる。

「いつ何時、私が倒れるかしれない。なのでな、婿の恭三に太兵衛の名を譲り、一切合財、店のことには口を挟まないと決めたのだよ」

幸右衛門は、すでに聞かされていたのだろうか、眉ひとつ動かさなかった。

「ただ、心配がひとつある。仁太郎、私にはもうひとり孫がいてね」

すっと、幸右衛門が口を開いた。

「それにつきましては、先日私から」

「そうか。伝えてくれたか。ならば話は早い。仁太郎」

太兵衛が、視線を向けてきた。

「孫は、利吉というのだがね、その子の世話をしてほしい」

そ、それはと、仁太郎が身を乗り出そうとするのを、幸右衛門が制した。

「急なことで、戸惑うだろうがね、まずは話を聞いておくれ。利吉は麴町にいる。まだ先のことだが、利吉には、店を持たせてやりたいのだよ」

暖簾分け、ということになるのだろうか。

「母は違えど、父親は同じだ。もっとも、お徳は弟とは認めていないがね」

わずかに声を落とし、太兵衛はいった。

「世話といっても、いまはまだ十だ。遊び相手をしながら、茶葉のこと宇治のことをさりげなく教えてやってほしい」

幸右衛門が、仁太郎へ顔を向けた。

「大旦那さまは、仁太郎が適任だとおっしゃった。お店を辞める私がいうのもなんだが、私もそう思う。商売については、まだまだお前も足りないが、宇治の葉茶屋の主人としての知識は必要だ」

仁太郎は頷いた。

「しかし、お前のように御茶壺道中に夢中な主人になっては困るがな。では仁太郎、よろしく頼むぞ。かなり負けん気の強い子だが、店の主人になる資質はあると私は思っている。身びいきかもしれんがな」

太兵衛は、そういって大きく息を吐き、肩を落とした。仁太郎は不安になった。太兵衛が急にひと回り小さくなったように見えたからだ。自分のじいさまのことを思い出した。茶の実を植えるために土を耕す平鍬を振るう姿は、誰よりもたくましかった。下肥を茶木の根元に施す姿は誰よりも優しかった。けれど、病を得て、寝込むようになってから日に日に身体が小さくなった。病のせいばかりではなく、少しずつ魂が抜けていくせいなのではないかと、仁太郎は思った。

それと同じことが、なんとなく太兵衛にも感じられた。

利吉のことについても、店を持つのはまだ先といっていたが、少しばかり気が急いているような口振りだった。頼りにしていた幸右衛門が、お店を退くことも太兵衛にとっては痛手だったのかもしれない。

「利吉にはそのうち会わせる。そのときは幸右衛門、お前も一緒に行っておくれ」

幸右衛門が、訝しがる。幸右衛門は父親の急逝で、年明けの藪入りを待たずに、まもなく在所へ帰るはずだった。

太兵衛が白いものが交じる眉をひそめた。

「幸右衛門には悪いが、父親の菩提を弔ったなら、再び、店に帰って来てほしいのだ」

思わず膝を乗り出しかけた幸右衛門が、ぐっと堪えたのがわかった。

「わかっているよ。栽培の忙しい時季に在所にいたいのだろう。それでなくとも、人手が足りないという話だったな。だが、太兵衛の名を譲ったあと、お徳と恭三のふたりが落ち着くまでは、店に留まってもらえないか？」

太兵衛は、帳簿のことを持ち出した。売り上げも伸びている。これまで以上に、客も増えている。奉公人たちが張り切っているのも感じる。しかし、どこかあやうい感じがあるという。お徳と恭三が増長するのを抑えてもらえないかと、太兵衛は頭を下げた。

「大旦那さま、そのようなことをなさっては困ります」

「いや、お前にはいろいろ辛い思いをさせた。恨まれても詮方ないことをした」

太兵衛が、幸右衛門をすまなそうに見る。この家の婿になるはずが反古になったという話だ。もし、お徳との婚儀が調っていたら、幸右衛門は、森山園の主人に納まっていたのだ。幸右衛門は、首を横に振った。

「私は、十一でこちらに奉公させていただきましてから、二十二年。これまで大旦那さまと、先代さまに育てていただきました。その御恩は忘れておりません。感謝こそすれ、恨むなどとんでもないことでございます」

太兵衛が身を乗り出し、幸右衛門の手を取った。

「ではこれが最後の奉公だと思っておくれ。お徳は今のやり方で売り上げが伸びたと、悦に入っているが、必ずどこかでひずみが出る。やたらと客を増やしても、皆が皆上得意になるはずもない。それがわかっておらんのだ」

太兵衛の真剣な眼差しを、幸右衛門はさりげなく避けた。

「承知しました。年内には戻って参ります。年末の掛取りを済ませ、それからお暇をいただきとう存じます」

幸右衛門が太兵衛の手を握り返したが、その表情は暗いものだった。仁太郎は、そんな幸右衛門の顔を初めて見たような気がした。人の心の内など読めるはずもないが、幸右衛門がすべてを承服しているようには思えなかった。

「やれ、ほっとした。作兵衛と源之助も、他の番頭も幸右衛門がまだいてくれるとなれば安心する。それと、仁太郎。お前には、源之助とともに、阿部さまのことをくれぐれも頼むぞ。あのお方はきっと偉くなる。源之助の受け持ちは、お武家、大店が多い。よくよく学ぶようにな」

「はい」

仁太郎が応えると、太兵衛は安堵の表情を見せ、横になるといった。

幸右衛門がすぐさま、太兵衛の背後に回って、背に手を添えながら、ゆっくりと横たえさせた。

はあ、と太兵衛は天井へ眼を向け、吐息した。

「話は仕舞いだ。それにしても今日はずいぶんひどい雨だ。まだ雨音がしている。茶葉は湿気を嫌う。子どもたちにもちゃんと教えてやってくれ」

「承知しました」と、幸右衛門はきちりと応え、頭を下げた。

「さ、もう下がりなさい。私は少し眠るよ」

二

お徳は、恭三が太兵衛を名乗ることで、名実ともに森山園の主人になったと、大喜びだった。このときばかりは、太兵衛の居室に夫婦で訪れ、礼をいったという。それからお徳はこのことを世間に広めるのだと、得意客へ、恭三の実家である菓子屋で一番高価な練り菓子と玉露の新茶を配って歩き、さらに上得意の客や、本店(ほんだな)の森川屋の主人三右衛門、葉茶屋仲間を招いて宴(うたげ)を催した。土産には、京織物の反物まで用意するという熱の入れようだった。

「ずいぶん羽振りのいいことだ。ここまでされては、本店の立つ瀬がないね」

宴のあと、三右衛門がちくりと皮肉をいったという。

だが、お徳は嬉しさのほうが先立って、そんな皮肉は意にも介さず、奉公人たちにも振る舞った。特別に小遣いをくれ、夕餉(ゆうげ)の膳(ぜん)には小豆(あずき)飯と小鯛(こだい)の尾頭が載った。子どもたちが眼を瞠(みは)ったのはいうまでもなく、骨までしゃぶりつくして、皆、満足げな顔をしていた。手代、平手代、若衆には酒も出た。

お披露目の費えだけで、百五十両ほどかかったらしい。外回りのとき、番頭の源之助が、仁太郎にぼそりとこぼした。

そのうえ、この頃は、お徳が平手代の友太郎を連れて、お得意先回りをしている。それにはやはり衣裳が大切だからと、日本橋駿河町の越後屋で幾枚も誂えていた。店のほうにも、越後屋の番頭が新作衣裳の雛形を持って、いそいそとやってくる。越後屋は掛売りなしの現金払いで大店にのし上がった、江戸で屈指の呉服商だ。

太兵衛になった恭三は、お徳のやることなすことに、好きになさいのひと言だけ。お徳は、帳簿の管理もひとりでし始めた。

森山園は、振りの客には現金売りをしているが、大口のお得意は掛売りだ。いつも、日銭が入ってくるわけではない。もう新茶の仕入れは終わっているが、これからの仕入れがある。その金にまでお徳が手を付けていないか、源之助は心配しているのだろう。

「幸右衛門がいてくれたらね、少しはお内儀さんに意見してくれたと思うのだが。しかし、本当にお店に戻ってくるのだろうかね。在所の者に泣きつかれて、そのまま帰れなくなってしまうこともあるかもしれないよ」

「でも、番頭さんは、大旦那さまとお約束をかわしておりましたよ。年末の掛取りを済ませ、それからお暇をと」

源之助の意外な言葉に、仁太郎は驚きを隠さずにいった。

「そうかい。それならいいんだがね」

源之助は奥歯に物がはさまったような物言いをした。

「あいつは真面目でいい奴だ。お店のことを第一に考え、若くして信頼を得て番頭にまで登りつめた。けれどね——」

自分のように、もうこの店に骨を埋めて、隠居仕舞いまで勤めてから在所に戻ると決めているならいざ知らず、幸右衛門はまだ若い、支配役の作兵衛はいずれ、森山園から暖簾分けされて、店を持たされるだろうが、幸右衛門が支配役になれるとも限らない。

「お内儀さんが祝言を挙げる、少し前だったろうかねぇ。大旦那さまに——いやいやいや」

源之助はそこで慌てて言葉を呑み込み、息を吐き、

「仁太郎は幸右衛門のことが好きかい？」

と、突然訊ねてきた。

はい、と応えると、「そうだよなぁ、森山園には必要な男なんだが」と、至極残念そうにいった。

「幸右衛門が店を退くことを、よく、大旦那さまが了承されたと思ってね。もちろん幸右衛門の決意が相当固かったのだろうけれどね」

やはり、お徳とのことがいいたいのだろうと、仁太郎は思った。が、太兵衛の前で、幸右衛門が、「恨みなどない」といったのを、仁太郎は聞いている。第一、恨みに感じているならば、お店のために尽くすだろうか？

それより、太兵衛に戻る約束をしたときの、暗い表情のほうが、仁太郎は気にかかっていた。けれど、幸右衛門が戻ることを信じるしかなかった。

幸右衛門が江戸を発って、もう幾日が経ったろう。いまごろはもう水口あたりまで行っているだろうか。奉公のため江戸へ下ってくるとき、仁太郎は海のように大きな湖を見て驚いた。本店の三右衛門が、琵琶湖だと教えてくれた。海を舟で渡る七里の渡しから大海原を眺めたときより、心に残った。満々と水を湛える大湖がどうやって出来たのかが、不思議でならなかったのだ。もっとも、仁太郎にとっては、御茶壺道中と同じ道を自分が今歩いているのだということが一番、嬉しかったのだが……。

太兵衛は、太左衛門と名を改め、店のことには、一切口出ししなくなった。代わりに利吉の処へ出掛けることが増えた。

それは、もちろんお徳には内緒だ。変わらず朝夕茶を淹れる仁太郎だけに洩らしていることだが、お徳だって気づかぬはずはない。隠居がそうそう出向いて行く場所があるとも思えない。ましてや、卒中の気があるのだ。いつだったか、仁太郎が駕籠を呼ぶよう太左衛門にいわれ、店から出ようとしたとき、

「今日は、どこへ行くつもりかしらね、お祖父さまは。仁太郎、知っているなら教えなさい」

お徳にきつい顔で迫られた。若い娘が着るような真っ赤な着物を身につけていた。その背後で、友太郎がにやにや笑っていた。行き先は聞いていないと応えると、

「知らない処で倒れられたら、こっちが困るのよ。この間みたいに、軽いもので済むならいいけれど。いい？　仁太郎、卒中っていうのはね、いきなり倒れて、鼾をかいて、三日三晩寝続けて、死んでしまう人だっているのよ。ちゃんと行き先を言伝してくれないと、いざというとき、面倒を背負い込むのは、あたしたちなのよ」

お徳は仁太郎を睨めつけながら早口でいい終えると、ふん、と鼻で笑った。

「どうせ、あの子の処でしょ？　名はなんだったかしら、忘れてしまったけれど」

お徳が忘れるはずなどない。父親の利兵衛の一字を取ったのだ。仁太郎は、じつは、と切り出した。

碁仇のお宅へ、といった。もしも、お徳に訊ねられたら、そういえと太左衛門にいわれていたのだ。

へえ、とお徳は顎を上げた。

「禁裏付に就かれた阿部さまは、もう京へ発ったのじゃないかしら？　他に仲良くしていた方というと、浅草の」

「いえ……女の方、です。お武家の寡婦で」

その瞬間のお徳の顔といったらなかった。今思い出しても、笑みがこぼれる。眼をまん丸く見開いて、口をぽかんと開け放った。それでもすぐに我に返って、「いい歳して、いやらしい」と身を翻したが、「やっぱり、お父っつぁんはお祖父さまの血を引いていたっていうのがよくわかったわ」と、今度は眼を吊り上げて、いい放った。

「ああ、いえ、阿部さまの碁仇でもあります。阿部さまが仲立ちしてくださり……」

お徳が悔しげに唇を引き結んだ。

「なんだって同じよ。変な噂が立たないようにしてちょうだい。もしなにか起きたら、仁太郎、あんたのせいよ」

お徳が顔を真っ赤にして、板の間を踏み抜くほどの勢いで立ち去った。友太郎が「お内儀さん」、と呼び掛けながら、仁太郎を見て、口の端を片方だけ上げた。

お前の立身はないな、といいたげだった。

それにしても、大旦那さまは、なにゆえお内儀さんを怒らせるのだろう。なにか意図があってそうしているのか、仁太郎にはさっぱりわからなかった。

午後になってから、仁太郎は阿部正外の屋敷へ赴いた。

「阿部さまは、もうお発ちになったが、今日は、幸右衛門の後任で私がこれから御用を承ると、奥方さまにご挨拶をせねばならないからね。仁太郎も奥方さまに会うのは初めてだろうから、しっかり顔を覚えてもらうようにしないとな」

屋敷の門番に、源之助が声を掛ける。

「葉茶屋の森山園でございます。いつもご贔屓に与りありがとうございます。本日は奥方さまにご挨拶申し上げに参りました。お目通りが叶いますでしょうか？」

門番は、厳めしい顔つきで、「奥方さまはお出かけになっておられる。出直して参れ」、といった。源之助は「そうでございますか」と、仁太郎を振り返る。

「では、こちらをお渡しいただけますか。ほんのお口汚しでございますが」

仁太郎が包みを差し出した。いまは太兵衛となった恭三の実家の菓子屋の羊羹二竿だ。

うむ、と門番が、包みを受け取ろうとしたとき、

「あら。葉茶屋の方ではないですか？」

高めの声がして、仁太郎は心の臓が跳ね上がったような気がした。振り向くと、果たしてそこに立っていたのは、おきよだった。

おきよは、女駕籠の横にいた。奥方付になったのだ。

駕籠が止まり、おきよが駕籠に顔を近づける。駕籠に乗っているのは、阿部の奥方だろう。おきよは頷くと、仁太郎と源之助の許へ走り寄って来た。

「奥方さまがお会いになるそうです」

「お疲れのところ、恐れ入ります」

源之助が駕籠へ向けて深々と腰を折る。仁太郎も頭を下げた。

「では、こちらへ」

おきよが、源之助と仁太郎の前を歩いた。駕籠がゆっくりと動きだし、門から屋敷内へと入って行く。源之助と仁太郎は、脇の潜り門から入った。

おきよが、顔を覚えていてくれた。仁太郎は嬉しかった。

初冬を迎えても、幸右衛門は宇治から戻らなかった。太左衛門は、幸右衛門の実家へ

文を送ろうとも考えたが、もう江戸へ下っているとすれば、行き違いになると控えた。

　本店の森川屋にならって、江戸と宇治の間で泊る宿は決まっていた。そこへ文を届けておくことも出来なくはない。が、太左衛門は、幸右衛門を待つしかなかろう、と朝茶を口にしながら、硬い表情を仁太郎に見せた。


　秋の終り、世間では、大老井伊直弼の命により捕えられた者たちの処罰が次々と断行されたことが話題となっていた。

　斬首や永蟄居、隠居など、百余名にも及び、特に、厳しい処断となったのが、御三家のひとつである水戸藩だった。前水戸藩主、徳川斉昭は永蟄居、家老、安島帯刀は切腹、家臣の鵜飼吉左衛門・幸吉父子、茅根伊予之介は斬首、獄門と容赦がなかった。徳川斉昭の七男で、一橋家を相続していた慶喜も隠居謹慎となっている。

　この戊午の大獄（後に安政の大獄と呼ばれる）は、日米修好通商条約調印を強行し、将軍継嗣を紀州の慶福（家茂）に独断で裁定した大老井伊直弼が、反対派の雄藩、公卿、攘夷論者を捕縛、処断したものだ。

「とうとうおやりになったか。京の阿部さまのご心痛もいかほどであろうか。公卿さまも大勢処罰されたというからな。ご大老の身も心配であろうが」

　太左衛門の表情が曇る。阿部正外は、大老の井伊直弼に推挙され、禁裏付となった。京の動きを阿部に探らせようという思惑も十分にあり得る。

「阿部さまとて、密偵のような役回りは本意ではなかろうが……それにしても」

仁太郎は、昨日、外回りをしていた際に買ってきた瓦版を太左衛門に差し出した。

「これは？　なんだね、仁太郎」

「お読みいただければ、おわかりになります」

その瓦版には、処刑があった数日後に、井伊大老が茶会を開いていたと、綴ってある。これは、水戸藩潰し、攘夷論者叩きに成功した祝いの茶会だと、憤々たる思いが込められていた。

ふむ、と太左衛門が唸る。

「まったく、時期が悪かったな」

仁太郎もそう思った。おそらく井伊大老は、そのような祝いのための茶会を開いたわけではない。宇治より運ばれてきた碾茶は試飲のための夏切り茶以外は、晩秋から初冬まで保存しておくのである。

「茶壷の封を切るのは、いまごろ。碾茶を一層、美味しく召し上がれるからな。ご大老は、宗観という茶名を持つ茶人でもある。この時季に茶会を開くのは当然のことだ」

「それが、処刑のときと重なったことで、このような瓦版になったのですね。お気の毒ではありますが、この茶会のことが、どうして洩れたのでしょう」

「招かれた者が誰かに洩らしたか、あるいは、茶会が開かれること自体が、すでに広まっていたか、だ」

太左衛門は、いつもの梅干しを口に含んで、頬をすぼめた。

ただの茶会がこんなふうに喧伝されてしまうのだ。仁太郎は、大老井伊直弼の孤独を感じた。そして、碾茶が穢されたようにも思えて、哀しかった。

「お徳はどうしているかな？」

「旦那さまとともに本日はお芝居見物に行かれました」

はあ、と太左衛門が嘆息する。

「このような大きなことが起きたときには、商人も動かねばならんのだが。得意先のお武家にも、処罰が下った方がいるかもしれん。その親戚とかな。お見舞いやご機嫌伺いなどすぐさま考えねばいかん」

そういうものなのか、と仁太郎は太左衛門の言葉を黙って聞いていた。

「仁太郎。江戸での商売には、お武家との関係が大きくかかわってくる。うちのような葉茶屋は、まだましだろうが、本店は藩御用達でもある。もしもだ」

太左衛門の顔が険しくなった。

「このまま、政がうまくいかなくなったらどうなる？　水戸藩のような粛清に近いことがこの先も断行されれば、商売どころではなくなるのだぞ。支払いは滞り、金など貸しておれば回収など出来なくなる」

仁太郎は思わず背筋を伸ばした。

太左衛門の懸念は、的中した。

安政七年（一八六〇）、春の雪が江戸を覆った三月三日。大奥で雛壇を飾る上巳の節句の日だった。

桜田門の外で、幕府の屋台骨を揺るがす事変が起きた。

大老井伊直弼の登城の行列が、水戸浪士十七名と薩摩藩士一名により暗殺されたのだ。

だが、それからひと月余り後、森山園にとって、この事変以上に大きな衝撃が走った。

桜の蕾がほころび始めた頃、太左衛門が急逝した。孫の利吉の処へ向かう駕籠の中で、卒中に襲われ、駕籠から転げ落ちたときには、もう事切れていた。

弔いは、お徳の意向で質素に行われた。お徳は意地でも利吉には参列させないといって、太左衛門の死も伝えようとはしなかった。

太左衛門の四十九日が過ぎてから森山園を訪ねて来たのは、本店の森川屋の主人、三右衛門だった。三右衛門は、太左衛門から預かっていた書置き（遺言）を持ってきたのだ。

お徳は、そんなものがあるとはつゆ知らず、心底驚いたようで、書置きに眼を通すと、すぐさま眦を吊り上げた。

「これは、どういうことなのか、ご説明していただきとうございます」

お徳が太左衛門の書置きを広げ、掌で畳に叩き付けた。

「どうもこうも、そういうことだよ、お徳さん」

三右衛門が毅然としていった。

「いくら、本店の三右衛門さまが間に入ったとはいえ、得心できないものはしょうがないじゃありませんか」

だいたい、まことにお祖父さまの筆かどうかも疑わしい、とお徳は眼の前に座る森川屋三右衛門を睨め付けた。

「これをしたためたとき、その場に誰がいたのか教えてくださいな」

「よさないか、お徳。よく見てご覧。これは、ご隠居の筆に間違いないよ」

「構わないよ、太兵衛さん。私と、うちの支配役を前に太左衛門さんが記したものだ。自分には卒中の気があるといってね、万が一のことを考え、遺しておかなければと、うちを訪ねて来たのだよ」

太兵衛が、肩をすぼめながら三右衛門を窺い見る。

「あら、それならなおさら。三右衛門さまがうまいことといって、お祖父さまに書かせたんじゃないのかしら」

「馬鹿なことを。考えればわかるだろう。この書置きで一体誰が得をするんだい？」

お徳が亭主の太兵衛を、きっと横目で睨む。

「誰が得をするか、ですって？　利吉に決まっているじゃない。利吉に、三百両もの金子を与えなければならないのよ？　あたしには、この森山園と宇治の仕入れ先——」

お徳は、広げた書置きを指先で苛々と幾度も突ついて示した。

「それからここよ、お得意さまだって、見てよ。お武家の半分が利吉の扱いとなっているじゃないの。しかも、仁太郎を利吉の世話掛とするってなに？　仁太郎はうちの奉公人よ。お店には口を出さないといったお祖父さまが勝手にしていいわけないでしょう？」

三右衛門が、渋い顔をして、小指の先で耳をほじった。お徳の喚く甲高い声が癇に障ったのだろう。

ため息を吐いた三右衛門が、口を開いた。

「そんなに意に染まないかね、お徳さん」

ええ、もちろん、とお徳は三右衛門を見据える。

「どこの馬の骨とも知れない女の腹から生まれた子を弟だなんて思っちゃいないし、お父っつぁんが勝手に産ませたんだから、森山園とは縁もゆかりもないわよ。なのに、どうして、金子とお客を譲るのか、馬鹿馬鹿しくってしょうがないわ」

お徳は、書置きを乱暴に手に取り、いきなり読み上げた。

「書置きのこと」
一、森山園の店及び屋敷は、現当主太兵衛が継ぐ。
一、書画、茶道具、調度品等はお徳のものとする。
一、利兵衛の子、利吉に、三百両及び顧客の三割を譲り、新たな店を持たせる。但し、その売り上げの二割は森山園に納めることとする。
一、利吉の世話は、若衆仁太郎に一任する。
「森山園隠居　太左衛門」

お徳は読み終えると、高らかに笑い、三右衛門を睨め付けた。

書置きは、三月四日に記されたものだ。井伊大老が襲撃された次の日だ。太左衛門は、自分の身と、これから先を憂えることがあって、わざわざ三右衛門の処へ行ってしたためたのだろう。

お徳は、承服しかねるという姿勢を崩さず、三右衛門と向き合っていた。

と、不意に支配役の作兵衛の隣に座らされていた仁太郎へ眼を向けた。その視線は、疑念に満ちていた。

「得をするといえば、仁太郎、あんたもそうね。利吉に新しい店を持たせるってことは、ゆくゆくはあんたが番頭になるってことでしょ。支配役の作兵衛やうちの他の番頭たちを差し置いて。うまいこと、お祖父さまに取り入ったものね」

いつから利吉の世話をしていたの？　と、お徳が訊ねてきた。

仁太郎が黙っていると、作兵衛が「遠慮せずお応えしなさい」と、厳しい声音でいった。

太左衛門の書置き披露に同席させられたのは、四つ目の文言のせいだ。店に出て、客の応対をしていたところを、いきなり呼び出されたのだ。この場にいることが、いたたまれなかった。太左衛門の急逝にも、まだ戸惑っているのに、まさか書置きに自分の名が記されていたなど思いも寄らなかった。作兵衛が、「さあ、早く」と、仁太郎の膝頭を叩いた。仁太郎は、はっとして重い口を開いた。

「――いずれ、利吉さまの世話を頼むことになるとご隠居さまから申しつけられましたが、まだ利吉さまにはお会いしておりません」

へえ、そうなのと、お徳が顎を突き出した。

「一任だなんて、勝手なこと書いて。あんたはうちの奉公人なのよ。お祖父さまの下男じゃないの。だいたい店のことには一切口出ししないといっておきながら、お祖父さまが最期の最期に遺したのがこの書置き。死んだ人のいうことなんか、いちいち聞いていられるもんですか！」

お徳は手にしていた書置きをぐしゃりと握り潰し、引きちぎろうとした。

「おやめなさい！」

三右衛門の鋭い声に、お徳がぴくんと肩を震わせ、手を止めた。

「故人の顔に泥を塗るつもりかね。森山園を思ってのことだとは考えないのか。私はね、太左衛門さんから、横浜にいい出物はないかと相談されていたのだよ。いま、横浜には江戸から多く出店している。うちもいち早く、横浜店を置いた。異国との交易はこれからますます盛んになる。生糸はむろん、茶葉も求められている。それを考えてのことだろう」

「横浜ですって？」

お徳の眼が見開かれた。仁太郎も同様だ。もし、利吉が店を構えたなら、横浜に行くことになるのか。

「横浜に葉茶屋を出し、その利益の二割をこちらに納めることと、太左衛門さんは書き遺している。決して悪い話ではないと思うがね」

ふん、とお徳は鼻で笑い、書置きを叩きつけるように置いた。

「お徳、もうおやめよ、森川屋さんの顔を潰すつもりかい？」

太兵衛がおどおどと、小声でたしなめる。

三右衛門は太兵衛をちらと窺ってから、切り出した。

「利吉という子のことは聞いている。まあ、お徳さんにもいろいろわだかまりがあろうが、これは商いの話だ。そこに手前勝手な思いを持ち込んではいけない」

その言葉に、お徳は押し黙った。座敷の中に重苦しい沈黙が流れる。太兵衛は眉根を寄せて、お徳と三右衛門を交互に見ては、息を吐く。やはりこの主人は人の顔色を窺うことしかできないのだと、仁太郎は落胆にも近い思いを抱いた。利吉の存在が、お徳にとってはただの嫌悪の対象でしかないのもわかる。この書置きがどれだけ残酷でお徳の気持ちを踏みにじっているのかも感じる。しかし、太左衛門の思いは、姉弟（きょうだい）仲良くなどという生易しいものではなく、森山園の暖簾にあるのだろう。顧客に武家が多い江戸店に万が一の事があった時、横浜店で対応できるようにということだ。これからますます異国との交易が盛んになる横浜の地で、今のうちに店を根付かせておこうという意図を感じる。そして、それがひいては、お徳や利吉のためになる。太左衛門はそう思っていたと、信じたい。

　お徳は、冷えた茶を一口飲んだ。こくりと喉が鳴る。茶碗を茶托に戻すと、仁太郎へ視先を向けた。

「これはあなたが淹れたんでしょ？　お祖父さまは、毎朝、こんな美味しいお茶を飲んでいたのね。これがもう飲めないなんて、お祖父さまも、お気の毒」

　そういうと、背筋をぴんと伸ばし唇の隙間から鉄漿を覗かせた。

「わかりました。では、こういたしましょう。森山園の横浜店を出しましょう。支配役の作兵衛への暖簾分けとまではいきませんけれど、利吉が元服するまでは、作兵衛にそこを任せることとします。利吉は、こちらで一時預かり、仁太郎に面倒を見させます。ただし、若旦那ではなく、扱いは奉公人のひとり。歳はいくつだったかしら？　横浜へは、商いを覚え、元服を終えてから行かせることにいたします」

　三右衛門を一瞥すると、作兵衛に顔を向け、「頼むわね」とお徳が微笑んだ。

　作兵衛が、「お待ちください」と、膝を進めた。

「それでは、ご隠居さまのご意向にそわぬのではありませんか」

「おだまり。いま、利吉を横浜店の主人にしたって、商売の商の字も知らないただの置物じゃないの。三右衛門さまのいう通り、これは商いの話。ならば、こうするのが一番いいのじゃないかしら、ねえ、お前さん？」

　いきなり水を向けられた太兵衛は、うっと呻いて、頷いた。

　三右衛門が、お徳を見る。

「私は、この書置きと一緒に、横浜店を出すための資金を太左衛門さんから預かっている。それは、こちらで好きに使わせてもらって構わないね」

お徳の顔から一瞬血の気が引いた。

「ちょっとお待ちくださいませ。まさか作兵衛、あんたはこのこと知っていたの?」

作兵衛は、それは、と言葉を濁した。

「なんてこと。いつ、蔵からそのお金を持ち出したのよ」

「金子は、ご隠居さまがお店とは別に、お貯めになっていたものでございまして」

もういいわ、とお徳は立ち上がった。

「好きにしてくださいまし。ですが、三右衛門さま、森山園の出店ということはお忘れなく。それと、利吉のことは、先ほども申し上げました通り、こちらにお任せ願います」

「わかりました。少しでも、太左衛門さんの気持ちを汲み取っていただけるならば、私もそれで得心いたしましょう。しかし森山園は、あくまでも、森川屋からの暖簾分けだということもお忘れになっては困りますよ」

三右衛門は視線を上げ、自分を見下ろすお徳へ釘を刺した。

お徳は、三右衛門から眼を逸らすと、「お前さん、話は終わったわ。作兵衛、三右衛門さまをお見送りして」と、厳しい声音でいうや、先に座敷を出て行く。

「おい、お徳。待ちなさい」

太兵衛が慌てて立ち上がり、三右衛門に会釈をし、お徳の後を追う。

仁太郎は、まだ戸惑いを隠せないまま、座っていた。

と、三右衛門が膝を回して、仁太郎へ顔を向け、ふと笑みをこぼした。

「まったくとんだとばっちりを食ってしまったようだね、仁太郎」

いえ、と仁太郎は首を横に振りながら、頭を下げた。

「太左衛門さんから聞いたかどうか、私はね、お前をうちで奉公させたかったんだよ。お前の茶葉を嗅ぎ分けるその鼻の良さ、素直な性格。もっとも商いには、多少小狡さも必要だが」

三右衛門は、ははははと声を上げて笑った。仁太郎は、ただただ肩をすぼめて、三右衛門の話を聞いていた。

「そうだ、うちにいる良介、今は良之助と名乗っているが、確かお前とは幼馴染みだったんじゃないかね」

「はい。元気でおりますか？」

元服して良之助と名乗っているのかと、仁太郎は久しぶりに耳にした友の名に懐かしさと郷愁にも似た思いを抱いた。

三右衛門は、うむと頷く。

「ああ、うちの出世頭だ。もう十分手代として店を守り立ててくれていると私は思っているよ。客あしらいも上手く、算盤も達者だ。帳簿のほんのわずかな間違いもすぐさま見つけ出す」

「帳簿付けもしているのですか？」

仁太郎は驚いた。帳簿付けは、お徳や支配役の作兵衛、番頭らが行っている。若衆になったばかりの仁太郎は、売り上げを報告するだけだ。森川屋ではやりかたが違うのだと思った。

けれど、あいつも頑張っているんだなと思うと、仁太郎は良介の顔を久しぶりに見たくなった。眉尻が上がったきつい顔をしていたが、今はどうなのだろう。そんな様子を察したのか、それとも別の意図があってか、三右衛門が口を開いた。

「仁太郎、どうだ。良之助にそのうち会ってみないか？　実は、もう少ししたらうちの横浜の店に回そうと思っていてね。今は、異人の相手が出来るよう異国語も学んでいるよ」

仁太郎は目を真ん丸く見開いた。語学も学んでいるというのか。幼馴染みが励んでいるのを聞かされるのはもちろん不快ではない。だが、不意に悔しさがこみ上げてきた。自分はまだ若衆の立場で、我が儘放題のお内儀に皮肉を投げつけられ、幼い奉公人の面倒を見させられている。旗本の阿部正外さま付になったとはいえ、番頭の源之助に付いて回らされているだけで、自分で応対をしているわけではない。その阿部さまも今は京にいる。何ができるわけではないが、ここにいるだけでは、いけないような気がした。

「どうだね、仁太郎」

三右衛門の声に仁太郎ははっとした。

「横浜へ行ってみないか？　これは太左衛門さんの望みでもあったのだよ。孫の利吉が横浜店の主人になる前に、仁太郎には横浜の様子を学んでほしいとね」

「しかし、私はこちらで利吉さまのお世話をしなければなりませんし、お内儀さんが許してくれるはずはありません」

仁太郎は顔を伏せた。だが、心の中では、新しい町を見たい思いが渦巻いている。

「まだ、知らなくてもいいことだが、幕府が結んだ条約は、異国との貿易も居留の条件も平等ではない。異国の方が有利なのだ。そうした中で商いを続けるのは大変だが、武家相手の商いだけでは、もう頭打ちだ。掛売りの回収もままならない家が多くある」

三右衛門は、明らかに苦々しい表情をした。

「これから、どのように世の中が変化していくのか、商売人は見極めなければならない」

幕府のお偉い方が暗殺され、後を引き継いだ方々だって頭を悩ませているに違いない。上さまと帝(みかど)の妹宮との婚礼も、場合によっては反古になるかもしれない。そうしたら、次はどんな手を打つつもりなのだろう。これから政がどう進むのか、まるでわからない。

太左衛門の言葉が思い出される。

「江戸での商売には、お武家との関係が大きくかかわってくる」

「政がうまくいかなくなったらどうなる？　商売どころではなくなるのだぞ」

どんどん異国が入り込んでくれば、今のままではいかなくなる。商いは、今を見るのではなくて、先を見なければならないのではないかと、仁太郎はあらためて思う。

横浜に店をいち早く出した三右衛門は、やはり先見の明があるのだろうか。武家相手の商いだけではなく、外へ目を向ける時なのかもしれない。

「作兵衛、どうだろうねぇ、若い仁太郎に横浜を見せておくのはいいと思うのだが」

作兵衛は、三右衛門に声を掛けられ、「はあ、あたしの一存では……けれどいいとは思いますが」としどろもどろで応えた。

「よし、決まりだ」

三右衛門が膝頭をポンと打った。

「私からこの話をすれば、お徳のことだ、またなにやかやと難癖をつけてくるだろうが、横浜店を出すにあたって、仁太郎も一緒に連れて行きたいと作兵衛がいえば、否はなかろう。利吉が横浜店の主人になる時、仁太郎も横浜を知っていたら安心だろうからね」

さて、と三右衛門が立ち上がった。

「うちの手代に声をかけておくれ」

仁太郎も腰を上げた。森川屋の手代は、別室で待たされているはずだった。作兵衛が、三右衛門の後ろに付く。

「見送りは結構だよ。ああ、そうだ、太左衛門さんの書置きは、私が持って帰るとしよう。いつ何時、お徳に破られるかわからないからね」

冗談めかして三右衛門はいったが、その眼は笑っていなかった。

去り際に、三右衛門が、不思議なことをいった。

「すでに、幾つかあたりをつけてはあるが、店を開くにはまだ時がかかる。それに作兵衛には店を見ておいてもらわないといけないね。横浜に来た時は、うちに逗留するといい。驚くことが沢山あるよ。楽しみにしておいで」

驚くことが――沢山とはなんだろう、と仁太郎は首を傾げた。

翌日、作兵衛が、横浜は異国のようなもの、一人では心許ないし、若い仁太郎にも見聞を広げさせることが、横浜店にもいいと思う、と汗をかきながらお徳を説得した。

お徳は花を活けながら、作兵衛の話を聞き終えると、仁太郎の横浜行きを渋々ながらも承知した。が、作兵衛がほっと胸を撫で下ろすのを見たお徳は、口の端から鉄漿をちらりと見せると、「二年後ならいいわ」と、続けた。

「だって、仁太郎には、利吉の面倒を見てもらわなくちゃならないもの。ああ、うっとうしいったらありゃしない。今まで、お祖父さまが大事に大事に隠して育てていたのよ。箱入り娘ならぬ、箱入り孫よ。どんな子なんだかもわかりゃしないでしょう。それに奉公は、まずは二年辛抱するのが肝心だから、それができなきゃ店なんか任せられるはずないじゃない。それと、自分は森山園の子だなんて一言でもいったら、追い出すつもり」

厳しい声音でそういったかと思うと、お徳は打って変わって甘ったるい声を出した。

「あたしの眼の前をうろうろさせないようにしてほしいの。世話でも、面倒を見るでもないわ。仁太郎は見張りよ。横浜へ行くのがそんなに不安なら、代わりに友太郎を連れて行きなさい」

作兵衛が、承知しましたと、肩を落とし、お徳に頭を下げた。座敷を出ようとすると、

「それにつけても、幸右衛門にはすっかり裏切られたわ。在所に戻ってから、すぐにどこかへ行ってしまったそうじゃないの。お祖父さまはずいぶん信用していたようだけど、子どもの頃から育ててやって、商いを教えて、どんなに尽くしても、他人なんて腹の底じゃ何を考えているかわからないものね」

お徳は、ため息まじりにいった。

「それとも、江戸へ下る途中で、のたれ死んでしまったかしら」

「お内儀さん」

さすがに作兵衛が顔色を変えた。

「冗談よ。ま、いずれにしても幸右衛門にはがっかり。もっとも、ここの婿になれなかったのを恨んでいたのかもしれないわね。だいたい、あたしが子飼いの奉公人と一緒になるわけないのに。話が出た時、それこそ、冗談だと思ったもの」

お徳は、くすくす笑うと、もうお下がりと作兵衛へ顎をしゃくった。

三

作兵衛と友太郎のふたりが横浜に発って、半月後に、利吉が森山園にやって来た。

森山園の奉公人が、中二階の寝間に集められ、利吉はひとり、皆の前に座らされた。

仁太郎は、先代の利兵衛に眼許や鼻筋がそっくりだと思った。口許は多分母である妾に似ているのだろう。小さくてぽちゃっとした、赤い唇をしていた。

お徳は姿を現さず、主人の太兵衛が、奉公人たちへ利吉を引き合わせた。先代の子ということは伏せて、遠い縁戚の子だといった。利吉はそれを聞いても、眉ひとつ動かさなかった。きちりと膝を揃え、背筋をぴんと伸ばし、一同をぐるりと見回した。

「お兄さん方、どうぞよろしくお願いいたします」

しっかりした声で挨拶をした。年が明けて、十一になったとはいえ、物怖じもせず、皆を見回した時には、仁太郎の隣に座っていた弥一が、「生意気そうなヤツ」と、ぼそりといった。弥一は、利吉の面倒を仁太郎が見ることになっていると聞かされて、少しばかり拗ねている。けれど仁太郎は、弥一がいう生意気とは違い、まだあどけない少年なのに、どこか鷹揚な雰囲気が具わっていると思った。

「利吉は江戸の生まれだから、皆のように宇治のことはもちろん、初めての奉公で葉茶屋のことも知らない。それで私が付くように、支配役の作兵衛さんから頼まれたんだよ。一緒に、算盤や符牒を学べばいいさ」

そういってなだめたが、弥一はどうも得心がいかないらしく、唇をとんがらせていた。

「若衆の兄さんより、手代の兄さんの方がいいじゃないか」

「いや、手代の兄さんたちは、店のことで忙しいからだよ。弟ができたと思って、仲良くしてくれると助かる」

「おいらは、兄弟が多すぎて口減らしに奉公へ出てきたんだ。もう弟なんか嬉しくねえよ」

弥一は憎まれ口を叩いた。

挨拶が終わり、仁太郎は、お仕着せに着替えた利吉に夜具と行李を与えた。利吉が持ってきたのは風呂敷包みひとつ、下着と足袋と綿入れだけだった。聞けば、暮らしていた家に突然古道具屋や古着屋がやって来てすべて買い上げてしまったのだという。利吉の世話をしていた女は懸命に止めたが、森山園のお内儀からの依頼だと突っぱねられたらしい。

残ったのは、今日、着ていた衣裳だけだという。風呂敷包みはその女が持たせてくれたのだといった。買い取った家具や衣裳の銭はどうしたのかと仁太郎が訊ねると、これは皆、森山園から出ていた銭で購ったものだから返してもらうのだと、主人の太兵衛にいわれたと、利吉は少し笑った。

太兵衛も、お徳にいわされたのだろう。まだ、利吉はお徳には会っていない。それでも同じ屋敷にいれば、いずれ嫌でも顔を合わすことになる。その時、お徳はどんな態度で接するつもりなのだろうか。

驚かされたのは、利吉が、算盤はもちろん、店の符牒までもすでにしっかり教え込まれていたことだ。太左衛門はいつかくる日のために、利吉に学ばせていたのだろう。一緒に文机を並べていた弥一が、つまらなそうに舌打ちした。

毎朝、隠居の太左衛門のために茶を淹れていたが、亡くなった今、もうすることはなくなった。わずかな時ではあったが、太左衛門のたわいもない話を聞くのが好きだった。森山園の跡継ぎを亡くし、書置きを遺した太左衛門の胸の内はどんなであったのだろう。森山園の暖簾を守るためだけに生きてきた、その気持ちを問うてみたいと、仁太郎は算盤を弾く利吉を見ながら思っていた。と、不意に宇治の風景が脳裏に浮かんだ。

そうか。採茶使一行が、宇治を発つ頃だ。

二百年以上前から続く御茶壺道中――この先途切れることなどあるのだろうか。

番頭の源之助と麴町の阿部屋敷に出向いたのは、間もなく新茶の季節が来るため、そのご機嫌伺いを兼ねてだった。

奥方は快く応対してくれた。奥方付となったおきよが、茶菓子を運んできた。

「お殿さまは、京でさぞお忙しくしていらっしゃるのでございましょう。禁裏付は、大層気を遣うお役だと伺っております。それに、ご大老の――」

奥方は、すっと手を伸ばして、首を横に振った。それ以上はいうなということだ。源之助が慌てて口を噤む。阿部正外は井伊大老に目をかけられ、禁裏付に推挙されたのだ。阿部の無念と憤りを推し量れと、奥方の表情が無言で語っていた。

「禁裏付など、あの気短な殿さまに務まるのか冷や冷やしておりましたが、京都所司代の酒井若狭守さまとともに、帝の妹宮と上様のご婚儀をまとめるために奔走していると文が参りました。なんといっても、相手はお公家。万事がゆるりとしていて、のらりくらりとかわされるそう。話をしていてもすぐカッカとなって、それを若狭守さまにたしなめられているようです」

源之助が、「若狭守さまは、若狭国の小浜藩主でいらっしゃる」と、仁太郎に耳打ちした。

「では、京よりお戻りになるのはまだ先でございますね」

源之助が訊ねる。奥方は、ふと顔を曇らせた。

「此度のご降嫁は是が非でも成らなければいけないのです。ですが、妹宮にはすでにご婚約された方がおありだとか。しかしながら、このご降嫁をお許しいただけなくば、若狭守さまはもとより、我が殿も処分を受けることになりましょう」

幕府と朝廷が結ぶことで、上様は政を維持継続させていきたいと思っているのですから、と奥方はきっぱりといった。

「少しずつ光明は見えているようではありますが、どうも尊攘派といわれる方々が快く思ってはいないようです。若狭守さまがお命を狙われているという噂もあるとか」

仁太郎は黙って聞いていたが、政にかかわる方々は、その命を奪われることもあるという覚悟をしていなければならないのかと、おののくばかりだった。

「では、御茶壺道中が到着いたしましたら、すぐに新茶をお持ちいたします。今年も天候に恵まれ良い茶葉ができたと、宇治より報せがありました」

「楽しみにしております。昨年の碾茶で茶会をいたしましたが、ことのほか評判で。殿さまの代わりにわたくしが亭主を務めましたが、お旗本の奥方だけの茶会というのもなかなかの趣向でございましたよ」

「奥方さまばかりの茶会とは、華やかで結構でございますな」

「ええ、殿御は皆、殺伐としておりますゆえ。それにしても、同じ国の者同士が血を流し合うなど、耐えられませぬ」

奥方は、首を横に振ると、ため息を吐いた。きっと、阿部のことも案じているのだろう。

不意に、奥方が仁太郎へ眼を向けた。

「仁太郎とやら、御茶壺道中を眺めるのが好きだと殿さまから聞きましたが、今年も無事に江戸へ到着してほしいものですね」

宇治の茶園からの報せでは、江戸より京の都のほうが、危険だということだった。御茶壺道中はすでに宇治を発ったという。京に寄ることになっているが、無事であってほしい。

「必ず無事に参ります。公方さまの茶葉ですから」と、身を強張らせながら仁太郎は応えた。おきよが、クスッと笑ったように思え、気恥ずかしくなって俯いた。

奥方が微笑んで、仁太郎を見る。

「我が屋敷に出入りしている商家の者たちに森山園の茶を勧めましたら、ぜひにという返答がありましてね。わたくしが仲立ちをいたしますが、いかがでしょう」

「それは、恐れ入ります」と、源之助が恐縮しながら礼をいう。

「その代わり、仁太郎がその者たちに茶を振る舞ってほしいのです」

えっと驚く仁太郎の背を源之助が軽く叩いてきた。

「か、かしこまりました。一所懸命、努めさせていただきます」

仁太郎と源之助は、深々と頭を垂れた。

阿部家の門を出ると、「奥方さまを介してお客を得られるとは」と、源之助が身を震わせた。

「奥方さまに恥をかかせぬよう、美味い茶を入れるんだぞ。お前の客にもなるのだからな」

源之助は顔を強張らせ、仁太郎にいった。もちろん、仁太郎もそのつもりだ。大役を仰せつかったようで、身が震えた。自分の客が出来る。

「森山園さん」と、背後からおきよの声がした。仁太郎が慌てて振り返ると、「利吉ちゃんは元気にしているかしら」といった。

仁太郎は、目を見開いた。番頭の源之助も驚いている。

「森山園で奉公しているのでしょう？　わたしの母が、お世話をしていたから、すごく心配しているの。様子が知れたら安心すると思う」

源之助が、仁太郎の耳許で、

「お前が利吉さまの面倒を見ているのだ。教えてやっても構わないだろう。私は先にゆっくり歩いているから、追いついておいで」

そういって、身を返した。

おきよの視線が痛いと感じた。仁太郎は、予期せぬことに驚きながらも訊ねた。

「あの、おきよさんの母上が利吉さまを」

「ええ、たまたま口入屋で、お話をいただいたの。元は武家で素性もきちんとしているからと、森山園の大旦那さまが雇ってくださったのよ。その伝手でわたしも阿部家にご奉公させていただくことになったの」

「なるほど、そうだったのですか」

太左衛門が阿部と囲碁を打っている時、おきよの話が出たことがあった。

「あの、でもどうして、私に利吉さまのことを」

おきよが笑みを浮かべた。

「亡くなった大旦那さまから伺っていたのよ、仁太郎さんが利吉ちゃんの面倒を見ることになるだろうって。だから、話を聞かせてもらいたくて声をかけたの。迷惑だったかしら？」

「そんなことはありません。むしろ、私も驚いてしまって失礼いたしました」

「それで、利吉ちゃんは？　辛い思いはしていない？」

おきよが仁太郎に顔を寄せてくる。仁太郎はついつい後ろに下がる。

「ええ、だいぶ、他の奉公人とも話をするようになりましたし、なにより算盤、読み書き、店の符牒に至るまで、もうきちんと身につけていらっしゃる。あ、ところで、利吉さまのことは」

おきよは、もちろん知っています、森山園のお血筋なんでしょうといった。

「符牒はわからないけれど、読み書きと算盤は母が利吉ちゃんに教えたの。それも大旦那さまが気に入ってくれたのじゃないかしら。父上が亡くなってから、わたしと母は、長屋の子どもたちを相手に手習いをさせていたから」

では、利吉が持っていた綿入れや足袋は、おきよの母親が用意してくれたものだったのだ。初めての挨拶の時、利吉に鷹揚さを感じたのも、武家の女であるおきよの母が世話をしていたからだろう。

「利吉さまならきっといい商売人になります。若衆の私がいうことではありませんが」

照れながら、盆の窪に仁太郎は手を当てる。

「仁太郎さんって正直ね。でも、母が聞いたら喜びます。ありがとうございました」

おきよがぺこりとお辞儀をし、身を翻した。このまま別れてしまうのが、なんだか寂しい気がした。ちゃんと言葉を交わしたのも初めてだ。胸の奥が騒いでいる。

「あ、あの。おきよさん」

仁太郎は懸命に声を出した。本当に声が出ているのか自分でも疑ったくらいだ。おきよが振り向いた。ああ、届いていたんだと、仁太郎は深く息を吸った。

「どうかした、仁太郎さん」

声を掛けたはいいが、言葉が続かない。どうして呼びかけたりしたのだろう、話すことなど見つからないのに。仁太郎は顔を伏せた。妙に唇が乾いて、おきよに悟られぬように、舌で舐めた。

おきよのほうから仁太郎に近寄ってきた。

「今度、森山園さんに伺ってもいいかしら？　母とふたりで。もちろん、お店の人たちに、利吉ちゃんのことは内緒なんでしょ。お内儀さんとの折り合いが悪いことも大旦那さまから聞いていたから。ほんのすこし、遠くから姿を見たいだけ」

仁太郎は、喉元まで出かかっている言葉が出てこないのに、戸惑う。おきよが自分を見つめている。言葉を待っている。再び仁太郎は息を大きく吸った。

「それならば、お、御茶壺道中を見に行きませんか？」

おきよの眼が、真ん丸くなって、口がぽかんと開いた。

「利吉さまを連れて行きます。おきよさんも母上をお連れになってください。そうしたら、話もできます。様子も聞けます。それに御茶壺道中は、とても綺麗です。ご覧になったことはありますか？　碾茶を詰めた茶壺が、宇治からいくつも運ばれてくるんです。それはそれは荘厳で、威厳のある行列です」

仁太郎が一息に話すと、おきよが口許に手を当てて、笑った。が、すぐに真顔になって仁太郎を深く見つめてきた。

「立派な行列なんでしょうね。わたしも見てみたい」

おきよが小首を傾げ、ずいずいずっころばし、ごまみそずい、茶壺に追われてとっぴんしゃん……と、小さな声で唄った。

「約束よ。御茶壷道中が到着する時には必ず教えてくださいね」

おきよがさりげなく小指を仁太郎へ向けた。仁太郎は心の臓の鼓動が早鐘を打つのを感じながら、ためらいつつも自分の指を絡めた。おきよの小指の温もりが、仁太郎の身体を巡った。

おきよとの秘密の共有に、仁太郎の心は躍った。

数日後、仁太郎は阿部屋敷に赴き、商家の主、三名に茶を淹れた。三名ともに、美味いと唸り、即座に注文が取れた。自分の客だ。仁太郎は飛び上がりたいほど嬉しかった。

「お祖父さまに毎日淹れていたのが役に立ったのね。ご苦労さま。源之助、受け持ち頼むわね」

お徳は当然だという顔でいった。

「これは、仁太郎が」と、源之助がいったが、

「若衆の仁太郎には三つは早いわよ。今は阿部さまのご機嫌伺いで十分よ」

お徳は仁太郎をちらと見て、頷きかけてきた。

仁太郎は悔しさを押し殺し、「はい」と応えた。

万延元年（一八六〇）十一月、幕府は皇女和宮の降嫁を公表、翌文久元年十月に和宮は京を発ち、江戸へ下った。行路は中山道を使い、和宮は、唐庇の御車に乗り、衣冠束帯姿の者が付き従った。その行列は、さながら古の絵巻物のように絢爛だったという。

だが、この公武合体策に異を唱える尊攘派が和宮奪回を企てているという風聞が流れた。幕府は対応策として、十二の藩に警固の要請、その行列は三万数千にも及んだ。

「行列の長さが、十二里八町（約五十キロメートル）にもなったってのは、本当かな、兄さん」

店が終わった後、弥一はどこからか手に入れた瓦版を、真剣に眺めていた。

「御茶壺道中よりもすげえな」

仁太郎は、利吉と家訓のおさらいをしながら、耳をぴくりとさせた。

と、利吉が弥一に顔を向けた。

「御茶壺道中と皇女さまの行列は違います。私は、御茶壺道中のほうが好きです」

「なんだよ、仁太郎兄さんに媚を売ってるのか？」

「そんな理由ではありません。皇女さまは、公方さまの御正室として輿入れなさいましたが、これは、あくまでも政。一度きりのことです。京の天子さまだって、権威を示したいでしょう？　でも、御茶壺道中は、長い長い間続く、世の泰平を表す行列なんです」

「ふうん、お前、やっぱり生意気だな」

弥一が、利吉に顔を寄せた。

「そういえば、あん時、一緒にいたお武家ふうの母娘はお前の何だ？　ずいぶん嬉しそうに話をしていたよな。兄さんはただの知り合いだといっていたけど、本当は違うんじゃないか？」

それにお前、森山園の遠い縁戚だというが、実は、あの母親の子か？　だとしたら、不義の子か、と弥一が、へらへらと笑った。

「それに、お内儀さんに何をしたんだ。お前の顔を見ようともしないし、声をかけることもない。お前、算盤も読み書きも符牒も知っていた。絶対、おかしい。何者だよ？」

利吉が畳みかけるように喋る弥一を睨みつける。

弥一が、ふんと鼻でせせら笑い、瓦版をぐしゃぐしゃに丸めて、利吉に投げつけた。

「弥一！　なにをするんだ」

と、仁太郎がいうより早く、弥一が利吉に飛びかかった。弥一は痩せてはいるが、利吉より歳は上だ。利吉はあっという間に、組み敷かれた。

「よさないか、二人とも」

他の子どもたちも寄ってきて、やんやと囃し立てる。

「おい、仁太郎。止めろ。うるさいぞ」

友太郎が読本を閉じて、怒鳴った。横浜から戻ってきてから、友太郎とはほとんど口を利いていなかった。横浜の町について、仁太郎は訊きたいことが山ほどあったが、なぜか作兵衛の口も重たかった。異人の女性が妙な恰好をしているとか、馬にも乗るとか、ぱんというものを食したが、パサパサしていて、不味かったなど、当たり障りのない話しかしないのだ。実際、異国との貿易について、森川屋で学んできたはずだが、そんな話は一切なかった。むしろ、隠しているようにも思えたのだ。

一体、横浜で何があったのだろう。

仁太郎は、弥一と利吉を引き剝がした。

「家訓を忘れたのかい？　奉公人同士のいがみ合いはいけないのだよ」

弥一は、ふんとそっぽを向いた。利吉は、荒い息を吐いている。

仁太郎は、ため息を吐いた。寒さのせいで、息が白く伸びた。

「もう夜具に入りな。そこの二人も、次に喧嘩騒ぎを起こしたら、旦那さまに伝えるからな」

友太郎は、仁太郎を見ながら、厳しい声音でいった。

「それから、仁太郎、お前、裏口からこっそり出て会っていた女子は誰だ？」

あっと仁太郎は顔を伏せた。

「気づかれていないとでも思っていたのか？　店中の噂になっているぞ。若衆のくせに今から色気づいてしょうがない奴だな」

友太郎に皮肉たっぷりにいわれ、仁太郎は思わず身を乗り出した。

「あの娘は、お旗本阿部さまの奥方付の女中です。皇女さまの下向が叶ったので、阿部の殿さまが禁裏付を解かれ、京からお戻りになると、伝えに来てくださったのです」

へえ、と友太郎は疑わしげな眼を向けた。

「これからは堂々と表から入って来るようにいうことだな。変な勘ぐりをされても文句はいえないぞ」

「ご忠告ありがとうございます」

友太郎は何に苛立っているのか、さらに続けた。

「お内儀さんの機嫌が悪いからな。何を突つかれるかわからないぞ。追い出されることだってある。お前の横浜行きも遅れるかもしれないな」

「どういうことですか」

「お前の胸に訊いてみろ。森川屋の旦那に何をいわれたんだ」

「何もありません。ただ、横浜へ行ってみたらどうかと。きっと驚くことが沢山あるからと」

ああ、と友太郎は頷いた。

「そうだな、私も驚いたよ。作兵衛さんもだ。森山園は暖簾分けされた店だが、森川屋にいいようにされてしまうことだって考えられる」

仁太郎の脳裏に三右衛門の顔が浮かんできた。

友太郎がいったように、仁太郎の横浜行きは延びることになった。お徳によると、「阿部さまがお戻りになったこと、利吉の面倒をもう少し見る必要があること、それと、横浜店を開くのは先延ばしになったから」というのが理由だった。それでも、支配役の作兵衛は、横浜と江戸を行ったり来たりしている。もう店を開く場所は決まっているようだが、いろいろ雑事があるらしい。

お徳は、仁太郎に笑みを向けた。

「お前、阿部さま付だったわね。友太郎から聞いたのだけど、お屋敷の女中をたらしこんだっていうじゃない」

なんて嫌な女だと、仁太郎はお徳に初めて嫌悪を抱いた。だが、奉公人にとって、主人夫婦は絶対だ。仁太郎は、怒りを懸命に堪えた。

「かわいそうなことをしちゃ駄目よ。奥方さま付の女中なんでしょ。何か不始末があったら、店にもとばっちりがくるのだから。でも、その娘を使って、横浜店を出せるようにしてくれたら、それはそれで商売人としては一人前ね。阿部さまは神奈川奉行になられたのでしょ？」

阿部は、和宮の行列よりも先に江戸に戻ると、此度の公武合体の労を評価され、神奈川奉行を拝命したという。

「女は使いようを間違えると、大変なことになるけど、うまく操れば、思うように動いてくれるわ。利吉の顔を見るのは真っ平ごめんだし、同じ屋敷にいるってだけで、あたしの息が詰まるのよ。正直なところ、早く横浜にやってしまいたいのに、作兵衛がもたもたしているからいけないんだわ」

あんたも、横浜へ行きたいなら頑張りなさい、と、お徳は息をふっと洩らした。

「でも、横浜は異人斬りが多いらしいわよ。そういえば江戸でもあったわね」

和宮の下向前に、高輪に置かれた英吉利国の仮公使館が水戸浪士に襲撃されるという事件が起きていた。

「政のためだのいっていても、ただの人殺しじゃないの。ご大老の暗殺も同じよ。江戸も物騒になるのかしらね。お武家さまは、こんな情勢だからと言い訳して、掛取りがしにくくなってきているし。これからは、おちおち茶なんか飲んでる場合じゃなくなるかもしれない。もっと大きなことが起きなきゃいいけど。太兵衛さんはてんで頼りにならないし」

と、お徳は、はっとしたように、仁太郎に険しい眼を向け、

「何をしているの、話は終わったの。もう下がりなさい」

声を荒らげた。

文久元年（一八六一）の師走は慌ただしく過ぎた。奉公人たちは、大晦日に掛取りに駆け回り、除夜の鐘を聞きながら、支配役の作兵衛、番頭、手代らが懸命に算盤を弾く。その横で、若衆の仁太郎も掛取りの敵わなかった残掛を調べていた。

例年に比べると、ずいぶん残掛が多いと仁太郎は感じた。本店の森川屋の主人三右衛門が、売掛金の回収がままならない武家があるといっていた。お徳も似たようなことをいった。

宇治の茶は将軍家がお買い上げになる上等な茶葉だ。本店の森川屋と同じく森山園で主に扱っているのは、碾茶だ。濃茶、薄茶といった茶の湯に用いる。煎茶の扱いもあるが、碾茶の三割ほどでしかない。そのため森山園の顧客でも大口は、大名、旗本といった武家、大きな料理屋がほとんどだった。それ以外には菓子屋などの商家、個人では茶人や役者もいる。

仁太郎も番頭の源之助に従って掛取りに回ったが、いくつかの旗本が、のらくらと言い訳をして支払いに応じてくれなかった。「手許不如意で」と、一部だけでも払ってくれるのはまだましだった。ある家では、

「時勢を考えろ」

応対に出て来た家臣に怒声を浴びせられた。買った物の代金を支払わないことと、時勢とはなんのかかわりもないと仁太郎は思った。帰りしな、源之助が渋い顔つきで訊ねてきた。

「仁太郎、掛売りで気をつけねばならないのは、どんなときだ？」

「商家などでは、それまできちんとお支払いいただいていても、急に茶葉の購入量が増え、年賦にしてほしいなどといった場合など、注意します。商売が傾き始めていることが多いからです。店を潰して、商品だけを受け取って逃げることがあります。それから、お武家でも商家でも代替わりのときです。どういうお人柄であるかわからないのが第一です。人柄を知り得てから、相応の掛売りにします」

仁太郎の応えに、うむ、と源之助は頷き、

「これからはそこに、時勢も入れなければならないな」

と、皮肉っぽくいった。

大晦日の夕に掛取りに出て行った者たちが戻って来ると、すぐに作兵衛以下番頭たちが銭と帳面を集め、算盤を弾き始める。

主人の太兵衛とお徳夫婦は、夕餉を済ませると店を出た。知り合いと数人で連れ立って、初日(はつひ)を拝んだ後、恵方参りをするのだ。

「大きな声ではいえないが、お内儀さんが残掛を見て、嘆いたり、怒り出したりするとはかどらないからね。お留守のほうが楽でいい」

源之助がぼそっといった。

八割方終えた頃、作兵衛が、やれやれといって筆を置き、目頭を押さえた。

「皆、ひと休みしよう。仁太郎、茶を淹れてくれるか？」

「承知しました」

仁太郎は座敷を出て、台所に向かった。と、中二階への梯子(はしご)段を下りてくる音がした。手燭(てしょく)を掲げ、目を凝らす。利吉だった。

「どうしたんだい？　厠か？」

利吉は、仁太郎のかざした灯りにほっとしたような顔をして、梯子段を下り終えた。

「まだ、皆さん起きていらしたんですか？」

「うん、掛取りの集計が終わらないからね。毎年、算盤を弾きながら年越しだ。私も初めて加わったが、大変な作業だよ」

　利吉は少し眠そうにしていたが、

「明けましておめでとうございます」

　と、丁寧に頭を垂れた。

　仁太郎も、はっとして言葉を返した。算盤を弾くことに夢中で、新年の挨拶などすっかり忘れていた。もっとも、それが毎年のことなのだろう。作兵衛や番頭、手代たちも誰ひとりとして口にしていなかった。商家は、掛取りの集計を終わらせてからが、ようやく正月なのだ。

　初売りは二日。森山園でも安売りをする。この日は朝から店仕舞いまで、客足が絶えない。碾茶も煎茶も半値で提供するからだ。碾茶は、上等な物だと、茶葉を入れる半袋一斤（約六百グラム・半袋二十袋分）で金一分。煎茶の中でも上等な茶葉である上喜撰は、いつもは（約三十七・五グラム）で銀十匁。少し落ちる喜撰で、銀五匁五分。それが半値とくれば、このときとばかりに水茶屋の主人たちも押し寄せて、二斤、三斤と買って行く。

　長屋暮らしの者でも、半袋ひとつ、ふたつなら、十分買うことができる。初摘みの新茶から、遅れて摘まれる二番茶、三番茶になれば、なお安くなる。

　これは、亡くなった隠居太左衛門のときから行われている売り出しだ。宇治の茶を多くの人に味わってもらいたいという思いからだった。もちろん、このときには、上得意であっても掛売りはせず、現金売りになる。

忙しい初売りが終わると、一斉に得意先への年始回りだ。とくに、支払いの滞っている所は念入りに、少しばかり高価な菓子などを持っていく。武家に対しては機嫌を損ねぬよう、けれど銭は払ってもらうという姿勢は崩さない。今後は掛売り出来ない、というようなことをさりげなく匂わせながら、すっと菓子を差し出す。

平手代で駄目なら役付きの手代、番頭と絶えず通い、それでも支払いを渋るときには、支配役の作兵衛が出て行く。

帳場で作兵衛がため息を吐いていた。残掛分の取り立てがうまく進まないことで、今朝、お徳がとうとうしびれを切らし、作兵衛を叱りつけたのだ。

とはいえ、作兵衛に非はない。つい先日、十五日の朝、登城途中の老中安藤信正が坂下門外で水戸浪士らによって襲撃を受けた。安藤は命からがら逃げたが、水戸浪士六名は闘死した。

その事件のあおりを受けたようなものだ。ゆるりと茶など喫している余裕はないというのだ。それはいささか勝手が過ぎる。

しかし、古くから付き合いのある旗本家の用人から、作兵衛が聞いたところによれば、少し前から御家人、旗本は御用金を納めており、さらに噂では知行地のある者は石高に応じて兵役を、蔵米取りの場合には金納を課せられることになるかもしれないという。

遅くとも夏には、その命が下されるだろう、と用人は頭を抱えていたらしい。その旗本家は蔵米取りで、金納をせねばならないからだそうだ。

「お武家の内証はますます厳しくなるばかり。そのうえに、此度の騒動でお上はまたぞろ慌てふためいている。公方さまと皇女さまのご婚儀もこれからだというのに。一体、どうなるのか」

作兵衛も苦りきっていた。

「今後は、お武家の得意客でも出来れば現金売りにしたい。このままだと、銭の回収が本当に出来なくなる」

と、主人の太兵衛や番頭を交えて、話をしたようだ。

けれど、作兵衛のため息は、友太郎を連れ、横浜へ行ってから増えた気がしていた。ときどき、仁太郎が話し掛けても、心ここにあらずという表情をしている。それは、友太郎も同じで、端整な顔立ちと口の上手さで相変わらず料理屋の女将相手に売り上げを伸ばしているが、茶箱の前で妙に小難しい顔をして考え込んでいる姿を見かけることがある。あんなにお徳にすり寄っていたのが、この頃は避けているようでもある。

横浜での出店が滞っているせいかと仁太郎は思ったが、ふたりの様子を見ていると、それだけではなさそうな気がした。

二月に将軍家茂と皇女和宮の婚儀は無事に行われ、四月には、安藤老中が罷免された。江戸では麻疹（はしか）が蔓延（まんえん）し、森山園の奉公人でも罹患（りかん）した者があった。発疹（ほっしん）と高熱に浮かされ、市中では二十三万人もの死者を出したが、幸い森山園では皆、快復した。黒船来航以降、大地震、虎列刺、凶作、その影響を受けての物価の高騰、要人の暗殺——。これまで泰平の世に浸りきっていた江戸の庶民たちの間にも、少しずつ不安が広がっていた。

　葉茶屋にも思わぬことが起きた。茶葉は横浜での輸出品として人気があった。そのため輸出量が増大し、茶葉不足を起こしていた。このままだと値が急騰する。当然のことながら、江戸にもそれは波及してくるだろう。値が上がれば、買い控えする顧客も増えるかもしれない。本店の森川屋の横浜店ではどうなのだろうと仁太郎は思っていた。

　宇治、駿河、狭山、薩摩、伊勢以外にも茶処は多くあるが、だからといって、すぐに茶葉の生産量を増やすことは叶わない。

　今年は、宇治の茶園に多めの注文を出すと、森山園では決めたようだった。品薄になるのを避けるためだ。

「森川屋とうちは同じ茶園から仕入れをしているからね。森川屋の横浜店が仕入れを増やせば、こちらは思うような仕入れが出来ない。いまのうちに手を打っておかねば、品不足になることも十分あり得る」

　作兵衛が店仕舞いをしてから、奉公人を集めていった。

　しかし、それならば、いま横浜店を開くのはどうなのだろう。結局、異国との貿易で利益を出そうとしても、肝心の茶葉がなければ商いにはならない。江戸の店一軒を守ることのほうが、大事なのではないかと思える。しかし、もう大口の顧客である武家はあてになりそうもない。残掛の取り立てはまだまだ進められている。

主人の太兵衛が口を開いた。お徳は具合が悪いといって、この場にはいなかった。おそらく利吉がいるからだろう。

「で、利吉。今年の秋に、仁太郎とともに横浜へ行ってくれるか」

唐突な言葉に、利吉も仁太郎も面食らった。周りの奉公人たちもざわざわし始める。

弥一が、利吉を睨みつけた。友太郎からは厳しい視線が飛んできた。

「子どもの利吉と、手代でも、ましてや番頭でもない仁太郎がなにゆえ横浜に行くのですか」

「ん、ああ、それはだな、その」

太兵衛が言葉に詰まっていると、作兵衛が横からすかさずいった。

「これは、本店の主人、三右衛門さんからのご要望でね。皆にもいい機会だから話しておく。利吉が森山園の縁戚に当たる子だというのは聞かされていると思うが、亡くなったご隠居さまが、ゆくゆくは森山園の暖簾分けを利吉にと考えていたのだ。それで、横浜店を出すにあたり、利吉にも見せておいたほうがよいだろうということになってね。仁太郎は利吉のお守役でもあるから、同道するというわけだよ」

作兵衛に気づかれないよう、友太郎が、ふんと鼻を鳴らして仁太郎を見据えてきた。

その夜、仁太郎と利吉はあらためて、作兵衛に帳場に呼ばれた。

四

店は真っ暗で、帳場の脇に置かれた燭台の灯りが、ぼうと光っていた。

作兵衛が、利吉に頭を下げた。

「利吉さま、これまでご辛抱いただきまして、まことにありがとうございました」

利吉は、きょとんとした顔をして作兵衛を見ると、首を横に振った。

「支配役さんと仁太郎兄さんは必ず味方になってくれると、お祖父さまには幾度もいわれました」

お徳に辛く当たられても、それはお前のせいではない。そのことは、お徳もわかっているはずだから、母親は違っても、いつか姉弟の名乗りが出来る日を信じて、森山園をふたりで守ってくれと、太左衛門から告げられたという。

「利吉さま」

利吉の健気(けなげ)な言葉に、作兵衛はずっと洟(はな)をすすった。

「横浜店は、森川屋の三右衛門さんがすっかり体裁を整えております。ひとまず私が預からせていただきますが、利吉さまが元服を済ませましたら、横浜店の主人となり、私と仁太郎が仕えますので、ご安心ください。此度は、三月(みつき)ほど横浜で学んでくるようにといわれております」

「三月もですか？」

　思わず仁太郎は訊ねた。

「うむ。森川屋だけでなく、伊勢茶を扱っている伊勢屋という葉茶屋がある。伊勢屋は、異国との交易を睨んで、横浜に店を出しただけに、異国の商人との付き合いも深い。伊勢屋の主人にも会って話を聞くことになる」

「伊勢茶ですか」

　伊勢の茶は、宇治の茶の製法を取り入れ、それをさらに独自に発展させ、さまざまな茶葉を売り出している。とくに、茶園では、新茶から二番茶までしか採摘しない。そのため、葉に厚みがあり、味は、渋みが濃厚だ。

「そこに元吉という者がいてな。三右衛門さんの話では、ちょっと仁太郎に似ているという。茶葉を嗅ぎ分けるのに優れている奉公人だそうだ。歳は少し上かもしらんな。ああ、そういえば、お前の幼馴染みの良之助はもう横浜にいる」

「では森川屋の横浜店で会えるのですね」

　うむ、と作兵衛はぎこちない笑みを浮かべた。

「横浜へは私が付いて行くので、万事任せなさい。ま、ともかく、利吉さま、横浜へ行くのを楽しみにしておりましょう」

　利吉は、こくりと頷き、仁太郎を見た。仁太郎も利吉へ視線を向け、頷きかけた。

と、利吉が子どもらしく眼を輝かせた。

「支配役さん、横浜はどんな処なんですか？　本当に異国のような町ですか？」

仁太郎も当然、興味がある。作兵衛は、少し笑った。

「いやいや、たしかに異人はおりますし、食べるものも変わったものが多いです。ただ、海が近いのと湿った土地だったせいでしょうか、江戸より虫が多いのには困りましたな」

茶や飯に、蝿が飛び込んでくるというのだ。行くのが八月なので、まだいいだろうが、蚊もやたらと多く、家のあちこちでもうもうと蚊(か)遣(や)りが焚(た)かれていたという。

「虫に悩まされる以外は、江戸と変わらぬ賑やかさで、日本人町を貫く本町通(ほんちょうどおり)には駿河町の越後屋の横浜店がございまして、それと生糸で財を成した中居(なかい)屋の店も大きくて。波止場を挟んで、向かい側が異人の居留地です。屋敷の形も我が国の物とは違っておりまして、馬に乗った異人もおりました」

波止場には毎日、たくさんの船が着き、山のような荷が積まれ、日本人の人足たちが、異人らに交じって懸命に働いている姿が印象に残ったと作兵衛はいった。

「森川屋はどうだったのですか？」

と、仁太郎が訊ねると、にこやかに話していた作兵衛が急に口を噤み、

「江戸店とたいして変わらないよ」

と、少し間を空けて、ぼそりといった。

やはり、何か隠している。けれど、それ以上は訊ねても話すことはないだろうと、仁太郎は、作兵衛に相談を持ちかけた。弥一のことだ。

「横浜に連れて行ってやりたいのですが」

「弥一をかい？　まだ子どもじゃないか。足手まといだ」

「ですが、横浜店を出すにあたり、奉公人を募ることになります。宇治から、また子どもらを連れて来るにしても、まったく店を知らない子では困ります」

作兵衛が、うんと腕を組んで、利吉をちらりと見やる。

「しかし、弥一はどうかな」

弥一が利吉をあまり好ましく思っていないことを作兵衛も感じている。横浜までとはいえ、厄介事を起こすのではないかと、懸念しているようだ。

「弥一さんが子どもだというなら足手まといは私も同じです、支配役さん」

利吉がいった。

「いや、利吉さまは、店の主人になるお方。弥一とは違いますからね」

「弥一は、口減らしでここに奉公にあがった子です。少々怠け者ですし、商いにもさほど興味がありません。けれど幼いからこそ、新しい町を見せることで、私も含めて、きっとなにかの糧になる気がします。私は、ずっと弥一を見てきました」

「しかしねぇ――」

作兵衛は仁太郎の言葉に渋い顔をしながらも、旦那さまにお許しがいただけたらな、といった。

今年の御茶壺道中も無事に江戸に到着した。

京の都は、ずいぶん物騒になったと、香り豊かな新茶の荷には相応しくない報せが宇治の茶園から店に届いた。西国の雄藩、薩摩藩の島津久光が、兵を率いて上洛。尊王攘夷を声高に叫ぶ薩摩藩士が、同藩の藩士によって粛清されたという。それは、久光の命による上意討ちだった。

武家や町人の間に、この国をどうするのか、その舵取りを誰がするのかで、さまざまな考えが広がっているらしい。その思いを秘めて、脱藩の道を選ぶ藩士も出ているという話だった。

そんな中で、森山園に祝い事があった。お徳が子を身ごもったのだ。具合が悪かったというのは、赤子が出来たからで、利吉のせいだけではなかった。
険のあったお徳の顔がずいぶんと穏やかなものに変わり、腹も少しふっくりとしてきた。

利吉と仁太郎の横浜行きが早まったのは、お徳が心安く赤子を産みたいという理由からだったらしい。赤子の産み月には、利吉は横浜に行っている。お徳らしいといえば、お徳らしい。

弥一にも横浜へ行く許しがでたが、仁太郎にはさらに驚くことがあった。

源之助とともに、阿部正外の屋敷に茶葉を届けた際、横浜店を出すにあたり、八月末近くに横浜へ行くと告げると、奥方が殿さまに対面出来るよう取り計らいましょうか、といってくれた。ご多忙なお役に就いていらっしゃるからと丁重にことわったのだが、旅立つ三日前に、阿部屋敷から遣いが来た。

仁太郎と源之助が慌てて阿部屋敷へと向かうと、奥方が、

「おきよを横浜へ連れて行ってはくれませんか」

と、いったのだ。

仁太郎はあまりのことに、眼を見開いた。おきよと一緒に横浜へ——。

阿部正外が体調を崩し、臥せっているという。

お出入りの医師を急ぎ横浜に遣わしたが、昨日、身の回りの世話をおきよにして欲しいとの文が届いたという。もちろん、中間を付けて横浜へ遣わそうと思ったが、このような時勢であることから、人数は多いほうがいいだろうと思ったというのだ。

子どもも含めた旅であれば、無体な真似をする者もなかろうと奥方がいった。

「手前どもは構いませんが。それより、阿部さまのご体調は？」

源之助が心配げに眉間に皺を寄せた。

「京より戻り、すぐに神奈川奉行を拝命しましたので、休む間もなく……疲れが溜まっていたのでしょう」

奥方は眼を伏せて、息を洩らした。が、すぐに居住まいを正し、

「では、仁太郎。おきよをよろしく頼みますね」

仁太郎へ柔らかな眼を向けた。

は、はい、と仁太郎は俯き、慌てて頭を下げた。

屋敷を辞するとき、おきよが見送りに出て来た。今年の御茶壺道中も、おきよと母親、利吉を連れ、ともに見物にいった。

「阿部さまのお身体、心配ですね」

仁太郎がおきよにいった。

「奥方さまが、ご一緒するよう勧めてくださったのです。仁太郎さんなら、お前も安心だろうと」

おきよは少し顔を赤らめた。

八月二十日、早朝。秋の風が爽やかに吹いていた。麴町の阿部屋敷から、中年の中間ひとりを付け、おきよは駕籠に乗って、森山園にやってきた。

森山園は、作兵衛、仁太郎、利吉、そして弥一の四人だ。

駕籠から降り立ったおきよは、小袖の上にほこりよけの浴衣を着け、手甲脚絆、手には杖を持っていた。荷は、阿部家の中間が背負っていた。

「お世話をおかけいたします。どうぞよろしくお願いいたします」

深々と頭を下げてから、顔を上げると、ちらと仁太郎へ眼を向けて、にこりと笑った。

日本橋から横浜までは、約八里。男の足なら一日で歩ける距離だ。だが、おきよや利吉、弥一のことを考慮して、川崎で一泊することにした。

主人の太兵衛をはじめ、番頭、手代らの見送りの中、出立した。皆が見送りに出てくれるとは思わなかった。さすがに三月も店を離れるせいだろう。

昨夜(ゆうべ)、荷作りを終えた後、仁太郎は番頭の源之助に呼ばれた。

「阿部さまのご体調を案じておられる奥方さまのためにも、おきよさんをしっかりお送りするのだぞ、それとお前も今後の商いのことを考え、支配役さんの下で、いろいろ学んでおいで」

と、源之助は餞別(せんべつ)をくれた。

歩き出そうとしたとき、友太郎が皆の間から抜け出て、仁太郎に近寄ってきて、

「まさかあの娘と一緒に行くことになるとはな、お前も運がいいな」

と、にやけ顔をした。仁太郎は、浮き立つ気持ちを見透かされたような気がして戸惑ったが、すぐに友太郎は表情を変え、

「横浜の森川屋で驚くようなことがある。お前がどう思うか楽しみだよ」

そういって、気をつけてなと、仁太郎の肩をぽんと叩いた。

横浜へは、東海道を上り、神奈川宿と保土ヶ谷(ほどがや)宿の間にある芝生追分(しぼうおいわけ)で横浜道に入る。横浜道は、一寒村であった横浜村開港の際に造られた、新道だ。芝生村には、もともと立場(たてば)が置かれていた。立場には、駕籠かきや旅人の休息処となる茶屋があった。

作兵衛は、幾度も横浜へ出向いている。道中のことは作兵衛が万事心得ているので、安心だ。

おきよと利吉、弥一の足に合わせて、少しのんびりと歩く。陽が高くなるにつれ、陽

射しが強くなってきた。秋とはいえ、まだまだ夏のような陽気だ。おきよがいくども首許の汗を拭っていた。

人も増えてくる。棒手振りや、駕籠かき、仕事場に向かう職人らが往来する。

高輪の大木戸で、一旦、休憩を取る。大木戸は江戸の出入り口だ。かつては大木戸があったらしいが、いまは石塁がその名残りを留めているだけだ。

宇治から奉公に上がるときに通ったことを思い出す。京の都を歩いたときもその賑やかさに眼を瞠ったが、高輪に着いたときにも驚いた。海が望める茶店、料理屋、旅籠がずらりと軒を連ね、人は皆、忙しなく歩いていた。

先達の作兵衛が、

「ここは、江戸の出入り口だ。とくに旅に出る者を見送りするために宴会を開くこともあってね。だからこんなにたくさんの店が並んでいるのだよ」

と、教えてくれた。旅に出てしまうと、その安否は、なかなか知れない。旅人の無事を祈り、別れを惜しみながら宴席を設けるのだ。

弥一と利吉は茶店で仲良く団子を頬張っている。その横ではおきよがふたりの様子を優しく見ていた。弥一は少し興奮しているようだった。横浜に行けることになったと告げたときには、仁太郎に抱きついてきた。

「おいら、まだ小せえけど、新しい町をこの眼で見て、いろんなことを知りたい。利吉が横浜店の主人になるんだったら、その下で働いてやってもいい」

働いてやってもいい、というのが弥一らしくて、可笑しかった。

「さあ、そろそろ行くぞ」

作兵衛が立ち上がる。

「利吉さま、おきよさん、弥一。今日は六郷の渡しを越えて、川崎宿で一泊します。明るいうちに入らねばなりません。ですが、足が痛んだら、遠慮なくいってくださいよ」

歩き始めると、おきよが大きく息を吸い、海へ視線を向ける。高輪を出ると、海沿いの道を進んで行く。

穏やかな海に、船が浮かんでいる。

「潮風が気持ちいいですね。汗が引いていきます」

おきよに話し掛けられ、仁太郎は、はいと頷いた。

「過日の御茶壺道中も立派で、きれいでした。わたし、初めて見たときも胸が熱くなりました。たくさんの茶壺が、大勢の人に守られて宇治から江戸まで運ばれてくる。大変なお役なのでしょうし、茶葉も大切に大切に作られているのでしょうね」

「その通りです。茶はその土地の土、天候に出来が左右されます。陽射しを調節することもします。茶は産地によって、味が変わります。それは、その地の土や雨の量、陽当たりが違うからです。でも、それらの産地でも、宇治茶の製法を、お手本にしているのですよ。いかに優れた美味しい茶葉を作るか、先人たちが努力をし続けたからこそだと、私は思っていますし、それゆえ将軍家にもお買い上げいただいているのです」

「仁太郎さんは、本当に宇治の茶がお好きなんですね」

おきよが仁太郎の顔を下から覗き込んで、微笑んだ。ちくちくと胸がこそばゆい感覚に襲われた。その視線を避けて、仁太郎は思わず咳払いした。

おきよと話すと、胸が躍ると同時に、どこかほっとする。いつまでも話していたいが、ずっと一緒にいたら苦しくなりそうだ。

おきよは、さりげないそぶりで話し掛けてくるが、もし同じような思いを抱いてくれていたら、どんなに嬉しいだろう。阿部さまの具合はもちろん心配だが、こうしておきよと横浜に向かっていることに、大声で感謝したいくらいだ。

六郷川に至り、渡し舟に乗る。川風に吹かれながら、対岸の川崎に着く。陽は傾きかけていたが、まだまだ明るい。宿までわずかだ。

「皆、よく頑張りました。おきよさん、お疲れさまでしたな」

「いいえ、わたしは大丈夫です。利吉ちゃんと弥一ちゃんのほうが頑張ったわよね」

おきよが、弥一の頭を撫でる。

「馬鹿にすんなよ。これでも、もういっぱしに働いてるんだ」

弥一が憎まれ口を叩いたが、まんざらでもない顔をしていた。

宿に着くと、おきよが安堵の息を吐いた。仁太郎はすすぎの水で足を洗う。さほどの道のりではなかったが、それでも水に足をつけると疲れが飛ぶ。ふとおきよを見た。

すすぎに足を入れようとしない。

「あの、別のところで」と、おきよが宿の中居に頼んだ。

「あらまあ、娘さん、足を出すのはいやかえ」

「いえ、そうではなくて」

「ほらほら、草鞋と足袋を脱いだ、脱いだ」

おきよは拒んでいた。ふと仁太郎はおきよの足を見た。左足のつま先だ。仁太郎はすぐにおきよを上がり框に座らせた。

「仁太郎さん、なにを？」と、おきよが戸惑う。

「どうして、気づいてあげられなかったのか。爪が割れて血が滲んでいます。痛んだのではありませんか？」

仁太郎はおきよの草鞋を解き、足袋に指をかけた。

「たいして痛みませんから――結構です。自分で洗います」

おきよは恥ずかしげにいった。

「仁太郎、ほら、おきよさんが困っているぞ」

作兵衛がいい、仁太郎は慌てて、指を離した。

も、申し訳ない、と立ち上がり、振り分け荷物を開いて膏薬を出した。

「こ、これを」

仁太郎は真っ赤になって、膏薬を差し出した。ありがとうございます、とおきよが受け取った。

夜、おきよと男衆の間に衝立を置いて、休んだ。おきよは夜具に入るとすぐに寝息をたて始めた。夕餉のとき、おきよは弥一や利吉と楽しそうにしていたが、仁太郎の視線をさりげなく避けていた。

「なあ、兄さん。おきよさんを好いてるんだろ。嫁さんにすればいい」

隣に寝ていた弥一がにかっと笑った。仁太郎はむすっとして、寝返りを打ち、弥一に背を向けた。

「なんだ、照れてやがんの、えへへ」

弥一がくすくす笑う。仁太郎は、夜具から腕を伸ばして、弥一の頭を平手で引っぱたいた。

「痛え。図星さされて、怒ってる」

弥一はまだいっていたが、仁太郎が相手をせずにいると、そのうち眠ってしまった。おきよの静かな寝息が、仁太郎の耳をくすぐる。でも、足下を気遣ってやれなかったのが悔まれた。その上いきなり足袋を脱がそうとしたのもまずかった、嫌われたかもしれないと、胸が苦しくなった。作兵衛の鼾がひときわ大きくなって、仁太郎は閉口した。

明日は横浜だ。

不意に友太郎のいった言葉が思い出された。

「横浜の森川屋で驚くようなことがある。お前がどう思うか楽しみだよ」

それはどういう意味だったのか。もしかしたら、すでに横浜店にいる良之助のことか

もしれないとも思った。同じ歳の幼馴染みが立身しているのを見て、悔しがれというこ
となのだろうか。ならば、作兵衛のため息はどういう意味か。そういえば森川屋の主人
三右衛門も以前、同じようなことをいっていたのを思い出す。そうして思いを巡らして
いるうち、仁太郎も眠りにおちた。

翌朝、朝餉をとりながら、おきよがおずおずといった。

「お大師さまにお参りをしてもよろしいでしょうか。お殿さまのご病気が快癒されるの
をお願いしたいのと、お咳が続いているというので、参道で売られている飴(あめ)を買うよう、
奥方さまから、申し付けられているのです」

作兵衛は、それなら皆で参りましょう、と返した。

「川崎宿までくれば、もう横浜は目と鼻の先。阿部さまのご本復を皆でお願いいたしま
しょう。奥方さまのおっしゃった飴は、咳止め飴のことでしょうな。それはいい」

作兵衛は、店先で職人たちが、とんとん、とんとんと軽やかな音を立てて、長く伸ば
した飴を刻んでいくのが見事ですよと、おきよにいった。

「それは楽しみです」

おきよは、嬉しそうな笑顔を見せた。

早朝から次々、旅人が出立して行く。宿から競うように飛び出したのは弥一と利吉だ。
「これ、走るんじゃない」と、作兵衛が怒鳴る。仁太郎は後ろにいるおきよをそっと窺
った。しっかり歩を進めている。爪には大事がなさそうで、ほっとした。

「昨日は、ありがとうございました。嬉しかった」
おきよが仁太郎の横に並んで小声でいい、先を行く弥一と利吉を追いかけた。仁太郎はその背を眺めながら、照れ笑いした。

川崎大師に詣で、参道で咳止め飴を購い、再び東海道へと戻った。

宿で作ってもらった握り飯を鶴見川の手前、市場村の一里塚の向かいにある茶店で食べると、すでに陽は中天を過ぎていた。

「茶店の名物の米饅頭をいただいてから、参りましょう。少し先には、生麦の立場茶屋がありますので、そこでまた休みをとります。そこから神奈川宿までは一里ですから」

作兵衛がいった。弥一と利吉は甘いものが食べられると、大喜びだ。

と、向かいに座っていたふたりの行商人の話が仁太郎の耳に入ってきた。ふたりは江戸へ行くようだ。

途中で大名の行列とすれ違ったらしい。どこの藩かはわからなかったが、結構な行列だったという。仁太郎は、ついつい行商人に、どんな家紋だったか訊ねていた。行商人たちは、堂々と顔を上げて眺めていたわけではないが、丸に十の字だったような、といった。

薩摩藩島津家だ、と仁太郎はすぐに気づいた。

三ヵ月前、兵を率いて上洛した島津久光が、江戸に下ってきたのだ。では、その帰りの行列だろう。

仁太郎たちがさくさく歩けば、後尾に追いついてしまうかもしれない。

作兵衛も、頭を捻(ひね)っていたが、

「まあしかし、追いついたら追いついたで、脇に寄って歩けばいいことだ」

ゆっくりと休んでから出発した。

「噂によれば、薩摩の島津久光さまが、此度の公武合体をさらに一歩推し進め、朝廷の改革や幕府の人事などを天子さまに具申したそうだ。それが認められ、江戸へ遣わされる勅使の警固という名目でやってきたとのことだ」

薩摩藩の藩主は久光の子、忠義(ただよし)だったが、久光はその後見をする、国父という立場で実権を握っていた。九州の薩摩からはるばる江戸へやって来たのである。島津家もまた国を憂え、その行く末を真剣に考えていたのだろう。

「お旗本から聞いたのだが、島津さまのお考えを幕府はすべて呑(の)んだそうだよ。もちろん建前は朝廷の意見ということにはなるのだがね」

その結果、福井藩の松平春嶽(しゅんがく)(慶永)が政事総裁職として、幕政に参画することになった。

仁太郎には、それがどれほどのものか、どういう影響を及ぼすのか、よくわからなかった。それでも外様(とざま)の島津久光の考えを朝廷の意見として幕府が取り入れたことで、これまで政を任されていた徳川将軍家の力が弱まっていることだけは強く感じた。

鶴見川を渡り、しばらく行くと、騎馬の異人と遭遇した。おきよは眼をぱちぱちさせ、利吉も弥一も、仁太郎もおきよについてきた中間も口をぽかんと開けて見送った。動じないのは、作兵衛だけだ。

「横浜に着いたら、異人が普通に歩いているのだよ。私はもう慣れてしまったが、いちいち驚いていたら、本当に開いた口が塞(ふさ)がらなくなるぞ」

そう軽口を叩いて笑った。

江戸にも外国の領事館が置かれ、異人がいることを知ってはいても、目の当たりにするのは初めてだった。弥一がいった。

「ぺるりって異人は眼が吊り上がって、天狗(てんぐ)みてえに鼻が突き出たおっかない顔をしているって聞いたけど、いまの異人はそんなにおいらたちと変わんねえ。色が白くて、髭(ひげ)だらけだったけど」

そうか、変わらないかと、作兵衛がいった。

「私は、最初は怖かった。背丈もあり、わけのわからない言葉を話すのでな。でも、弥一みたいに思えるのはいいことだ。異人と商いをするのに、臆(おく)していては足下を見られる。頼もしいな」

作兵衛が感心すると、弥一が鼻の下をこすり上げた。

しばらく行くと、こんもりと木々の繁る鶴見ヶ丘(つるみがおか)がある。少し先に行列が見えた。仁太郎は作兵衛に近寄った。

「追いついてしまいますね」

「このまま行こう。行列は生麦村では休まないだろうし、きっと保土ヶ谷宿まで進むはずだ。私たちは途中で横浜道に入るしな。失礼がなければ、どうということはない」

生麦村のあたりで、道がわずかに右に湾曲している。整然と粛々と、列を乱すことなく行列は進んでいく。

と、いきなり馬のいななきがあたりに響き渡り、後尾の行列が乱れた。

怒号と叫び声がそのあとに続いた。

作兵衛と仁太郎は顔を見合わせる。何かが起きたのだ。

「弥一、利吉さまとおきよさんを、茶店に連れて行け」

「私が見に行きます」

作兵衛が止めるのを振り切って、仁太郎は駆け出した。

仁太郎は街道の脇を走った。行列は乱れ、おそらく島津久光を乗せているのであろう駕籠が、街道脇に寄せられ、近習の侍が駕籠を取り囲んで警固していた。

生麦村の者は、驚愕の表情で行列を見つめていた。ある者は閉ざした板戸から怖々顔を覗かせ、ある者はその場に突っ立ったままだった。旅人たちは、近くの茶店に飛び込み震えていた。

三頭の馬が見えた。また悲鳴が上がる。行列がさらに乱れた。幾人かの喚く声。女性の声が交じっていた。異国の言葉か。何をいっているのかはわからないがさし迫った声だ。異人の女性もいたのだ。甲高い声で助けを求めているのかもしれなかった。

「何があったんですか？」

茶店に立てかけてある日除(ひよ)けの葭簀(よしず)の間から、眼だけ出している旅の男に話し掛けた。

「何があったって、あんた。異人斬りだよ。騎馬のまんま行列を横切ろうとした異人を供侍が斬っちまったんだ」

　異人斬り――。

　仁太郎も足が竦(すく)んで動けなくなった。薩摩藩士が白昼堂々、異人を斬った。三頭の馬が、神奈川宿のほうへ駆け出していく。

　仁太郎の脳裏に浮かんだのは、神奈川奉行を務める阿部正外のことだった。この対応に追われるのは必至だ。どうなるのだ。

　街道脇の林の中で、絞るような声が上がった。断末魔の声だ。不意にあたりに静寂が訪れた。怖いほどの静けさだ。

　薩摩藩の行列は、声を出す者もなく再び列を整えると、進み始めた。

　仁太郎は茶店を出て、恐る恐る歩いた。街道沿いの家から、村人も出てくる。馬が一頭、横たわっていた。首から血を流し、瀕死の状態だった。その傍らでは、おびただしい鮮血が地面を濡(ぬ)らしていた。

　この惨状を目撃した村の中年女が喚いていた。

「異人の馬が少しばかり、暴れたんだ。乗ってた異人はそれを押さえられなくて、お駕籠にぶつかりそうになったんだよ。そしたら、侍が刀抜いて、馬と異人に斬りつけたんだ」

　女は隣にいた男になにか訊かれたのか、また大声で話し始める。

「お行列の侍が、急に手出しをしたわけじゃないよ。異人たちに、お大名の行列だから脇に寄れといって、手を振ったのさ。それに馬が驚いたんだよ」

　仁太郎は女の声を聞きながら、さらに進んだ。血が点々と続いていた。その途中で血の塊を見つけた。いや違う、臓物だ。斬られた異人が逃げた際、腹から落としたのだ。仁太郎は胃の底からなにかがせり上がってくるような気がした。吐き気をもよおした。

　その先に、人だかりがあった。誰かが、筵を持ってこいと声を張っていた。仁太郎はふらふらと近寄った。色が白く、髪と髭をのばした異人が倒れていた。衣裳はずたずたで、血しぶきが白い顔に飛んでいた。身体にはいくつもの刀傷があった、なぶり殺しだ。あまりの惨たらしさに、恐怖を覚えた。攘夷の考えを持つ者たちは、こうして異人を殺めるのだろうか。なんのために？　憎悪の塊が、そのまま転がっているように思えた。

　おきよと利吉、弥一の三人を駕籠に乗せた。惨状を見せたくはなかったからだ。

　作兵衛も血痕の残る道を歩きながら、身を震わせた。

「薩摩の剣術は、一撃必殺の示現流だと聞いてはいたが、まさか、馬もやられてしまうとは思わなかった。人など、ひとたまりもない。馬に乗っている処を斬ったというが、初太刀で腹を斬り裂かれていたんだろう」

　仁太郎は、地面の上の臓物を思い出し、ぶるぶると首を振った。

「惨（むご）いと思いました。ですが、薩摩藩にしてみれば、脇に寄るようにいったようですし、ただ無体な真似をしたわけではないのでしょうが」

だとしても、あのぼろ布のような斬り刻み方には、一片の容赦もなかったのだと仁太郎は慄然（りつぜん）としていた。

生麦村で時がかかり、神奈川宿に着いたときには、夕刻近かった。このまま横浜へ行けば、暗くなる。おきよが沈んだ顔をしていた。おそらく此度の一件で阿部が出張ることになるのを案じているのだろう。

作兵衛は、おきよの心痛を思い、神奈川宿に泊まるといったが、おきよは、

「このまま横浜に行きとうございます。お殿さまが」

と、童のようにかぶりを振った。

「いま、阿部さまのお役宅に行っても、かえってお邪魔になる。今日はゆっくり休んで、あらためて明日、出向きましょう。そのほうが阿部さまも、おきよさんの顔を見て、ほっとなさるでしょう」

作兵衛に諭され、おきよは承知した。

夕餉が済んだ後だった。これまで耳にしたことのない轟音（ごうおん）が宿場に響いた。

表が騒がしい。仁太郎が二階の障子を開けて、外を見ると、異人たちが大勢いた。肩には銃を担いでいる。なにか話をしながら、ばらばらと散っていくと、またぞろ激しい音がした。

宿の仲居が、階段を駆け上がってきたと同時に、叫んだ。

「お客さん、障子を閉めて。それと通りに出ちゃいけませんよ。異国の兵隊が、生麦村で異人斬りした侍を捜しているんです」

「あの音はなんだね」

「鉄砲の音ですよ。なんでも、保土ヶ谷から馬に乗った侍がふたり、この宿場に逃げ込んだのを見たから、撃ったらしいんです。ああ、怖っ」

仲居は肩をすぼめ、聞きもしないのにぺらぺらと話し始めた。

生麦村で、薩摩藩の行列を乱したのは、英吉利人四名。そのうちひとりは女だったという。仁太郎が聞いた悲鳴はその女の声だったのだ。四名は、川崎へ物見遊山に出掛ける途中だったらしい。

ひとりは惨殺され、ふたりは斬られながらも逃走。神奈川宿のはずれにある本覚寺(ほんかくじ)に駆けこんだ。本覚寺は亜米利加領事館として使われており、亜米利加人医師によって、手当てを受けた。ひとりは軽傷、もうひとりは、命は助かったが重傷だったという。女は髪を切られたが、怪我もせずに、横浜の居留地に辿り着き、この一件を震えながら話した。そのため、怒りで膨れ上がった居留地の兵士や庶民までもが銃を持ち、生麦村で遺体を回収し、神奈川宿へと押し掛けてきたのだ。

「ともかく、お客さん、宿屋改めもあるかもしれないので、灯りはつけずにお願いしますよ。なにをされるかわかりませんから」

と、そのとき、

「軍勢を率いておられるのは、どなたか？　公使はおられぬか。銃撃をお控えくだされ、此度の一件、神奈川奉行として、陳謝いたしまする」

朗々とした声があたりに響き渡った。

「お殿さま！」

おきよが障子を開けた。仁太郎も、おきよの横に並んで、外を見た。阿部だ。

「ここには英吉利人を殺めた侍はおりませぬ。銃撃をおやめいただけぬと、ここの宿場の者に迷惑がかかりますゆえ。すでにひとり怪我人が出ております」

此度の殺傷事件につきましては、神奈川奉行阿部正外が、外交交渉によって対応いたす、と声を張り上げた。

それに呼応するように、怒号が上がった。数十もの異人が、阿部に向かって銃を構えた。

「嫌ぁ……」と、おきよが悲痛な声を出した。仁太郎はおきよの肩を抱いた。おきよの身の震えが伝わってくる。

興奮した一団の中から公使が阿部の前に進み出ると、通詞を通して、引き揚げる旨を告げた。

馬上の阿部は、ほっとした表情をして、異人たちを見送った。

仁太郎はおきよから身を引いた。おきよが身を乗り出して叫んだ。

「お殿さま、きよです」

阿部が、ん？　と顔を上げた。

「おお、おきよ。来てくれたのか」

「阿部さま。このような処から申し訳ございません」

武家を見下ろすのは非礼にあたるが、仁太郎も思わず呼び掛けていた。

「仁太郎ではないか。構わん、気にするな。なんだ。おきよとふたり旅か？　これはいい」

「お殿さま、違います。森山園の方々に連れて来ていただいたのです。それより、お身体の具合は。お出張りになって大事ないのですか？」

おきよが懸命にいう。

「とんだことになったものでのう。臥せっておる暇もない。大事件だ。もしや、おきよ。お前、途中で――」

阿部が唇を引き結び、おきよを見る。仁太郎が阿部に向けて、口を開いた。

「一部始終を見てはおりませんが、丁度、生麦村におりました」

阿部の眼が厳しく仁太郎を見据えた。

五

阿部正外が宿屋へ上がった。宿の者たちは神奈川奉行だと聞かされ、慌てふためきながら、仁太郎たちの座敷へと案内した。

「村の者から聞いた話ではありますが」

と、前置きして、仁太郎は、生麦村で起きた異人斬りの一件を阿部に語った。

阿部は腕組みをして唸った。

「つまり、薩摩の者が馬上の異人をまず制したのは間違いないな。だが、その馬が暴れて行列を乱したことで供侍が斬り掛かったというわけか。非がどちらにあるか、というより我が国の慣例を知らなかった異人側の落ち度とも悲劇ともいえる」

「しかし、阿部さま、いえ、お奉行さま。いくら行列を乱されたとはいえ、あのように幾太刀も浴びせましょうか？　殺められた異人はあまりに酷い姿でございました」

仁太郎の脳裏に、血にまみれた惨たらしい骸が浮かんできた。

「攘夷とはなんでございましょう」

仁太郎の中で怒りにも似た感情が湧き上がってきた。

「異国をただ憎み、追い払うだけでは、なにも進まないではありませんか。ひとりふたり殺めたところで、なにが変わるというのですか？　いまや、異国に港を開き、貿易をしているのです。いまさら時を戻すことは出来ません」

仁太郎、よさないかと作兵衛が厳しい声を出した。

「申し訳ございません。差し出がましいことを申しました」

「いや、いい。仁太郎のいう通りだ」

と、阿部は目蓋を閉じ、沈思した。外はまだなにやら騒がしい。異人を斬ったとされる者が宿場に身をひそめているのではないかと、神奈川奉行所の役人が探索しているのだ。異人たちは、阿部の説得もあり、すでに引き揚げている。それにしても、宿場で発砲までするとは思わなかった。

阿部が静かに眼を開けた。

「薩摩藩にも話を聞かねばなるまいが、はてさて、どのような言い訳をなさるか。自国民を殺められた英吉利国も黙ってはいないだろう。いずれにせよ面倒なことをしてくれたものよ」

阿部は軽く笑みを浮かべたが、本音であろうと仁太郎は思った。

神奈川奉行は、行政、司法、警察組織であるのに加え、異人の遊歩区域内の取り締まりと、外国船の出入国の手続き、貿易、外交までを行っている。御用繁多な上に、この異人斬りだ。大事になるのは明らか。処理に忙殺されるに違いない。

お奉行、と座敷に入って来た者があった。若い役人だ。

「おお、どうした、真島」

「やはり、薩摩の者がこのあたりに逃げ込んだというのは噂に過ぎなかったようです」

「薩摩側が流したのか？」

「いえ、そうではありませぬ。興奮した異人側が騎馬の武家を見て、勘違いしたものと思われます」

ふむ、と阿部は唸った。

「先ほどの銃撃で怪我を負った住人はどうした」

「かすり傷でございましたゆえ、命に別状はありませぬ」

それはよかった、と阿部がいったあとで、苦しそうな咳をした。

「お殿さま」

おきよがすぐさま阿部に近づき、その背をさする。

「大事ない。このような事件が起きては、病のほうから退散するであろう。で、薩摩の一行は保土ヶ谷宿まで辿り着いておるのかな」

「は、すでに与力さまが向かっております」

「それでよい。もうこのような刻限だ。あちらは行列を乱した者を討っただけだと門前払いをくわせるかもしれんがな。生麦村のほうにも人を遣わしておるか？」

「はい、数名の同心を」

すると、阿部が仁太郎と作兵衛に眼を向けた。

「こやつは真島三郎という神奈川奉行所の同心だ。真島、この者たちは江戸の森山園という葉茶屋の者だ。近々、横浜で店を開くことになっておる」

「森山園……もしや篠塚健四郎をご存じか？」

「はい、森山園によくお顔を出されてますが」

　作兵衛が応えた。

「あやつは、私と幼馴染みでな。まあ、袖の下を取るのが得意だが、悪い奴ではない」

　そういってから、真島は慌てて、阿部の顔を見た。

「どこにでもある話だ。公然の秘密というものであろう、気にするな。しかし、これも何かの縁だな。真島、この者たちを案内してやってはくれぬか」

「ですが、お奉行」

「港の物見にも行くであろう？　このようなことがあったばかりだ。次は我が国の者が狙われぬとも限らん。警固をしてやってくれ。我が屋敷に出入りの葉茶屋なのでな」

　真島は承服しかねるという表情をしていたが、お奉行の仰せとあらば、と渋々頭を下げた。

「いやいや、私どもにそのようなお気遣いは無用でございます」

　作兵衛が遠慮をしたが、

「今度、異人にお前たちが傷つけられでもしたら、事はますます厄介になる。真島はわしよりも奉行所勤めが長い。よい案内役になるであろうよ」

「恐れ入ります」

作兵衛と仁太郎は深々と頭を垂れた。

「ところで、利吉というのはどちらかな」

利吉と弥一へ阿部が視線を向ける。

「私でございます。お奉行さま」

「ほう、なかなか利発そうな顔をしておる。太左衛門がよく自慢しておった」

と、眼を細めた。弥一が、ちぇっと小さく舌打ちした。

「これこれ、拗ねるな。お前も意志の強そうなよい顔をしておるぞ」

えっと、弥一が頭を掻いた。

「開港からすでに三年。新しい地に利を求めやってきた商人たちは多い。ましてや、相手にするのは、異国の者たちだ。生き馬の眼を抜く気概がなければ、商いはやっていけぬ。心しておけよ」

「ありがとうございます。しかと心に刻みましてございます」

利吉は阿部に向けて、はっきりと応えた。

「なるほど、太左衛門の自慢通りの孫だ」

阿部が、頬を緩め、傍に置いた大刀を手にする。

孫、と呟いた弥一が驚いた顔をして、仁太郎を見た。そうか、弥一は、利吉が森山園の縁戚であるとしか聞かされていなかった。

「お殿さま、わたしもご一緒いたします」

「それには及ばん。今夜は忙しゅうなるでな。明日、仁太郎たちと役宅へ来るがよい」

では、とおきよは慌てて自らの荷を探って、袋を取り出し、阿部に差し出した。

川崎大師で購った咳止め飴だ。

「これはありがたい。飴をなめながら、方策をこうじるとしよう。気遣いすまぬな」

「いえ、奥方さまから申し付けられておりましたので」

阿部は優しげな眼をしておきよを見つめると、

「真島、参るぞ」

そういって立ち上がった。

翌朝、宿を出ると、真島三郎が立っていた。

「これは……おはようございます」

作兵衛が驚いて声をあげた。

「そなたらの警固をお奉行から命じられたのでな」

真島は、とても真面目な人物らしい。

横浜へ至る道は、新たに造られた横浜道を行く。神奈川宿を出て、芝生村から新田間、平沼、石崎の三つの橋を渡り、戸部坂、野毛の切り通しを歩く。

開港に向けて、幕府はわずか三ヵ月で、横浜への道を造った。

横浜道も早朝から、多くの人々が歩いていた。行商に向かうのか大きな荷を背にした者もいれば、物見遊山か軽装で騒ぎながら歩く者もいた。

海はすぐ眼の前に広がっていた。粘るような潮風が吹いている。陸から長く延びているのが波止場だ。帆をたたんだ舟が停泊しているのが見え、荷を運ぶ人の姿もわかる。遠くには帆掛け舟、そのさらに先には異国船だろうか、大きな船がいくつもあった。どの国の船であるのかまではわからないが、皆、大海を渡ってくる立派な船だった。江戸にも負けないほどの賑わいに加えて、異人たちが歩く風景とはどんなものなのだろう。仁太郎は初めての光景に、心が躍る。

しかし、平沼橋を渡っているとき、仁太郎の浮き立つ思いを消し飛ばすような話が聞こえて来た。昨日の生麦村の出来事をふたり連れの行商人が話題にしていた。

昨日の今日だ。やはり大きな騒ぎになっているのだろう。

「薩摩のお行列は異人を斬り殺して、さっさと行っちまったっていうじゃねえか」

「ことによると、戦になるんじゃねえかといってる奴もいたよ」

「戦ぁ？　異国とかい？　そりゃ大ぇ変なこった」

真島の耳にも会話が聞こえたのか、さりげなく首を回した。

「真島さま、昨夜、お奉行さまは」

仁太郎が訊ねると、

「ほとんど、お休みにはならなかったようだ。生麦村の村人の証言と、薩摩側からの話を突き合わせていたが、食い違いが多く悩んでおられた」

そう応えた。

　生麦村での証言は、仁太郎が聞いたものと大差はなかったらしい。騎馬で進んでくる異人四名を、薩摩藩士が制し、手を振りながら、脇に寄るよう指示した。しかし馬が暴れ出し、行列を乱したことによって、供の侍が斬りつけた。だが、仁太郎の話と違っていたのは、数名が斬りつけたということだった。

「薩摩藩では岡野新助という足軽一名が斬ったというのだ。しかも、その足軽は逃げた異人を追いかけ、そのまま、行方知れずとなったらしい。薩摩藩でも懸命に捜しているというのだが」

「足軽が」

　足軽とて、剣術を修めているだろうが、馬一頭を倒すほどの腕前があるのだろうか。

「たぶん、苦し紛れの嘘だろうな。岡野某なんて足軽がいたかどうかもわからないよ。そのうえ異人を追いかけて行方知れずだなんて都合がよすぎる」

　作兵衛がこそっといった。

　つまり架空の人物をしたてたということだろうか。

「英吉利国はそれで得心するのでしょうか？」

「しないだろうな」

　真島はあっさりと応えた。

　昨夜、薩摩藩では、異人たちの襲撃に備えて、島津久光を通常の本陣に泊め、その前には、大砲まで据えていたらしい。

「一触即発だ。もし、お奉行が異人たちをなだめ、居留地に帰人たちを帰さなければ、どうなっていたか。もっとも、相手の公使は退き、薩摩側も、大久保一蔵（利通）どのが、逸る藩士たちをなだめたそうだ。そのおふたりの判断も正しかった」

下手をすれば、保土ヶ谷宿が、そのまま戦場になっていたかもしれない、と真島は苦々しくいった。

「そうなれば奉行所だけでは手が付けられん。ただ、薩摩藩側の言い分を聞いた英吉利国が、どう出てくるかだ」

これまでも、異人斬りが起きるたびに、幕府は賠償金などを支払ってきていると、真島は苦々しくいった。

「此度も、そのようなことになるだろうな。すでに一報はご老中にも伝わっている。昨夜の様子では、異人たちに非があるとして、薩摩藩側に賠償する意思はなさそうだが」

ともあれ、これが大きな火種となることは避けたい、と阿部はいっていたそうだ。

「お殿さまのお身体の具合はいかがなのでしょう」

おきよが眉をひそめた。

「医師が傍らについておったので、心配はない。飴を皆に勧めておられた」

「お殿さまらしい」

と、おきよはほっとしたように胸のあたりを押さえつつ、息をついた。

「港を見物するにしても、少々異人たちも気が立っているやもしれぬからな。あまり目立たぬようお願い申す」

「承知いたしました」

作兵衛が頷いた。弥一が少しだけつまらなそうな顔をした。

「逗留先は、決まっているのか？」

「はあ、すでに店はございますので。ですが、その前に森川屋さんへご挨拶に伺おうと思っております」

作兵衛は、急に奥歯に物が挟まったような言い方をした。

「ああ、本町通りに店を構えておる森川屋か。私も知っておるが、あそこの番頭はよく気のつく者で、役宅にも出入りをしている。ええと名はなんといったかな、たしか、幸右衛門――」

仁太郎と弥一は、思わず顔を見合わせた。

「お役人さま、幸右衛門って番頭さんは、江戸の人かい？」

弥一が大声を出した。

「たぶん、そうであろう。詳しくは私も知らぬが、以前は他の葉茶屋にいて、お奉行のお屋敷にもお出入りしていたと聞いたことがある」

真島が訝しげな顔をして弥一を見る。

弥一の眼が見開かれた。たぶん、自分もそうだったのだろう。作兵衛を見ると、その顔が幾分強張っていた。

三右衛門と友太郎のいった言葉の意味がようやくわかった。横浜の話をあまりしなかった作兵衛と友太郎の態度の意味も――。

宇治から戻らなかった訳ではなかった。幸右衛門は、森川屋にいたのだ。なぜだ。

実直な幸右衛門の顔が浮かぶ。

野毛の切り通しの手前まで来た。右手の坂の途中に、屋根が見える。

「あそこが神奈川奉行所だ」

真島が指差した。

「真島さま。私は幾度か横浜へ来ておりますので、ここから先は、私どもで参ります。おきよさんを阿部さまのお役宅へお連れ願えますでしょうか？」

作兵衛の言葉に、そうかと真島は応えた。

「では、港の物見をする際には、必ず声をかけてくれ。物騒なことが起こらぬとも限らない」

「かたじけのうございます。その際には、お言葉に甘えさせていただきます」

作兵衛は丁寧に腰を折り、おきよへ声を掛けた。

「では、おきよさん、ここで私たちは失礼するよ」

「道中、ありがとうございました」

おきよがちらと仁太郎を見る。仁太郎は、思わず眼をそらしてしまったが、

「ああ、そうだ。うっかりしていました」

慌てて、振り分け荷物の片方を開けると、

「これを阿部さまに。宇治の玉露でございます」

半袋をふたつ差し出した。

「お茶は身体によい飲み物ですから」

「恐れ入ります。お殿さまもきっとお喜びになると思います」

わずかながら、おきよの顔が曇って見えた。江戸からさほど離れていないとはいえ、知らない土地だ。ひとりでは、少々心細いのかもしれない。

「あ、あの、もしよかったら横浜の森山園にも顔を出してください。もちろん、阿部さまのお世話でお忙しいでしょうが」

「でも」

おきよは戸惑ったように俯いた。

「ああ、そうですよね。横浜見物に来たわけではありませんものね。あのう、支配役さん、煎茶道具はありますでしょうか?」

「店のほうに揃っているよ」

「それならば私がお役宅へお邪魔させていただきます。阿部さまにお茶を賞味していただきましょう。毎日とはいきませんが……」

「仁太郎さんがお茶を淹れてくださったら、きっとお殿さまもほっとなさると思います。ぜひ、よろしくお願いいたします」

おきよは頭を下げた。

「さ、おきよどの、参りますぞ」

真島がおきよを促した。

真島と坂を下っていくおきよの姿を仁太郎たちは見送った。ふと、おきよが振り返る。仁太郎は、ぎこちない笑みを浮かべた。それを見たおきよも笑みを返してきた。

「さて、私たちも行こうか」

歩を進めながら、えへへ、と弥一が妙な笑い方をした。

「なんだい、なにかおかしなことでもあったのか？」

仁太郎がいうと、

「おきよさんさぁ、兄さんにほの字だと思うんだよなぁ。兄さんもそうじゃねえか。だってよ、お互いに照れちまって、眼を合わせないしよ」

弥一が小声でいった。

「うるさいよ、お前は」

腹が立ったが、弥一は人をよく見ていると感心する。人を見る眼はひとつの才だと仁太郎は思う。商売には特に肝心だ。弥一は、ぐうたら者で調子がいいが、存外いい商人になるかもしれないと思った。当の本人は、あまり商売に興味はないといっていたが、むしろ異人を相手にする横浜ならば、その才が活かせるのではないだろうか。なんといっても言葉が違うのだ。きっと考え方も違う。異国との貿易となれば、大きな金が動く。

相手を見極め、信用に足る者か見抜けなければたちまち商いが立ち行かなくなる。

仁太郎はそうしたことは苦手だ。すぐに人を信用してしまうきらいがある。商人として損な性質なのだと感じる。あの、温和な太左衛門でさえ、商いとなれば、実の息子の死すら偽りで覆ってしまう。だが、仁太郎は、自分は自分だと思っている。でも、まさか──。

「なあ、兄さん。番頭さんのことだけど……」

弥一が顔を歪めた。

うん、と仁太郎は生返事をした。幸右衛門のことだ。

不意に作兵衛が振り返った。

「仁太郎、ちょっと」

仁太郎は、返事をして作兵衛の隣に並んだ。

「これから森川屋に挨拶に行くよ。先ほど、真島さまのお言葉を聞いていたと思うが。そういうことなのだよ」

仁太郎は口を引き結び、頷いた。

「幸右衛門は、森山園から森川屋に鞍替えしたのだ。本人にその経緯は訊ねてはいないが、おそらく三右衛門さんから引き抜かれたのではないかと思う。いまは番頭のようだが、主人の喜八郎さんの養子になっているそうだ。ゆくゆくは幸右衛門が横浜店の主人になる」

「番頭さんが」

「いまはもううちの番頭ではないよ」

作兵衛が苦い顔をした。

「ご隠居さまには店を退くことを告げていたんだ。それを考えれば、幸右衛門を責めるにはあたらない。それに、森山園にいても辛いだけだからね」

「はい」

でもまさか、幸右衛門が森川屋の横浜店にいるなんて思いも寄らなかった。森山園を辞めて、在所に戻って家業の茶作りをするといっていたのだ。それでもご隠居の太左衛門に請われて、一旦年末に店に帰る約束になっていた。けれど、幸右衛門は姿を現さなかった。その約束を破った上に、いまは森川屋の横浜店にいる。森山園を退くことが決まっていたとしても、結局は裏切ったのと同じではないのだろうか。嫌な気分だった。

「支配役さんも、友太郎の兄さんも、横浜のことをあまりお話しにならなかったのはそのせいだったのですね」

作兵衛は、息を吐いた。

「これが、お内儀さんに知れたら、またひと騒動だ。森川屋に押し掛けて行くことだってあり得るからね。友太郎と私とで話し合ってね、他言無用ということにしたんだよ」

だから、お前も江戸に戻ったら、このことは内緒にしておくれ、と作兵衛はいった。ただ、弥一はまだ子どもだ。他の者に洩らさないように言い聞かせてほしい、と付け加えた。

「承知しました。弥一にはよくいっておきます」

仁太郎は歩を緩めて、作兵衛から離れ、弥一と利吉の横に並んだ。

「支配役さん、なんの話だったんだよ。こそこそして」

「幸右衛門さんのことだよ。これは森山園には内緒だといわれたんだ」

弥一が仁太郎の手を引き、利吉から離れて小声でいった。

「内緒ごとばっかりだな。利吉のことだってそうなんだろ、兄さん。でも、おいら、利吉にヘコヘコする気はねえからな。奉公はおいらの方が長いんだからよ」

「うん、それでいい」と、仁太郎は応えた。

「どんなことがあったかも訊かねえ。お内儀さんにとっちゃ弟なのに、あんなに嫌われてるんだ」

すごく驚いたが、訊いてはいけないこともあると思ったと、弥一はいった。こちらが考えていた以上に、弥一は大人だ。

利吉が、訝しげにこちらを見ると、

「なんでもねえよ」

と弥一は利吉の隣に並んだ。

横浜は日本人町と外国人居留地とに分かれ、その間に波止場が設置されている。陸続きの横浜だが、橋を渡ってくると、そこだけ突き出した出島のようにも思える。

「うわ、すげえ」

弥一が眼を丸くして、大声を出した。

「江戸と変わらねえよ、兄さん」

日本人町を貫く道幅の広い本町通りには、江戸でも指折りの店が出店している。横浜で店を出すには、幕府の許可が必要だが、太左衛門はすでにその届けをだしていたのだそうだ。森山園の店は、本町通りではなく、南仲通四丁目にあるという。

「ほら、兄さん、異人だよ、異人。たくさん歩いてる」

頭に烏帽子のような物を被り、身体に張り付くような羽織に、上等な股引を穿いている。驚いたのは足下だ。足をすっぽり覆う物を履いていた。

「はあ、まだ店もみんな新しい。ああ、遠くに走っているのはなんですか？」

利吉が眼を輝かせた。

「あれは、馬車です。人を乗せた車を馬が引いているんですよ」

「馬車。凄いなぁ、ねえ、弥一さん」

「ああ、遠くに見えるのが異人の住んでる所だろう？」

「行ってみたいですね」

利吉がいった。

異人の姿は、錦絵で見たことはあるが、こんなに多くの異人を目の当たりにすると、やはり奇妙だった。もちろん日本人町なので着物姿の日本人のほうがたくさん往来している。

作兵衛は、皆の様子を見て楽しそうにしていた。

「ははは、不思議議だろう」

「はい。日本の大店が並んでいるのに、まるで異国のようです」

仁太郎は素直に応えた。ふと、生麦村で見た異人の亡骸が脳裏に浮かんできた。あの異人もこの通りをこれまで幾度も歩いていたに違いない。

血だらけで、よくわからなかったが、さほどの歳の者にも思えなかった。

日本という新天地に何を求めてきたのだろう。商いを求めて海を渡ってきた者なのかもしれない。その思いが、一瞬のうちに絶たれた。

薩摩藩の行為が、どのような影響を及ぼすのか、仁太郎にはまったくわからないが、もはや、異人を排斥するなどということは無理だ。横浜の風景を見て、仁太郎は確信した。

ここで、商いを広げるためにはどうしたらよいのか。以前、阿部さまは、貿易は日本には不利な条件が多いとおっしゃっていた。それを変えるためには、どうすべきなのか。政が変わらねば、異国と対等に付き合えないのではないかと思った。

「おい、仁吉、仁吉じゃないか！」

えっと、仁太郎は振り返った。仁吉の名を知っている者が横浜にいるとしたら……。

少し眦の上がった浅黒い顔をした、若い男が立っていた。

男の顔に笑みが広がる。仁太郎は嬉しさのあまり声を上げた。

「良介！　あ、いまは良之助だったな」

「おう、知っていたのか。久しぶりだなぁ。お前も変わりなさそうだ。相変わらず人の好さそうな顔をしている」

ふたりは互いに小走りになった。良之助は遠慮なく、仁太郎の月代を叩いた。

「よせよ、お前、相変わらず乱暴だな」

仁太郎も負けじと、良之助の肩を叩き返す。そして、ふたりでゲラゲラ笑う。

「兄さん、この真っ黒な顔をした人は誰だい？」

弥一がきょとんとした顔で訊ねてきた。

「なんだ、小僧。真っ黒な顔とは失礼だな。陽に焼けているだけだ。お前こそ、誰だ」

「おいらは、江戸の葉茶屋森山園で奉公してる弥一だ。小僧じゃねえよ」

「はん。まだ元服前なら、子どもだ。小僧で十分だろう」

良之助が腰を屈めて、弥一を睨みつけた。

「やめろよ、良之助。お前こそ、子どもじみた真似をするな」

ははは、と良之助は笑うと、弥一の頭をごしごし撫ぜた。

「なんでえ、畜生」

「こら、弥一もやめないか」

作兵衛がたしなめる。

「支配役さま、お久しぶりです。森山園のご一行がいらっしゃることは、本店の主人から文で報せを受けておりました」

良之助はがらりと口調を変え、落ち着き払った態度で作兵衛に接した。

「そうでしたか、それは助かります」

「でも、通りでお会いできるとは思いませんでした。ところで、道中ご無事で？　横浜の居留地はいま大騒ぎでしてね。昨夜はこちらもすぐに大戸を閉めて、皆、震えておりましたよ」

じつは、と仁太郎が口を開き、異人斬りのことを告げた。

「丁度、生麦村にいたのか？　それは災難だったなぁ。神奈川宿では発砲騒ぎもあったと聞いた。でも、よかった」

良之助は、安堵の顔をして、息を吐いた。

「そちらが、利吉さまですね。ようこそ横浜においでくださいました」

「はい。ありがとうございます」

利吉は丁寧に頭を垂れた。

「さすがは、森山園の主人になろうというお方だ。そこの小僧とはだいぶ違う」

弥一が、むっと頬を膨らました。

「さ、私が案内いたします。主人も待っておりましょう」

良之助が先にたって、歩き始めた。

弥一は、からかわれたのが気に食わないのか、良之助の背に向けて舌を出す。

良之助は大事そうに風呂敷包みを抱えていた。

第三章　変わりゆく茶葉

一

　本町通を海のほうへしばらく行くと、丸に森の字の屋号を染め抜いた濃緑色の暖簾(のれん)が揺れていた。間口は五間ほどで、江戸の本店(ほんだな)には及ばないが、茶壺(ちゃつぼ)を象(かたど)った看板がかかっている。

「旦那(だんな)さま、森山園の方々がお着きになりました」

帳場にいた初老の男が、「おお」と声を上げる。

「作兵衛さん、ご息災で」

作兵衛は、これは喜八郎さまと、腰を折る。

「此度(こたび)もご厄介をおかけいたします。こちらが利吉さまで」

作兵衛は利吉の背を押し、促した。

利吉が「お初にお目にかかります、利吉にございます」と、挨拶(あいさつ)をした。

「なるほど、まだお小さいのにしっかりしたお方だ。森山園の横浜店の主人になるに相応しい。こちらもうかうかしておられませんな」

喜八郎が笑った。

喜八郎は、森川屋の江戸店でずっと支配役を務めていた。仁太郎は、初めて顔を見たが、名だけは耳にしたことがあった。

「旦那さま、こいつが仁吉です。私の在所の幼馴染み（おさななじ）で」

「ほう、あんたが仁吉さんか。良之助からよく聞かされていたよ。生真面目な頭のいい奴で、難点は御茶壺道中が好きなことだとな」

難点だって、と仁太郎は良之助を睨（にら）んだ。

良之助は、素知らぬ顔をしていた。

「元服をいたしまして、いまは名を仁太郎にあらためております」

「あ、そうかしまった。本店の旦那さまから伺っていたのにな。すっかり忘れていた」

良之助は、いいじゃないかとばかりに仁太郎の肩をぱんと叩（たた）いた。仁太郎は肩をさすりながら、良之助を睨（ね）めつける。

「それと、奉公人の弥一でございます。まだ、子どもではありますが、これからの店を担う者として連れて参りました」

「ほう、では、横浜店で奉公するのかな」

喜八郎が弥一に訊（たず）ねた。

弥一は、急な問いに困惑したのか、一瞬言葉を詰まらせたが、

「横浜がどんなところか見たいと思いました。来てみたら、本当に新しい所なんだなと思いました。横浜店に来るかどうかは、お店が決めることですが、出来たら横浜で奉公したいと」

そうはっきりといったので、作兵衛も仁太郎も驚いた。

「うむうむ、森山園は歳若い者たちが、しっかりしている。いいことですなぁ、作兵衛さん」

「恐れ入ります」

「ささ、座敷のほうへ上がってください。旅の疲れもお癒しになって」

と、奥の長暖簾を分けて顔を覗かせたのは、幸右衛門だった。

「支配役さん、仁太郎。ああ、弥一も一緒か。久しぶりだな」

幸右衛門はこれまでと同じ笑顔を向けた。

なぜ、そんな顔が出来るのか不思議でならなかった。少しは気まずい表情をするのかと思っていた。けれど、幸右衛門は、ここにいるのが当然だといわんばかりの態度だった。

驚く仁太郎たちのほうが、おかしいといいたげな感じだ。

「その子は、もしや」

「利吉さまでございます」

幸右衛門は頷いた。

「元服までにはまだ数年というところでしょうが、作兵衛さん、森山園もいよいよ店開きですね」

「ええ、此度は、利吉さま、仁太郎、弥一と三月学ばせていただくつもりでございます」

「横浜をたくさん見ておくといい。きっと江戸店に戻っても役に立つ」

なぜ、このように、これまでと同じように話が出来るのか、仁太郎は幸右衛門がわからなかった。訊きたいことが山ほどあった。

けれど、いまはなにひとつ言葉にならない。苛立ちが募った。

「ところで、良之助、帰りが早かったな」

はあ、じつはと良之助が言葉を濁した。

聞けば、良之助は居留地に住む宣教師の妻から、英語を学んでいるのだという。風呂敷包みは英語の書物だったようだ。しかし、昨日の事件で、皆、気が立っているから帰れといわれたらしい。

「やはりねえ」

今日はたしかに異人の客が少ないと、喜八郎がいった。

「ご妻女も非常に心配をしておりました。じつは、本日の早朝、異人の亡骸が居留地に戻されたようです。そこで検死が行われたとか。仁太郎は遭わなかったか？」

仁太郎は良之助へ向けて頷いた。

「刀傷は十ヵ所にも及んでいたということだよ」

「神奈川奉行の阿部さまもさぞお疲れだろうな」

幸右衛門が吐息する。同心の真島の話だと、いまは森川屋の番頭として、役宅にも出入りしているそうだ。神奈川奉行所には、阿部が奉行になったことで、入り込めたのだろう。

「今日のところは、ご挨拶だけにいたしまして、また後日、あらためて参ります」

作兵衛がいった。

「良之助、森山園の方々の案内を頼むぞ」

幸右衛門がにこりと笑った。

「幼馴染みなんだろう。今日は、もう仕事仕舞いにしてもいいでしょう、ね、旦那さま」

「ああ、そうしなさい」

「ありがとうございます」

荷を置いたら、すぐに来るから待っててくれと、良之助はすぐさま店の奥へと姿を消した。

本町通りの森川屋を出て、南へ歩く。通りを三本越すと四丁目だ。まるで碁盤の眼のように町造りがされていた。

「さあ、ここだよ」

作兵衛が大戸の閉まった店の前に立つ。間口は三間。狭い店だと、仁太郎は感じた。

「さまざまな所から、店が出て来ては、この数年で商いがうまくいかずに閉じている。この店もそのひとつだそうだ。元は小間物商だったから、居抜きで三右衛門さまが引き取ってくださったんだ」

仁太郎が大戸を上げる。急に中に光が射した。両側に店座敷。真ん中は三和土。奥は帳場になっている。

「これなら、すぐにでも使えそうですね」

「ああ、奥は住まいになっていてね。庭には小さいが蔵もある。利吉さま、お入りください」

作兵衛に促された利吉は、頷いて三和土に足を踏み入れ、ぐるりと首を回した。

「ここで異国の人たちと商いをするのですね」

「そうです」

利吉は履き物を脱ぎ、店座敷へと上がった。

「弥一さんもおいでよ。ねえ、ここに茶箱を置いて、ここで、仁太郎兄さんが客の応対をして、帳場には支配役さんが座って」

「おいらは、なにをしたらいい？　利吉の旦那さま」

弥一もこれから始まる店に興奮気味だ。

利吉は腕組みをして、

「そうだなぁ。表の掃除でもしてもらおうか」

と、顎をしゃくった。

「なんだと、こいつ。ちょっと持ち上げてやったら、いい気になりやがって」

弥一が利吉に飛びかかる。

「嘘ですよ、嘘ですよ」

転がりながら、ふたりは、笑い合う。

まるで童のじゃれ合いだ。弥一は利吉を嫌っていたが、このわずかな旅で、ちょっと成長したようだ。横浜という新しい町で、利吉を守り立てる、そんな気が起きたのかもしれない。

「これこれ、弥一」

作兵衛が間に入ってふたりを分けた。

良之助が飯屋に連れて行ってくれたが、作兵衛がいったように、たしかに虫は多かった。

手で虫をはらいながら、急いで飯をかき込んだ。

良之助はもう手慣れたもので、慌てた様子もなく、さっさと飯を食べる。弥一と利吉が感心しながら見ているのが、おかしかった。

海に近いせいなのか、八月の下旬でも江戸よりまだ暖かい感じがした。

「潮風だからな、夏はもっと暑いし、梅雨時は湿気がすごい。もともと、湿地を埋め立てたところだから、虫も多い。でも、慣れてしまえばどうってことはないよ」

飯屋から森山園に良之助も皆とともに戻って来た。

こぢんまりしているけれど、いい店になりそうだな、と良之助はいった。

「ふたりで積もる話もあるだろう？　私たちは先に休むよ。火の元だけは気をつけておくれ」

作兵衛はそういって、もう眠そうな利吉と弥一とともに奥へ入っていった。

仁太郎は店座敷に座るより早く、良之助に、異人と話ができるのか訊ねた。

「まだまだだ。挨拶ぐらいかな。お茶は、てぃーだ」

「てぃー？」

「日本のお茶だから、じゃぱにーず・てぃー」

じゃぱにーず・てぃー……。妙な言葉だ。つい、笑みを洩らした。

「おいおい、異人からすれば、おれたちの言葉もおかしいそうだぞ」

「そういうものか」

うむ、と良之助は真面目に頷いた。

「横浜からは、生糸、茶葉、漆器、油、銅などが輸出されている。それで外貨を稼ぐんだが、関税を決めるのは異国側だから、気をつけないと損をする」

良之助が真面目な顔でいった。

「通詞を通しても、伝わらないこともあるからな。異国との商売は気が抜けないよ」

仁太郎は眼をしばたたく。関税だとか、通詞だとか、これまでまったく縁のなかったことが必要になってくるのだ。

「なあ、気になっていたんだが、御茶壺道中では茶葉のまま運ばれてくる。でも異国は碾茶ではなく、煎茶だろう？　焙煎されていても、長旅で、茶葉は保たないのじゃないのか？」

ああ、そうだと、良之助はあっさりいった。

「だから、輸出が決まったら、商館内にある製茶所でもう一度焙煎する。それで長旅でも品質を保てるようにするんだ」

二度の焙煎、か。仁太郎は頷いた。それならば、たしかに長く保つだろう。

「もし、横浜で茶を商うなら、いや、これから先も葉茶屋で生きていくなら、元吉さんに会うといいよ」

「元吉って、伊勢屋の？」

「なんだ、知ってたのか。なら話は早い。元吉さんはお前によく似ている。眼で見て、鼻で茶葉を嗅ぎ分ける。もともと家が茶園だったそうだ。まだ伊勢屋に奉公して間もないが、すでに頼りにされている」

「美味い茶葉を知っているということか？」

「もちろん、茶葉の善し悪しを見抜けなければ、葉茶屋の奉公人は勤まらないが、元吉さんはそれ以上のことをしているんだ」

明日、一緒に訪ねてみないかと、良之助がいった。

「ああ、支配役さんからもその人のことは聞かされていた」

「そうか。じゃあ、朝迎えに来る。伊勢屋は北仲通で、うちよりここからのほうが近いからな」

良之助が立ち上がった。

「あ、良之助。訊きたいことがあるのだが……」

なんだ、と再び座り直して、仁太郎を見る。

「幸右衛門さんのことなんだ」

「ああ、そのことか。森山園から本店の旦那さまが引き抜いたって話か？」

「いや、たまたま聞かされるまで、私はなにも知らなかったんだ。だからいまも驚いている。その上、今日会った幸右衛門さんは何事もなかったような顔をしていた」

うーん、と良之助は唸った。

「幸右衛門さんはいい人だよ。おれはそう思う。下手にお前たちの前で、妙な仕草をするほうが、互いに困るんじゃないのか？　おれは、森山園でなにがあったか、まったく知らない。聞かされてもいない。それは、お前が訊くべきだろうな。納得がいかないなら」

仁太郎は、こくりと頷いた。やはり、自分で訊ねるべきなのだ。そんな当たり前のことがなぜわからなかったのだろう。

「では、明日また来るからな」

幼馴染みとは不思議なものだ。しばらく会っていないのに、すぐに時を縮めることができる。けれど、実際には旧交を温めるというより、自分との差を見せつけられた感じがした。良之助にはまったく驕ったところがない。むしろ歓迎してくれている。けれど、語学を学び、異国を相手に商いをしている良之助を心の底から羨ましいと思った。

一歩二歩どころじゃない、はるかに後れている自分に苛立ちさえ覚えた。

この三月で一体何が学べるのだろう、と夜具にくるまりながら仁太郎は考えた。それと幸右衛門のことだ――。

うるさいはずの作兵衛の鼾が心地よく響いて、仁太郎は眠りに落ちた。

朝餉は近くの飯屋で摂った。

仁太郎は、作兵衛に、伊勢屋の元吉に会う許しを得た。

「良之助さんが案内してくれるのなら、安心だ。私たちは、横浜を少し歩いてみるとしよう。そのほうが、利吉さまも弥一も喜ぶだろうからね」

「勝手をいって申し訳もございません」

「そんなことはないよ。元吉さんの噂は横浜中に広まっている。お前もよく学んでくるといい」

はい、と仁太郎が応えたとき、丁度、良之助がやって来た。

「おはようございます。仁太郎をお借りいたします」

「おお、良之助さん、頼むよ」

作兵衛に見送られ、ふたりは伊勢屋へと向かった。

伊勢屋は、製茶売込み問屋で、輸出を主にしている。

「じつのところ、いま一番、異国に売れているのは伊勢茶なんだ」

「宇治ではないのか？」

「茶の種類が違うからな。お前も知っての通り、伊勢茶は宇治茶の製法をいち早く取り入れ、さまざまな煎茶を作っている。そこが強みかもしれないな」

通りを一本越えて、右に曲がったとき、

「ちょっと待て、こら。うちの茶にケチをつけやがったな」

若い男が店から飛び出してきて怒鳴ると、店先にいる清国人の頭から垂れた辮髪を引っ摑んだ。

「うわああ」

「もう一度、飲んでみろ。お前らの国の茶葉も美味いだろうが、おれの茶葉も美味いんだ。さあ、美味いというまで飲み続けろ」

男はむちゃくちゃなことをいっている。

「あれが、元吉さんだよ。元吉さん、おはようございます」

眼つきの鋭い、細面の男が首を回した。

「ああ？　森川屋の良之助じゃねえか。何用だ」

じたばたしている清国人は、いまにも泣き出しそうだ。

「放してあげたらどうですか」

仁太郎がいうと、

「いや、おれの茶を飲むというなら、放す」

「飲ミマスヨ、モトキチ」

辮髪を摑まれた男は懇願するようにいった。

「それならそうと、さっさといえばいいものを。んじゃ、美味い茶を淹れてやるからなぁ。おう、お前らも一緒にどうだ」

元吉がにかっと笑った。

髪がうねっているのか、元吉という男の髷は、元結で結ってもざんばらな形をしていた。そのうえ無精髭まで生えている。歳は、仁太郎より一歳上だということだが、とうに二十五は過ぎているような風貌をしていた。

「ほれ、良之助も入れ入れ」

仁太郎は伊勢屋を見回した。間口はどれほどあるだろう。屋根には『製茶売込み問屋・伊勢屋』と大きな看板が載っていた。

元吉は、清国人の背を押しながら、振り返った。

「あ、そっちのちびすけは誰だ」

ちびすけ？　仁太郎はむっとした。元吉が眼の前に立った。仁太郎よりも背丈がある。

「私は、森山園の若衆で仁太郎と申します」

あん、そうか、と元吉はもうどうでもいいというように、清国人を店に押し入れた。

「ああいう人なんだ。気にするな」

良之助にそういわれたが、がさつな態度が気に食わなかった。

「張（チョウ）、謝謝（シェイシェイ）、さんきゅー、ありがとよ」

「モトキチ、お調子イイヨ。ワタシの国の言葉はやめてくれよ。ワタシ日本語話せるよ」

元吉は、まあまあ、座れ座れと、張という清国人を店座敷に上げる。良之助も履き物を脱いだので、仁太郎もそれに倣った。

「さて、これから、おれが美味い茶を淹れてやる」

と、仁太郎をちらと見て、元吉が立ち上がった。

「森山園ってのは、今度、通りに店開きする葉茶屋だよな」

そういって、近づいてくると、鼻をすんすんさせ、宇治の匂いがするといった。

「良之助の森川屋と同じか。未（いま）だに宇治茶は日本一だと思ってる顔つきだな」

「それはひどい物言いです。宇治の茶は将軍家がお買い上げになり、京の御所にも届けられています。日本一ではないですか」

はっはっと元吉が笑う。

「たしかに、碾茶は日本一かもしれねえが、横浜じゃ違う。異国じゃ碾茶は飲まねえ。だから、伊勢茶のほうが売れているんだ」

「しかし、伊勢茶は、宇治茶の玉露の製法を取り入れ、作られたものではありませんか。

元は宇治茶です」

仁太郎は、懸命にいい募った。けれど、そんな仁太郎の剣幕などおかまいなしに、元吉は、棚に置いてあった皿を手にして、ずらりと並んでいる茶箱のふたを開けた。鼻先を近づけ香りをたしかめている。そのあとは、茶葉を少量手にとって、指で撚りの感触をたしかめていた。

気に入った茶箱から、少しずつ茶葉を取り、幾枚かの皿に分けていく。

仁太郎は、隣の良之助に身体を寄せた。

「なにをしているんだ、元吉さんは」

「数種の茶葉をこれから混ぜるんだ。これが元吉さんのやっていることだ。その配合は誰にも真似はできない」

「そんなことしたら味が変わってしまうじゃないか」

思わず声を上げてしまった仁太郎へ、元吉が鋭い視線を放ってきた。

「あんたは、去年や一昨年の茶葉の味を覚えているかい？」

えっと、仁太郎は訊き返した。

元吉は、五枚の皿を並べて、香りと撚りとをもう一度たしかめる。

「あんたは、伊勢茶が宇治の製法を取り入れたものだといったな。それはその通りだ。けど、茶葉はその土地、陽当たり、茶畑の傾斜によってても味が変わるってことは、わかってるだろう」

仁太郎は頷いた。

「だからこれは、宇治茶じゃねえ、やっぱり伊勢茶なんだ」

元吉が強い口調でいった。仁太郎は、むっと唇を引き結んだ。いい返すことができなかった。

「もう一度訊くが、あんたは前の年の茶の味を覚えているかい？」

「それは……雨の量や日の照りの多さ少なさで茶葉の味は変わります。ですが、その年の新茶は新茶として、賞味すればよいと思っております」

「へえ、味が落ちていてもかい？」

元吉が仁太郎に迫ってきた。

「モトキチ、茶を淹れてくれないなら、ワタシ、帰るよ。ご主人に叱られるからね」

「もうちょっと待ってろよ」

元吉がいうや、清国人は肩を竦めて、息を吐いた。

「あんた、仁太郎だっけか。新茶はたしかにうめえよ。けど、二番、三番の茶葉になれば硬さが出てくる。味も落ちる。おれは、伊勢茶の一番の味を舌で覚えておくんだ」

「舌で覚えておく？」

「ああ、そうだ。だからこうして、いろんな茶葉を混ぜて、一番美味い時の茶の味を出すんだ」

仁太郎は驚いた。そんなやり方があったことにまず戸惑いを感じた。その年々で、たしかに茶の味は変わる。一番美味い時の茶の味を舌で覚え、その味に近づけるために茶葉を混ぜるなど、初めて聞いた。たしかに誰にも真似できない、というより、そんなことをする必要を感じたことはなかった。

「こちとら、売るのは異国の商人だからよ。特に英吉利国の奴は茶にうるせえんだ。雑味があればすぐに文句をいってきて、安く叩いてくる。それをさせないための方策でもある」

つまり、茶葉の品質を一定にしなければならないということか。

「商いやってて、今年は出来が悪かったなんて言い訳は通用しねえからな。ましてや異人相手だとな。しくじれば、もう取り引きはおじゃんだ。信用って奴だな」

元吉は、五枚の皿を一枚一枚、鼻先に持って行き、唸りながら、もう一枚空の皿を用意した。五枚の皿から、茶葉をつまみ上げて、六枚目の皿に移して行く。

「ああして、わかるのか」

仁太郎が小声で良之助に訊ねる。

「面白いというか、すごいだろう？　茶葉によって味が違う。元吉さんは一番美味かった茶葉の味に、ああやって、見た目と香りで近づけていくんだ。少しずつ茶葉を加減しながらな」

仁太郎は食い入るように見つめていたが、身体がむずむずとしてきた。自分もやってみたい。美味い茶は多く口にしてきた。

宇治にもさまざまな煎茶がある。そのもっとも上等なものは玉露だ。

仁太郎は元吉の「一番美味い時の茶の味を出す」ということとは別のことを考えた。玉露には玉露の極上の美味さがある。その玉露を他の煎茶にわずかに混ぜることで、他の茶葉のうまみを引き出せるのではないかと思ったのだ。そうすれば、麦湯などを普段の飲料にしている長屋の住人にも安価に売れる。しかも、玉露入りとなれば、少し贅沢な気分にもなれる。

横浜では通用しないかもしれないが、江戸店では試してみたい。

幾度でも味見をしながら、新しい茶葉を作るのだ。

「へえ、興味がわいたかい？」

じっと手許を見つめる仁太郎に気づいた元吉がいった。

「あんただろう？　鼻がいい奉公人ってのは。うちの旦那が森川屋の番頭から聞いたことがあるそうだ。きっと横浜店に来るだろうっていっていたが」

幸右衛門だ。自分のことをそんなふうにいっていたのか。

元吉は茶葉を混ぜ終えると、ちょっと待ってろ、と奥へ行った。すぐさま戻ると、幾つもの湯飲み茶碗を盆に載せて、三人の前に置いた。火鉢から鉄瓶を持ってくると、湯を湯飲み茶碗に少し注ぐ。

「煎茶の道具は使わないのですか？」

元吉が笑った。

「いちいち、そんな淹れ方してたら陽が暮れちまう。それでも、熱い湯をぶっかけると茶葉がすぐひらいちまうから、少し湯飲みに入れて冷ます。湯飲みも温まって、茶が冷めない」

元吉は、あらかじめ湯を注いであった、ひとつの湯飲みの湯を別の湯飲みに少しずつ分け入れた。ひとつの皿から、茶葉を入れ、さらに湯飲みで冷めた湯を注ぎ、

「まずは、この茶葉だ」

仁太郎と良之助、清国人の張の前に置いた。

仁太郎は湯飲みを取った。色は黄色だ。香りもさほど強くない。湯飲みに口をつけ、ひと口含んだ。渋みがある。安い煎茶の味だ。

元吉がまた別の茶を置いた。

「じゃあ、今度はこれだ」

そうやって五杯飲まされた。美味かったのは、深みのある緑色の茶だった。渋みのあとに甘みが残る。

「最後はだな、混ぜた茶葉だ」

元吉は自信たっぷりに茶を淹れた。

仁太郎はひと口飲んで驚いた。どの茶葉とも味が違う。五つの茶葉の中で、一番美味いと思っていた茶よりも、さらに深みと甘さが増した。

宇治の玉露にも似ているが、ふくよかで豊かな味がした。口中が爽やかになる。

「これが、おれが覚えている美味い茶の味だ。おれは、この味を去年と今年、茶葉をこうして混ぜて出している」

たしかに、宇治の玉露は煎茶の中では美味いとおれも思う。味が毎年変わっても玉露は玉露なんだ。ただ、おれの考えは違う。その年の茶の味が落ちていたら、美味い茶の味に近づけるために混ぜてもいい、と元吉はいった。

「茶葉は同じに見えて、同じじゃねえだろう？　香りも味も違うんだ。ただ、おれは、人によっても味を分ける」

仁太郎は眼をしばたたいた。

「渋い茶、甘い茶、まったり濃厚な茶、苦い茶。人の好みは色々だ。料理によっても変える。味の濃い飯の後には、さっぱりした茶が美味い。薄味の料理なら、ずっしり重い味の茶だ」

元吉の話は、なにもかもが新鮮だった。

これまで、仁太郎が耳にしたことがないどころか、眼の前で見るまで、茶葉を混ぜて美味い茶を作ること自体、考えも及ばなかった。もしかしたら、産地が違う茶葉同士でも混ぜることは可能なのではないかと、仁太郎は元吉の話を聞きながら感じていた。

でもそれは、自分が生まれ育った宇治の地を、将軍家がお買い上げになる誉れ高き宇治の茶を貶（おとし）めることにならないだろうか。味のごまかしではないかという気がした。

「清国や英吉利国、日本と、茶はそれぞれ味も色もことなっているが、元の茶の木はまあ同じだ。なにが違っているかっていうと、茶葉の作り方だ」

「異国の茶の木と同じなのですか？」

「ソウデス。我が清国にもたくさんのお茶がありますが、皆、日本の茶よりも、熟成させます。葉の色が黒っぽいのは、そのせいで、英吉利国のブラック・ティーも同じです」

良之助が、ぽかんとしている仁太郎を肘(ひじ)でこづいた。

「どうしたんだよ、魂が抜けたような面をしているぞ」

ああ、と仁太郎は我に返った。

「すごいものを眼の当たりにしてしまって、いささか度肝を抜かれたというか」

「だろう？　元吉さんはだから面白い」

良之助がくくっと笑みを洩らした。

「モトキチ、ワタシ帰りますよ。ごちそうさま」

「おう、日本の茶も美味いだろう？　お前の主人に売り込んでおいてくれ」

「ワカリマシタ。きっと、気に入ると思います。今度、一緒に参りますよ。モトキチの店は信用できると伝えます」

「あったりめえだ。今度うちの茶を馬鹿にしやがったら、てめえの処に乗り込んでやるからな」

「それ駄目よ。喧嘩(けんか)よくない。一昨日怖いことあったからね」

張がぶるりと身を震わせる。

「馬鹿！　乗り込んで、無理やり茶を淹れてやるんだ」

「ああ、それならイイョ。じゃあ、また来ます、モトキチ」

「必ず来いよ」

張は、ようやく解放されたとほっとしたのか、そそくさと店を出て行った。

と、仁太郎は奉公人が居ないことに気づいた。こんなに大きな店なのに、元吉ひとりというはずがない。

「ああ、皆、英吉利国からの大口の仕事が入ったんで、商館に出掛けてる。おれは、留守番だ。いや、店番か」

と、元吉は大声で笑った。

「元吉さんは商館で以前、英吉利商人と大喧嘩してね、出入り禁止なんだ」

「よけいなこと吹き込むんじゃないよ、良之助。ああ、そういや、あの事件の話はどうなったか、聞いているか？」

あの事件というのは生麦村での英吉利人殺傷のことだ。張が怖いことといっていたのもそれだ。

「日本人町のほうに被害はありませんよ。ただ、昨日はさすがに先生には帰れといわれましたけれど」

「ああ、英語の先生か。そりゃしかたねえや。あんた、横浜店にいるつもりなら、良之助から英語を習うんだな。あいつら、こっちが言葉がわからねえと足下みてくるからよ。

挨拶ぐらいは覚えておいたほうがいい」

「あの張さんという方は」

「英吉利人の使いっ走りの奉公人だよ。阿片の戦があってから、英吉利国の奴らは清国人を顎で使ってやがる。虫酸が走るぜ。日本はそうならないためにも意地でも対等に付き合わねえとな」

仁太郎には、横浜が別の国のような気がしてきた。いや、日本ではあるけれど、もう考え方が違う。開国だとか、攘夷だとか、そんな話はここにはまるでない。世界を相手に門戸を開き、ここに集った日本人は商人として対抗しようとしている。

「元吉さん」

仁太郎は背筋を伸ばし、声を張った。

「どうした、どうした」

湯飲みの片付けを始めていた元吉が眼を丸くした。

「私は茶葉を混ぜることに得心しかねます」

「そんなこたぁ、おめえにいわれたくねえ。おれはおれのやり方で美味い茶を作っているんだ」

「おい、仁太郎。よせ」

良之助が止めに入ったが、仁太郎は元吉を真っ直ぐに見つめた。

「けれど、私はこうしたやり方もあるのだと素直に驚きました。茶葉の味を自らの眼と鼻と舌で作ることが出来る。商いにおいては、必要な技だと」

私に茶葉の混ぜ方を教えてください、と仁太郎は頭を下げた。

「私に、茶葉の混ぜ方をお教えください」

元吉は、へっと鼻の下をこすった。

「やなこった」

「元吉さん」

良之助が身を乗り出した。

「仁太郎は真面目で熱心な奴です。なにより、茶が大好きな男です。私が元吉さんの処へ連れて来たのは、仁太郎に、これを見せたかったからです」

「もう十分、見たじゃねえか。あんた、茶葉が好きならよ、てめえで工夫してみろよ」

「そんな、つきはなしたような言い方をせずとも、元吉さん」

すがる良之助を制して、仁太郎は元吉をきっと見つめた。

「なんだよ、怖い眼してよ」

「断られても、ここに来ます。何度でも来ますから」

仁太郎はいい放った。良之助が眼を丸くした。

元吉は、ふんと鼻を鳴らした。

「好きにするがいいや。でも、おれはなにも教えねえぜ。見ているのは勝手だけどな」

良之助は、仁太郎の肩を強く叩いた。

「よろしくお願いします」

仁太郎は、元吉に再び頭を下げた。

「モトキチー」

異人の客が入ってきた。色白で鼻梁がとんがっていて、顎鬚をたくわえていた。

「やあやあ、ミスター・スミス。うえるかむ」

モトキチが手を差し出すと、スミスがその手を握った。

「ははぁ、相変わらず、モトキチの英語は酷いものだ。もう少し英語を学んだらどうだね」

流暢な日本語で話し出したのに、仁太郎は驚いた。異人は、もっと威張っているものかと、東の小さな国の言葉など学ばずとも当然のように思っているかと思っていた。

「スミスさんは、ベーカー商会という店をもっていてね、製茶の買い入れをしているんだ。元吉さんのことが気に入っているようだよ。伊勢屋のいいお得意さんだ」

そうなのか。異人の買い入れ商人に気に入られることもここでは大切なのだ。

宇治の茶が日本一だと知っているのは、日本人だけだ。横浜では、伊勢だろうが、宇治だろうが皆一緒だ。いい物を、少しでも安く買う。

もちろん、英吉利国にも亜米利加国にも茶の湯はない。碾茶を売ることは難しい。葉のまま、長旅に耐えることは難しいだろう。

だとすれば、やはり煎茶を、宇治の煎茶を売って行かねばならない。

仁太郎は、利吉を守り立てながら、横浜に森山園ありといわれるようになりたいと思った。日本一から世界へ向けて、宇治の茶を旅立たせるのだ。

蒸気船の御茶壺道中だ。

元吉は、店座敷に腰掛けたスミスに茶を飲ませながら、談笑し始めた。

「元吉さん、おれたちは、そろそろ失礼します」

「おう、良之助、それから仁太郎、勝手に来いよ。相手はしねえが」

仁太郎は、はいと強く頷いた。

「ふたりは、誰ですか」

スミスがいった。

「ああ、良之助と仁太郎という葉茶屋の雇われ人だよ。特に仁太郎ってのは、鼻がおれみたいにいいらしい」

「ほう。伊勢茶ですか？」

「のーのー、宇治茶だ」

「宇治？　ああ、京のお茶ですか。でもいまは伊勢茶のほうが売れていますからね」

良之助は苦笑して、スミスに向かっていった。

「そのうち宇治茶の美味(おい)しさがわかると思いますよ、スミスさん」

「楽しみにしておりますよ」

スミスが立ち上がり、良之助と仁太郎に手を差し出して来た。

ふたりは順に握手をかわして、伊勢屋を後にしたが、

「ところで、モトキチ、例の件ですが。わかりましたか」

スミスの一段低い声が聞こえてきた。

「なんとなくな。亜米利加商館の製茶所で働く女子(おなご)のひとりに聞いた。ひでえ話だよ」

元吉が吐き捨てるようにいった。また、生麦村のことだろうかと、仁太郎は暖簾を潜(くぐ)りながら、聞き耳を立てた。でも商館の女中といっている。商い、か。

「もっとよく捜してくださいよ」

スミスは心配げな声を出したが、

「わかったよ。スミスさん、もう一杯飲んで行くか」

「オー、いただきましょう」

打って変わって嬉(うれ)しそうにいった。

二

茶の商いにも色々なことがあるのだろう。製茶の買い入れをしている異人というのにまず驚いた。考えてみれば、なんでもかんでも日本の品物を買付けにくるわけではないのだ。生糸や茶葉などを専門に扱う商人がいてもおかしくはない。

仁太郎はスミスと握り合った手の感触を思いだした。

「なんだか、変な感じだ」

「だろうな。日本にはそういう慣習はないからな」

「でも、こうして手を握り合って、知り合いになり、商いをすすめていくのだろうな」

「横浜で商売をする以上は、異国の慣習にも慣れなければいけない。スミスさんだってそうさ。日本語を懸命に学んできている。それも商いのためだ」

良之助が口を引き結ぶ。

「おれたちは若い。変化を恐れる歳じゃない。むしろ、その変化を喜べる。お前の処の、弥一って奴もそうじゃないか。新しいことに眼を向けられるのは、若いおれたちだ」

「葉茶屋の商いも変わるべきだと思うか？」

「それは、わからない。ただ元吉さんの茶の淹れ方を見てわかったろう？」

「ああ、正直いえば認めたくない。が、ああした茶葉の作り方があるんだということを教えられたよ。でも江戸の森山園は武家の掛取りが上手くいってなくて、大変なんだ。若衆の私ではどうにもできないのが歯がゆい」

「宇治は碾茶だからな。顧客も武家や豪商が多い。それは森川屋も同じだよ。江戸の本店も掛取りが回収できず困っている。それを横浜店が補塡(ほてん)しているんだ。宇治の産地も困惑しているかもしれないな」

「幸右衛門さんもああして、異国の商人と付き合っているのか？」

良之助は何を今更という顔をした。

「手を握り合うことから始めて、商談をするのかぁ」

仁太郎は己の姿があまり想像できなかった。まだまだ先のことだと思っていたが、もうさまざまなことが眼の前に迫っているのを感じた。

「でも握手くらいで驚いていると、大変だぞ。もっと親しくなると、男女どころか、男同士でも抱き合ったり、頬に口をつけたり、男女なら互いに唇を合わせることもある」

「そ、そんなことをするのか」

仁太郎は思わず頬を染めた。その途端、おきよの顔が浮かんできた。まさかそんなみだらなことができるはずはない。

「なんだ、どうしたんだ。お前、好きな女子でもいるのか？」

「ああ、いや、その」

口籠(くちご)る仁太郎に、良之助が笑った。

「いるんだな。どんな娘だ？　もう口を吸ったのか」

「な、なにをいっているんだ。そんな相手じゃない」

仁太郎は、へどもどしながら、良之助に応える。

「ただ、好かれているのかもわからない。私が見ると、相手は私の視線を避けるようにするし、嫌われているのではあるまいかと。だから私も怖くて、娘に笑いかけられると、なにやら妙に腹が立つというか、なんというか、どういうつもりなのだろうか、と」

仁太郎は自分でも驚くほどにべらべらとまくしたてた。相手が良之助であったから、いえたことだ。

「うーむ。それはなんとも」

と、良之助が小難しい顔を仁太郎へ向けた。

「やはり、な——きっと私に興味の欠片もないのだろう」

仁太郎がしょげるようにいうと、その逆だ、と良之助が顔を寄せてきた。

「避けるのは相手も恥ずかしいのだよ。笑顔を向けるのはお前に見てもらいたいからだ……これはいける！」

「なにがいけるものか。どうしてよいかわからないよ」

「ともかく、お前はその娘に惚れているんだ」

「そうなのか」

「それにも気づかなかったのか。いい娘なんだろう？」

「ちょっとたぬき顔で愛嬌がある。しっかり者だが、すこし抜けているところもある」

「はあ、たいしたものだ。ちゃんといってやれよ。もし向こうもお前に惚れていたら、かわいそうだぞ。ここは男のほうから、好いていると」

と、仁太郎はいきなり気づいた。

「さっきから、私のことばかりじゃないか。そういうお前は、どうなんだ」

「おれか？　おれは岩亀楼に揚がったことがある。そこに、京から来た女子がいてな」

そ、そうかといったきり二の句が継げなかった。岩亀楼は異人のために造ったという遊女屋だ。もちろん、日本人も揚がることができる。遊女屋に揚がるということは、つまり……良之助にはなにもかも先を越されている。

「もちろん、その娘をおれのような奉公人が請け出すなど夢のまた夢だ。それに、おれは、店で通いの番頭になってからでなければ女房は持たない。というより持てない。それが森川屋の決まりだ。どうしても所帯が持ちたいなら、店を退くことになる。いまは女子より、商いが優先だ。おれは横浜店の番頭に、必ずなる。幸右衛門さんが主人になるときには、支配役にもなる。そのために英語を学んでいる。異人に侮られないようにな」

良之助は力強くいった。

「自信があるのだな」

「だから、お前も頑張れよ」

なにやら、適当にはぐらかされた気がしたが、良之助に負けてはならないという気持ちがさらに湧いて来た。すぐ近くに刺激になる者がいるのはありがたい。江戸の森山園では、嫉妬や意地や足の引っ張り合いばかりのような気がしていた。そこには自分の地位を上げる欲しかない。人の上に立つためには、店を動かすくらいの才覚を持っていないと駄目だ。元吉が茶葉を混ぜて味のいい茶を作るように。良之助が英語を学んでいるように。自分には何ができるか、仁太郎は懸命に考えていた。

通りを歩きながら、良之助が波止場に行くか、と訊いてきた。

「運上所（税関）と商館、製茶の調べ所がある」

良之助は、すたすたと先を急ぎ始めた。潮の香りが強く、陽射しが暑い。仁太郎は汗を拭いながら歩を進める。

時々行き過ぎる異人に鋭い目付きで見られた。殺傷事件の余波は確実にあった。

「そういえば、なぜ女子は雨も降っていないのに傘をさしているんだ？」

ああ、と良之助が応えた。

「異国では雨の日に傘をささないのだそうだ。それより、強い陽を避けるために傘をさすんだ」

「おかしなものだな。雨の日はどうするのだろうな」

「帽子を被っているからいいんじゃないか」

「まるで、武士のようだな」

仁太郎は思わず笑った。武士は、雨が降っても傘をささない。笠と蓑で間に合わせるのだ。傘などさしていたら、いざというときに刀が抜けなくなるからだ。まことかどうかはわからない。これまでは、刀など抜く武士はそうそういなかった。

けれど、今はどうだ。なんとなく日本中が殺伐としてきていることは仁太郎も感じている。生麦村での凄惨な様子が甦ってきた。

武士が刀を抜き、人を斬り刻むようなことが、多く起きるのではないかと不安がよぎる。

神奈川奉行の阿部さまはどうしただろう。今日は、英吉利国の公使と話し合いをしているのだろうか。島津久光の行列はもうどこまで行ってしまったか。

四半刻ほど歩くと波止場に着いた。遠くには異国船が多く停泊していた。波止場の前には大きな運上所が建っており、そのまわりに幕府の役所や商館がいくつもあった。波止場には小舟が停められている。荷の積み降ろしをここで行い、沖に停泊している蒸気船に運ぶのだろう。横浜は世界に開いた玄関なのだ。商館に着くと、良之助は知り合いの異人と挨拶を交わし、仁太郎を紹介した。スミスと同じように手を差し出してきたので、その手を握り返すと、早口でなにかいった。さっぱりわからないが、仁太郎は笑顔を見せた。良之助が、

「アイアム、ニタロウ。フロム　エド。ナイス、ツウ、ミイ、ツウ、といえ」

と囁いてきた。よくわからないが、そのようにいうと、異人は、

「ウェルカム、ツウ、ヨコハマ」

と返してきた。横浜といわれたことだけはわかったので、「さんきゅー」と応えた。良之助が、へえという顔をした。

異人とひと言だけ話した。それが仁太郎は嬉しかった。

ともかく運上所でも商館でも多くの日本人の人足が働いていた。蔵から運び出される俵はすべて茶葉だと聞き、仰天した。

「あれは生茶蔵と呼ばれているんだよ。そこから出された茶葉が商館の製茶所に運ばれるんだ。うちはすでに焙じた茶葉だ。だから二度目はここに持ち込む」

商館で焙煎してから、箱詰めされるのだそうだ。

丁度、英吉利国の商館で茶焙じが行われていた。暁七ツ（午前三時頃）ぐらいから仕事がはじまるらしい。中までは入れなかったが、多くの釜の前で、さまざまな歳の女たちが働いていた。釜の火はめらめらと燃え、こちらまで熱風が吹いてくる。

火に照らされる女たちの顔もまるで天狗のように赤かった。

「仁太郎、こっちだ」

良之助に呼ばれて行くと、茶箱が並んでいた。

送られるのを待っている茶箱はどれも美しいものだった。牡丹に燕や蝶の画が描かれている。

「茶葉はもちろんだが、この茶箱も結構人気があるんだ。異国では見られない絵柄だからかもしれないな。まあ、ちょっと清国風なのは気になるところだが、きっと、茶箱の画は異国でも評判になる。そういうことも必要だとおれは思っているんだ。中身の質が保たれているのは当然のことだが、その容れ物も眼を引くことが必要だ」

妙な言い方だが、異人の異国趣味をくすぐるってことだ、日本の茶葉が気に入られているのもそういうところだからな、と良之助がいう。

日本産の生糸には、明らかに質の良さがある。日本の茶葉も物珍しい異国志向で終わってはいけない、と良之助は付け加え、質の良さ、味の良さで相手を納得させなければな、と仁太郎を見てにこりと笑った。

荷を担ぐ人足たちの肩や背から湯気が立ち上っていた。彼らは、どのようにして、横浜にやって来たのだろう。異人も遠い異国にやって来て、商いをしている。

なにもかもに活気と力強さを感じた。

新しい横浜という港町は、誰でも受け入れてくれる。一旗揚げてやろうと意気込んで来た者もいるだろう。けれど、才覚がなければ、あっという間にほうり出される。

利吉が元服して、森山園の主人となる前に、この地でしっかりと根を張っていなければならない。森山園は、森川屋から暖簾分けされた店だ。その上をいってやるぐらいの気概を持たなければならない。ただ、主人に従っているだけの奉公人では駄目だ。横浜には商人としての胸を熱くする勢いがあった。

「そういえば、お前、異人にさんきゅーとかえしていたな。いつ覚えたんだ?」

「元吉さんがいっていた。張さんに、謝謝、さんきゅー、ありがとよって。ああ、さんきゅーは、たぶんありがとうの意味だなと思ったんだ」

「なるほどな」

良之助は、仁太郎を強く見つめてきた。

「おれは、お前よりも、鼻も舌も劣っている。だが、異人への売込みでは負けないつもりだ」

うん、と仁太郎も力強く頷いた。

翌日から、仁太郎は元吉の許に通い始めた。むろん、森山園の作兵衛が伊勢屋の主人に話を通してくれた上でのことだ。

仁太郎は、元吉の売込みの仕方、茶の淹れ方をじっと見ていた。伊勢屋の奉公人たちからは、奇異な眼で見られていたが、気に留めなかった。

「うちの茶葉はな、目一杯乾燥しているからな、再製の必要がねえ。長い船旅にも耐えられる」

元吉は、茶葉を少しずつ取りながら、混ぜ始める。

「飲むか」

湯飲みを出してきた。

「これは、喜撰と同じような味がします。多少劣りますが」

「はっきりいいやがるな。むろん、喜撰じゃねえ、喜撰に似せた茶葉だ。別の名を付け、安い値で売る」

「やはり、騙しているように思えます」

仁太郎は茶を飲み干した。

「喜撰といったら騙すことになるが、別の名を付ければ騙すことにはならねえ。それより、もっとあくどいことが行われているからな」

元吉が、顔を歪めた。

「いま、横浜で売れてる品はなんだと聞かされてきた？」

「生糸と茶葉、油、銅などですが」

仁太郎は、訝りながら応えた。

「ところが、そうじゃねえ。茶葉は少しずつ輸出量が落ちている。生糸の一割強だ。ほかには、干魚、漆器、あとは蚕種もある。じつはよ、亜米利加国で戦が始まっているんだ。その波も受けているんだけどな。南と北で同じ亜米利加人が戦っているらしいぜ。詳しいことは知らねえけど。日本もそうならなきゃいいと思ってるよ。こんなご時世だとよ」

それより、と元吉は、仁太郎を手招いて、耳許に口を寄せてきた。

「どこの葉茶屋か知らねえが、硬い茶葉に米糊を入れて軟らかくしたり、緑礬を入れて、茶葉の色を変えたり、さらに色をよくするための薬も使っているって話だ」

仁太郎は、元吉を穴の空くほど見つめ、声を荒らげた。

「そんな馬鹿なことがありますか」

「許されることじゃねえ。それはもう茶葉とはいえねえ。そんなものを異国に出したら、日本の恥だ。それで、異国に難癖つけられたらどうなると思う？　金を返すだけじゃ済まねえ。詫び料を要求してくるに違いねえ」

「その葉茶屋は？　わからないんですか？」と、仁太郎は元吉に摑みかかるくらいの勢いで詰め寄った。

「ちょっと落ち着け。おそらく茶葉だけを扱っているところじゃねえと睨んでいる。そのうえ、おれが話を聞いたその女がいつのまにかいなくなっていた。辞めさせられただけならいいがな。そいつも心配だ」

まさか、殺められたとか、と仁太郎は顔色を変えた。

「おれが話をさせちまったせいかもしれねえ。そうでなけりゃいいと思っているがな」

仁太郎は戸惑っていた。なにゆえこのような話を元吉は告げてきたのだろう。困惑し、憤る仁太郎の様子を見て元吉はにっと笑った。

「お前は茶が好きだろう？　宇治の茶に誇りを持っているんだろう？　そんな茶葉を売る奴は許さねえはずだ」

「茶葉に他の物を混入させるなどもってのほかです」

「だよな。そんな粗悪品が出回ってみろ。考えるだけで怖気が立つ。先日、お前も会ったスミスって奴もそれがまことなら各国の商館に報告するってな。神奈川奉行所も動き出しているようだが、どうだい。おれは商館に出入り禁止の身だからよ。お前と良之助で探ってはくれねえか」

元吉が顔を寄せてきた。わずかに聞こえた例の件とはこのことかと仁太郎は得心した。が、

「そんな真似は出来ません。ご番所の役人じゃないのですから」

眉根を寄せていった。

「茶の味を守りたくねえっていうのか」と、元吉が声を張る。

その剣幕に気圧され、返答に詰まった仁太郎の肩をがしっと摑み、「決まりだ」と、元吉は真っ直ぐな瞳を向けた。

けどな、森川屋だってわからねえぞ、江戸店がかなりの借金を抱えているという話だからな、と釘を刺してきた。

「あそこの幸右衛門って番頭、元は森山園の奉公人だったんだろう？　お店の裏切り者なんじゃねえのか」

裏切り者。その言葉がやけに仁太郎の胸に突き刺さった。

「ともかく、あぶねえと思ったらすぐに引け。奉行所に知り合いはいるのか？」

「神奈川奉行の阿部さまがいらっしゃいます。以前、森山園で幸右衛門さんが阿部さま付でしたので、私も一緒にお屋敷へ伺っておりました」

ほおっと、元吉が眼を見開いた。が、すぐに小難しい顔をした。

「幸右衛門も奉行所に出入りしている。阿部奉行と組んでなければいいがな」

仁太郎は、むっとした。

「いい加減にしてください。幸右衛門さんどころか、阿部さままで疑うのは許せません。まず、そのようなことをしてなんの得があるというのです！」

仁太郎は元吉に向かって叫んでいた。他の奉公人たちが、一斉にこちらに顔を向けた。

「ははは、結構結構。その意気で商館にもぐり込んでくれよな。日本の茶を守るためだ」

仁太郎の背に震えが走る。これが、いまの自分が横浜でできることか。けれど、どう商館へ入ればいいのだ。仁太郎は通りを歩きながら考え込んだ。

伊勢屋から店に戻ると、おきよがいた。同心の真島三郎が供についてきていた。

「おかえりなさいませ。いかがでした、物見は」

「いろいろ学ぶことが多くありました。ところでどうなさいました。阿部さまになにか」

おきよは申し訳なさそうな顔をしていった。

「お召しでございます。仁太郎さんの淹れる茶をご所望しております」

「私の？」

「はい、京からすぐに横浜にお越しでしたでしょう？　仁太郎さんが淹れた茶をしばらく飲んでいないからと。せっかく新茶を持って来てくれたのだから、すぐにでもと」

「英吉利国公使との折衝がうまくいっていないのだ。幕府にもお伝えしてはあるのだが。きっとお奉行もお主の茶で、疲れを癒したいと望んでおられるのだろう」

真島がおきよの言葉を受けるようにいった。

「それは、おそれいります。支度をいたしますので、少しお待ちください」

開店前で、店にはまだ茶葉は入って来ていない。阿部のために持参した半袋が二袋だ。

「仁太郎。煎茶道具ならば、もう揃えてあるから、すぐにお行き」

支配役の作兵衛が包みを出してくれた。

「ありがとうございます」

「阿部さまのお疲れを少しでも癒して差し上げなさい」

「承知しました」

仁太郎は元吉や波止場でのことも忘れ、おきよと真島とともに、神奈川奉行所まで急いだ。

神奈川奉行所は、長く延びた緩やかな勾配（こうばい）の坂の上にあり、上りきると横浜の港が一望できた。

町奉行所と同じように、役所の奥に奉行の住まいがある。

なにやら、ものものしい雰囲気だった。与力、同心と廊下ですれ違うたびに、仁太郎に鋭い目を向けてくる。

「皆さま、あの生麦村の一件で気が立っていらっしゃるのです。薩摩藩もこちらの話に耳を傾けるどころか、足軽のひとりが斬りつけ遁走（とんそう）した、の一点張りだそうです」

お殿さまも苛々なさっていて、とおきよは少し怯（おび）えるような顔をした。

「異国との戦にもなりかねぬのでな。慎重に対処せねばならん、これだけの大事件。神奈川奉行だけで折衝するのは無理というもの。英吉利側から幾度もお奉行は詰問を受けていてな、そのお疲れもあるようだ」

先を行く真島は生真面目な顔をしていった。

「あのう、仁太郎さん」

おきよは俯（うつむ）いて、小声でいった。

「お殿さまからのお召しというのは、わたしの嘘です」

「え、では」

「大きな声を出さないで。真島さんに聞こえてしまいます。じつは」

　仁太郎は口許を押さえながら、前をすたすた歩く真島の背を見た。

「お殿さまは、臥せっておられます。ずっと走り回って、戻られてからはお役人方の生麦村の件についての報告をずっと聞き通しでした。眠る暇もございません。昨日はご公儀からお使者がお見えになり、ずっとお部屋にこもりきりで、食事も召し上がらず話し合いをしておられました」

「それで、本日は」

「ええ、今朝ほど、起きたときにめまいがするとおっしゃって。お医者さまから、お疲れを取るお薬を処方していただきましたが。余計な真似かもしれませんけど、仁太郎さんの淹れた美味しいお茶を飲んでいただきたかったのです。ごめんなさい」

　阿部が横浜におきよを呼び寄せたのがわかったような気がした。こうしたさりげない心遣いが、重苦しい気持ちを和らげてくれるのだろう。

「謝ることはありませんよ。どのようなお具合なのですか？」

「少々、熱があるのと、喉の痛みを訴えていらっしゃいます」

「ならばむしろ、呼んでいただけてありがたいです。お茶には、汗を促す成分もございますし、茶でうがいをすると、喉がすっきりとするのですよ」

仁太郎が笑いかけると、おきよが、眼を丸くした。

「まるでお薬のようですね」

「ええ、栄西禅師という昔々のお坊さまが書かれた『喫茶養生記』の中に、茶は養生の仙薬なり、延齢の妙術なり、と記されています」

おきよは感心したように仁太郎を見つめた。仁太郎はその大きな瞳から、思わず顔をそらした。

ふと、「これはいける！」といった良之助の言葉が頭に響いた。まったく余計なことを、と仁太郎はおきよを妙に意識してしまった。

真島が足を止めて、部屋の前で片膝(かたひざ)をついた。

「お奉行、お休みのところ、失礼いたします。森山園の仁太郎がお目通りを願っております」

「あ、真島さま。聞こえていたのですか」

おきよが慌てると、真島は生真面目な顔を少しも崩さず、「私の耳はとてもよいのでな」と、さらりという。

おきよが申し訳なさそうに、肩をすぼめた。

三

障子を隔てた座敷から、阿部の声がした。

「仁太郎が参っておるのか。それはよい、茶を淹れに来てくれたのか」

「そのようでございます」

真島が応える。

「遠慮せずに入れ。ありがたい」と、いった途端に咳が聞こえてきた。

「お奉行」

「お殿さま」

真島が座敷にすぐさま入り、おきよもその場から駆け出して後に続いた。

「ああ、大事ない。大袈裟にするな」

「しかし、お奉行」

と、阿部が座敷に入ってきた仁太郎へ眼を向けた。細面の阿部の顔がさらに細くなったように思えた。

「さ、茶を早う淹れてくれ。医者の煎じ薬は不味くてかなわん」

と、阿部は軽口をたたいたが、その声にはいつものような張りはなかった。

仁太郎が茶を淹れると、阿部は美味そうに、ひと口ずつ静かに喫した。

飲み終えると、ほっと息を吐く。

「やはり、お前の淹れる茶は美味いな」

阿部の笑みがいくらか普段のものになった。

「今日、一日だけでも休めるのはありがたい。奉行所の者たちは駆け回っておるのにな」

「お気になさらないでください。これからまだ、お奉行には英吉利国と幕府との間に立っていただかねばなりませぬ」

うむ、と阿部は湯飲み茶碗を置き、重そうに口を開いた。

「来月、江戸へ戻ることになった」

真島がえっと驚き顔になった。

「次は外国奉行をやれとの仰せだ。薩摩の英吉利人殺傷の一件は、暗礁に乗り上げている。神奈川奉行だけでどうにかなるものでもない。薩摩と英吉利国の折衝役を続けろということだろうな」

おきよが、唇を嚙み締めた。眼に涙をうかべている。

「どうした、おきよ」

「いいえ。申し訳ございません。お殿さまがまったくお休みをお取りになれないのが悔しくてならないのです。ゆっくり養生して、まずお身体を健やかにしてからお役に励まれることもなく。こう続けざまで、しかも難しいお話なのでございましょう？」

阿部は、おきよの涙に柔らかく応えた。

「誰かがやらねばならぬのだ。それがわしだというのならば、従わねばなるまい」

「ご公儀には、他にも人はおりましょう」

真島が真剣な面持ちでいった。阿部は薄く笑みを浮かべ、

「きっと、いないのであろう」

冗談めかしていった。

「英吉利国は薩摩に賠償金を要求するだろうが、薩摩には払う気などさらさらないようだ」

「なんてことだ」

真島は怒りをあらわにした。

やれやれ、と阿部が息を吐く。その心労がこちらにも伝わってくる。

「あの」

仁太郎とおきよが同時に声を発した。

互いに眼を合わせて、譲り合う。

「どうした」

「お茶を、もう一服」と、再びふたりは同時にいった。

これはいい、と阿部が破顔した。

「どうだ真島。ふたりの息はぴったりだとは思わないか？」

「は。私もそう思いましてございます」

「これは、似合いの夫婦になりそうだ」

　おきよは眼をまん丸くして、顔を染めた。仁太郎も眼を見開く。夫婦――。

「仁太郎では不服か？」

　いえ、でも、わたしは、といい淀みながら、おきよは仁太郎を窺う。

　阿部が仁太郎へ視線を移した。仁太郎は、手をつき、頭を下げた。

「私は、まだ若衆の身でございます。所帯をもつなど到底無理でございますが――」

　仁太郎は頭を下げながら、おきよを見る。おきよが不安そうな表情をしていた。

「ですが、夫婦約束を、この場でいたしとうございます。おきよさんが許してくれるなら」

「おお。しかとこの耳で聞いた。どうだな、おきよ」

　阿部は疲れも忘れたように嬉しそうにいった。

　おきよは、仁太郎の横で恥ずかしげに俯いていた。勢いとはいえ、おきよの気持ちもたしかめず申し訳ないような心持ちになった。仁太郎はおきよをそっと見た。

「なんだなんだ、ふたりとも。そう身を硬くすることもなかろう？　おきよ、お前は元は武士の娘だが、商人の嫁になるのは構わぬか？」

　おきよは、俯いたまま小声でいった。

「武士と申しましても浪人でございましたゆえ……あの、お殿さま。お薬を煎じてまいります」

おきよは急いで立ち上がると、小走りに座敷を出て行った。不承知なのだろうか。仁太郎の胸を不安が過る。

「ふふん、仁太郎、安心せい。うちの奥がおきよの気持ちをさりげなく訊きだしておったのだ。横浜まで同道させたのも、そういうことだ」

と、いきなり阿部の顔つきが変わった。

「おきよは、奥もわしもお気に入りの娘だ。立派な商人となり幸せにしてやってくれ。頼むぞ」

仁太郎は、阿部と奥方の心遣いに感謝の念しかなかった。

「わしはまもなく江戸に戻らねばならん。おきよも連れて帰るが、お前はまだしばらく横浜に残るのであろう？　さびしゅうはないか」

阿部が眼を細め、からかうようにいった。

「ここで学ぶことは沢山あります」

「ま、たまには文でも出してやることだな」

阿部は機嫌よく笑った。

仁太郎は、おきよがこの場をはずしているうちに例の一件を訊ねることにした。

「阿部さま。商館の製茶所から女子が突然行方知れずになったという話を耳にしたのですが」

同心の真島三郎が訝しむ。

「その話、どこで聞いた？　女子の家の者からも届けがあり、捜しているのだ」

じつは、と仁太郎は元吉から聞いたことをふたりに告げた。

「伊勢屋の元吉か。あやつも、お前に似て茶葉には滅法詳しい」

「いいえ、元吉さんは私以上でございます。茶葉の質、味、香りを五感のすべてで知っています。いまは元吉さんの処で学ばせていただいております」

「ほう、そうか。で、どこかの葉茶屋が粗悪な品を輸出しているというのだな」

「葉茶屋を専業にしている店ではないかもしれないと、元吉さんはいっていました。私もそう思います。茶葉にそのような細工をするのは、葉茶屋を営む者としては、いたたまれない思いをするはずだからです」

「どういう意味だ」

真島が、眉をひそめ訊ねてきた。

「茶園で摘まれた茶を、慈しんでいない証です。たしかに茶葉は、その年によって、味も香りも異なり、ときには質の悪いものが出来ることもあります。しかし、だからといって、色や軟らかさを出すために、別の物を混ぜ込むなどということがあってはなりません。そうしたことを金のために平気でできるのは、茶葉に思い入れがないからです」

仁太郎は、真島を見つめた。

「そこで働く者たちには罪はありません。おそらく異国に売る茶葉は長い船旅をするため、そうした混ぜ物をするものだと思っているのではないでしょうか」

真島が、うんと唸って腕を組んだ。阿部が含み笑いを洩らす。

「なるほど、お前のいうことには一理ある。真島、葉茶屋だけでなく、茶を扱っている店をしらみつぶしにあたれ。運上所も調べろ。内部の者もかかわっているやもしれぬ。慎重にな」

「お奉行、商館の製茶所ではそのような話は聞いておりませぬ。それに、運上所も神奈川奉行の支配。同僚を探るような真似は気がすすみませぬ」

「口止めされているか、仁太郎のいうとおり茶葉を輸出する際には必要なことだと教え込まれているか、そのどちらかであろう。行方知れずになった女は、なんとも思わず、元吉に話してしまったのかもしれん。それが店に知れたのだろうな」

なんにせよ、そのような茶葉を輸出し続けておれば外交問題になりかねない、と阿部は大きく息を吐いた。生麦村の殺傷事件もまだ解決にはほど遠い。

「次の神奈川奉行となる山口(やまぐち)どのも頭が痛かろう。もっとも、それはわしも同じだ。外国奉行として、引き続き英吉利国との交渉がある。薩摩の話も聞かねばならぬが」

阿部は、眉をわずかにひそめた。顔が少し赤い。やはり、熱があるのだ。

「阿部さま、お休みになったほうが」

仁太郎がそういったとき、おきよが薬を持って入ってきた。

阿部が、「どうも薬は苦手だ」と、口許を歪めながら、煎じ薬を飲む。

「仁太郎は、葉茶屋の若衆だ。この一件については——」

阿部は、薬が苦かったのか、仁太郎がかかわるのをよしとしないせいなのか複雑な表情をしていた。

「横浜が開港してより、仕事を求め近隣の村から、農民も漁師もどんどん働き手が入ってきている。そのうちのひとりが行方知れずになったとて、それを捜し出すのは難しいだろう。もちろんその女子の身内から届けが出されているのは気になるが」

おきよが不安げに訊ねた。

「なにかよくないことがあったのですか？」

「なに。おきよが気にすることではないが。そうだな、身の危険を感じて逃げるとしたら、おきよはどこへ身を隠すかな？」

阿部に唐突に問われ、おきよは困ったふうに首を傾げた。

「……わたしは幸いそのようなこともありませんが」

と、少し考え込んで、あっと小さく声を洩らした。

「お恥ずかしい話ですが、大晦日の掛取りから、母とふたりで逃れたことがあります」

仁太郎はおきよの思いがけぬ言葉に心の内で噴き出した。とはいえ、商人にとって年末の掛取りは必死だが、銭を取られるほうも懸命なのだ。おきよ母娘もそんな苦労をしていたのかと、その暮らしを思いやった。

「どこに隠れたのだ？」

阿部は母娘で隠れるさまを思い微笑ましく感じたのか、柔らかな声音で訊ねた。

「隣の家でございます。さすがに掛取りに来た方も、隣の家に逃げ込んでいるとは思いも寄らなかったようで。でも、年が明けてから、ちゃんとお支払いはいたしました」

「ほう、隣の家とは。たしかに眼と鼻の先にいるとは思わないだろうな」

と、阿部は含むように笑った。

「では、お奉行、その行方知れずの女子も仲の良い者の処に身をひそめていることは考えられますな。ただ、それもあくまで自ら身が危ういのを察して逃げていればの話ですが」

「真島さまは、やはりその女子が粗悪な茶を作っている店の者たちによって、捕えられたとお考えですか」

「あるいは、もうこの世にいないかもしれぬが」

真島の言葉に、おきよが身を強張らせた。

「いずれにせよ、真島は商館の製茶所をあたれ」

「あの、考えていたのですが、製茶所で働こうかと」

仁太郎は身を乗り出した。

「いきなりなにを申す。この一件が片付くまで待て」

阿部がすかさず厳しい声を放った。

「いえ、店を開く前に日本の茶がどのように輸出されているのか、学びたいと思っていましたので。もちろん粗悪な茶を作って異国に出荷しているなど、どうしても許せませんが、そうした店ばかりではないはずです。どのように焙煎し、湿気を防ぐ茶葉を作るのか知っておくことは、これから先、必要だと思われます。阿部さまもおっしゃいましたが、働き手は様々なところから集まっているのでしょう？　真島さま」

「うむ」

「ひとりくらい新顔が増えても疑う者などありません。決して余計な真似はいたしませんし、探索のお邪魔になることもいたしません」

　仁太郎は、阿部と真島を交互に見つめ、頭を下げた。

　わずかに顔を横に向けたとき、おきよがなにかを堪えるように身を硬くしていた。

「ならば仁太郎、怪しいことがあっても探りを入れるような真似は控えろ。なにかあったなら、すぐに真島へ報せるのだ、よいか」

「はい。必ずそういたします」

　仁太郎はそう応えつつも、心の中では別のことを思っていた。元吉は女子が行方知れずになったのは自分のせいかもしれないといっていた。もしも、商館の中で働いている者たちから話が聞けるのであれば、責を感じている元吉を少しでも安心させてやりたいとも考えていた。それに、やはり茶葉に混ぜ物をしている店を自分で突き止めたい。

「おきよ、商館に働きに出るという仁太郎を許すか？　どうだな」

　おきよは、しばらく考えていたが、きっぱりといった。

「不承知でございます」

阿部も真島も、もちろん仁太郎もおきよを見る。皆の視線におきよはきちりと眼を合わせ、

「先ほどから耳にしておりますお話から察するに、なぜ仁太郎さんが商館へ行かねばならないのか……仁太郎さんには危ないことをしてほしくはありません」

そういった。

「どうする仁太郎、おきよは嫌だそうだぞ」

「商館で働くだけのことだから、心配はいりません。真島さまもいらっしゃいますし。阿部さまとも、たったいまお約束したばかりです。横浜にいる間に様々なことを得なければ、江戸に戻ったとき、主人に叱られてしまいます」

「ともかく仁太郎。探索は我らが行う。お前は製茶所で仕事をするだけだ」

仁太郎は再び平伏した。

奉行所の門外までおきよとともに出た。高台にある奉行所からは海が見える。空に浮かぶ雲は夕日で赤みを帯び、静かな海は陽の光で輝いていた。

木々からは蜩(ひぐらし)の鳴き声がする。

仁太郎もおきよも黙って歩いていた。坂を下り始めれば、そこで別れることになる。

仁太郎は思い切って訊ねた。

「あのことですが……」

おきよはそれを待っていたかのように顔を仁太郎へ向けた。

「私が一人前になるにはまだときがかかります」

おきよは微笑んだ。

「縁とは不思議なものですね。さほどお会いしてもいないのに、多く語り合ったこともないのに、気になってしまう。そういう出逢いがあるものだと知りました」

気長にお待ちしております、とおきよはいった。

仁太郎はなにもいえず、頷いた。

「では、わたし、戻ります」

おきよが身を翻そうとしたとき、仁太郎は手を伸ばした。おきよの指に触れ、強く握りしめた。すんなりした白い指が柔らかかった。おきよは顔を赤らめ、「お気をつけて」と小声でいった。

まだその場にふたりで佇んでいたかったが、仁太郎は手を離した。

坂の途中まで下ったとき、仁太郎は振り返った。おきよがまだ立っていた。初めて逢ったときのことが脳裏に浮かんだ。豆腐の入った笊から水をしたたらせながら、おきよは仁太郎を見送っていた。思えば、あのときからおきよに心惹かれていたのかもしれない。おきよが、仁太郎に遠慮がちに手を振った。仁太郎は胸の高鳴りを強く感じた。

まるで童のようだと思いながらも、仁太郎も小さく手を振り返す。

利吉を主人に、横浜店を軌道に乗せ、江戸店もいま以上の店にしたい。手代ではだめだ。番頭になって、おきよを迎えに行くのだ。

仁太郎は店に戻ると煎茶道具を置いてすぐに身を返した。

「どうしたんだよ、兄さん。そんなに急いで。また出掛けるのかい」

店座敷を雑巾がけしていた弥一が驚きながらいった。

「うん、森川屋の良之助の処へ」

「良之助さんなら、利吉と支配役さんとうちにいるよ」

そういって、弥一が口を尖らせた。

「いいよなぁ。利吉は異国の言葉を習うんだってよ。おいらもやりてえな」

「支配役さんに頼んでみればいいじゃないか。良之助が通っている塾かい？」

そうだよ、といって弥一は棚を拭き始める。

仁太郎は店座敷に上がると、母屋へと向かった。

話し声の洩れる座敷の前に膝をつく。

「ただいま戻りました」

「おお、仁太郎か。お入り」

障子を引くと、支配役の作兵衛と利吉、そして良之助がいた。

「お奉行所に行っていたんだろう？　お奉行さまの具合はどうだった？」

良之助が訊ねてきた。

「少し熱があるようだが、そう心配するほどでもなさそうだった。ただ、阿部さまは、来月には江戸に戻られることになった」

作兵衛と良之助が、眼をしばたたいた。

「外国奉行になられるそうだ。生麦村の事件を引き続き扱うらしい」

やれやれ、と作兵衛は首を横に振った。

「阿部さまも、お休みなく動いていらっしゃる。他の外国奉行や幕閣の方々、それに英吉利国の公使の間でさぞお忙しいことだろう。で、仁太郎、阿部さまは喜ばれたかい？」

「はい。とてもご満足いただきました」

さすがに、おきよのことまでは口に出来なかった。

「で、それを告げに来てくれたのかい？」

「いえ、支配役さんにお願いがございまして」

「ああ、それならこちらの話は終わったよ。では、良之助さん、利吉さまをよろしく頼むよ」

あっと、仁太郎は作兵衛に顔を向けた。

「なんだい？　なにかあるのかい？」

「じつは、弥一のことなんですが」

作兵衛に弥一も異国の言葉を学びたい気持ちがあることを告げた。

利吉が、身を乗り出す。

「良之助さん、支配役さん。弥一さんと一緒に通いたいです。家に戻ってからも、ふたりで練習できますから」

「ですが、利吉さま。弥一が横浜店で働くようになるとは限りませんよ」

利吉は、作兵衛を見て、にこりと笑う。

「ここの主人になるのは、私です。もし弥一さんが江戸店に戻されるなら、お徳さまにお頼みします」

作兵衛は、お徳の顔を思い浮かべたのか、小難しい表情をした。が、これからは異国の言葉は必要になるだろうといい、弥一の入塾を許した。

仁太郎は、途中で投げ出すような真似はするなと、弥一にはよくよくいい聞かせなければと思った。それでも許しが得られたのは、仁太郎も嬉しかった。

「で、なんだね、仁太郎」

「じつは私も支配役さんにお頼みしたいことが」

作兵衛が訝しげな顔をする。

「しばらく商館の製茶所で働いてもよろしいでしょうか？」

「商館の製茶所だって？」

良之助も眼を見開いて、声を上げた。

「輸出される茶葉がどういうふうに扱われるか見たいということかな？」

作兵衛の問いに、仁太郎は頷いた。

「それは悪いことではないがね、江戸店から先ほど文が届いたのだよ」

仁太郎は、まさか戻って来いということではないだろうかと、作兵衛を見た。

「お内儀さんから、横浜店をふた月以内に開けと」

「まだ先のことではなかったのですか？」

それがな、と作兵衛は良之助へちらと眼を向けた。

「私は、ちょっと席をはずしましょう。入塾の件は先生に伝えておきますので。あ、仁太郎、弥一と遊んでいるから、話を終えたら来てくれないか」

「わかった」

良之助が座敷を出ると、早速、どういうことかと仁太郎は膝を乗り出した。

「うむ、じつはな。お店に借金が――」

聞けば、主人の太兵衛の実家である菓子屋は麴町に店を持っていたが、火事で罹災したというのだ。さらに、諸色（物価）が高騰しているいま大豆の相場に手をだしていたのだが、その証文も焼けてしまい、無一文同然になってしまった。

「むろん、ご実家のことだから、助けてやりたいのは当然だろう。そのお気持ちはわかるが、勝手に森山園から金子を持ち出した上に、実家の保証人として印判を捺してしまわれた」

「では、森山園も借金を背負ったということですか？」

作兵衛は「あちらは返すあてもない。店の立て直しにもときがかかる。遅かれ早かれ森山園が払うことになる」と、諦めたというように首を振る。

「お内儀さんは、もう産み月近いのではありませんか？」

「そうだよ。大事なときに、このようなことが起き、あのお徳さまも寝込まれてしまったそうだ。お気の毒に、相当、身に障ったのだろうよ」

仁太郎の中のお徳は、甲高い神経質な声と険しい顔の印象しかない。隠居の太左衛門に眼をかけられていた仁太郎へはとくに辛く当たっていた。そのお徳が寝込んでいる。それでなくとも身重なのだ。よほどこたえたのだろう。

「そのような状況で、横浜店を開くのは無茶ではありませんか？」

「少しでも多く異国へ売れということで、いま江戸店にある茶葉の半分をこちらに運ぶ。あとは、森川屋さんにすがったそうだ」

森山園は森川屋からの暖簾分けだ。なにか不都合が出来すれば救ってはくれるだろうが。

だとしても、まだ開店もしていない森山園は横浜でなんの信用も得ていない。どうしたらいい。

「そんなわけでな、こちらに平手代の友太郎が茶葉を運んでくることになっている」

「友太郎の兄さんが？　そうですね、以前横浜に来ていますものね。でも利吉さまのことはどうなさるのですか？」

「いまさら隠しておくこともないだろう。利吉さまが元服を済ませたら、ここの主人になることは決まっているのだからね」

作兵衛が、利吉を見ながらいった。

「でも、開店が早まってしまって、子どもの私としては、皆さんの力をお借りするしかありません。どうか、よろしくお願いします」

利吉は幼い子どもとは思えないような物言いをし、作兵衛と仁太郎に頭を下げた。

「ああ、おやめください。利吉さま。ご心配せずとも、私と仁太郎がついております」

仁太郎も利吉へ笑顔を向けた。だが、友太郎が来るというのは、少し不安だった。当世風にいうならば、かつての幸右衛門や自分は、隠居の太左衛門派。友太郎は、お徳派だ。

「なので製茶所に通うのは、友太郎が着くまでの十日ほどにしておくれ」

作兵衛は、わずかに不安な表情を見せながらいった。やはり開店まで間がないことで焦っているのだろう。

仁太郎が店座敷に行くと、弥一は良之助に異国の言葉を夢中になって訊ねていた。

「兄さん、まいねーむ、いず、やいちで、おいらの名は弥一ですってことなんだってさ。塾にも通わせてくれるっていうしさ。利吉に感謝しなけりゃな」

怠けるなよ、と仁太郎がいうと、ふんと、弥一は鼻の下をこすりあげた。

「面倒な符牒より異国の言葉は面白いよ。おいらが異人に茶を売るんだ」

「ははは、それは頼もしいな。森川屋より儲(もう)けるなよ」

良之助が弥一の頭を撫(な)ぜる。やめろよ、と弥一は頬を膨らました。

「良之助、そろそろ戻るんだろう」

と、仁太郎は草履をつっかけた。表に出ると良之助が仁太郎に訊ねてきた。

「いまは、もう三番茶の時季になる。どこの製茶所へ行くつもりなんだ？」

英吉利国、亜米利加国のものがあるという。

「若い男が行くと馬鹿にされるぞ。波止場の仕事にあぶれた男が働くところなんだ。ほとんどが年寄りか女子ばかりだぞ」

仁太郎は道々歩きながら、良之助の話を黙って聞いていたが、やがて本当の意図を話した。

四

良之助は眼を丸くして、仁太郎をまじまじ見る。

「お前、探索の手助けをするつもりなのか？」

「そうじゃない。阿部さまと真島さまからも、仕事だけをしろといわれた」

「そりゃ当たり前だ。製茶所の女子がひとり消えたなんてことは、奉行所にまかせておけばいい。それに、人の出入りが激しいんだ。その女子だって、ただやめただけかもしれないぞ」

「家の者から届けが出ている」

良之助は急に立ち止まり、仁太郎を睨んだ。

「うちを、森川屋を疑ってはいないよな」

「当然だ。番頭の幸右衛門さんがそのような真似をするはずがないだろう」

「それを聞いて、ほっとしたよ」

良之助は頬を緩め、仁太郎の肩を叩いて再び歩き出した。が、ふと暗い顔つきをした。

「けれど、英吉利国か亜米利加国の商館の製茶所で、もし、そうしたことが行われていたら、結局、お前はそれを間近に見ることになる。どの店がそうした混ぜ物をしているのか知ってしまうんだぞ。いいか、絶対にそれが知れてもひとりで探りを入れるような真似はしないでくれよ。必ず奉行所に報せるんだ」

良之助が真剣な眼差(まなざ)しを向ける。

「おれも、なんとなくそんな噂があるのは耳にしていたが——これはあくまで噂だからな」

と、声を低くして、ある店の名をいった。馬車ががらがらと音をたてて、ふたりの隣を通り過ぎていった。乗っていたのは洋装の男女だった。乾いた土ぼこりが舞い上がり、仁太郎はむせ返りながら、良之助に訊き返した。

「田嶋(たじま)屋？」

「こら、声に出すな。そこの店は、様々な物を扱っている。西洋の品が店先に並んで、まるで唐物屋のようだ。亜米利加国の商会を通じて、時計や女子の飾り物、もっといえば、ひそかに武器も輸入しているって話だ」

「そんなものが必要なのか」

「買い手は日本人の中にもいくらでもいるさ。攘夷派だろうが、開国派だろうが。もう刀や槍の時代ではないことを幕府のお偉方だって承知している。大砲を何門も積んだ船を見せられればな」

仁太郎は不安に駆られる。この先、この国はどうなっていくのだろう。自分はどうすればいいのだ。

「良之助。生麦村の一件も交渉がうまくいかなかったら、英吉利国と戦になるのだろうか」

良之助は、うむと考え込んだ。

「なくもないかもしれないぞ。清国は英吉利国と戦をしているからな」

以前、阿部から聞かされた戦のことだ。きっかけは清国の茶だった。英吉利国が清国を攻めたのだ。もしも英吉利国と戦になったら、日本は負けてしまうのではないかと仁太郎は思った。異人をこの国に入れたがために、そんなことになったら、誰が責を負うのだろう。

「先日の事件を起こした薩摩藩の中には頑迷に攘夷を唱えている者も多い。長州藩もそうだ。でも、商人にとっては、これまで長崎だけだったのが、開港したことで新しい交易が出来る。異国にしても、日本は新しい市場になるんじゃないか。ただ異人を入れるなというのも、間違っている気がする。品物だけじゃなく、学問も入ってくるだろう?」

とはいっても、仁太郎には強く主張するだけの自信はなかった。異人が来たことで、政は大変なことになっているようだからだ。

「以前、阿部さまは、公方さまと天子さまの妹宮の和宮さまのご婚儀に尽力された。幕府と朝廷が手を携えて、ということにはならなかったのかな」

「そんなことまではわからないなぁ。ただ、おれは異国との交易は悪いことばかりじゃないと思う。これまで知らなかった西洋の知識も学べるからな」

良之助は、このまま横浜で異人と商いしたいか？」

仁太郎は試しに訊ねてみた。

「できればな。だが、これから政を進めるのは公方さまだけではないとか耳にもするし。この先、どうなるのか」

「どっちつかずのいいかただなぁ」

「じゃあ、そういう仁太郎はどうなんだ。異人を追い出したいか？」

わからない、と応えた。

「ただ、日本が異国と戦などしても、まったく利はない。負けるに決まっているじゃないか。結局、被害を受けるのはおれたち町人だ」

そういって良之助は笑った。笑いながら言葉を続けた。

「負け戦とわかっているなら、どう防ぐかだな」

仁太郎は、むっとして良之助を見ると口を開いた。

「商売で負けなければいいんだ」

ほう、と良之助が感心するように声を上げた。

「しかし、いまの諸色の高騰は交易のせいともいえるんだぞ。異国がどんどん日本の物を持って行ってしまうからな。茶もそうだろう？」

「たしかに、品不足と聞いている」

「それよりなにより、亜米利加国では銀より金のほうに値打ちがある」

金一両は、銀八十匁だ。

「つまり、銀でなく金で買付けさせているということか？」

「そうだ。だからどんどん日本から金が出て行く。それで、帰国して大儲けしたという奴もいるらしい」

「うーん、異国との交易は、そうした知識も必要なんだな」

「仁太郎、横浜に来てずいぶん変わったような気がするぞ。初めのうちは、物珍しさにあたふたしていただけだが、いまは違う。なにかあったのか？」

良之助が、首を傾げていった。

「元吉さんの処へ通っているせいかな？」

「たぶん、そうだよ。じゃあ、ここで。元吉さんの処に寄るんだ」

仁太郎は軽く笑ってごまかした。変わったと自分では感じないが、おきよのことが力になっているような気がしていた。良之助は幼馴染みだが、まだ夫婦約束を交わしたことはいえない。良之助のことだから、根掘り葉掘り訊いてくる。それに応えるのがまだ気恥ずかしい。

「利吉さまと弥一のことは、おれに任せとけ。だが、お前のお守りまではしないぞ」

「当たり前だ。こっちもお前の世話にはならないよ」

　ははっ、と笑って良之助が身を返した。

　翌日から仁太郎は英吉利国商館の製茶所に通い始めた。まだ夜も明けきらない刻に起床し、弁当を持って出掛ける。居留地にある商館の前にはもう長蛇の列が出来ていた。

　後ろに並んでいた老婆が声を掛けてきた。

「あんた、新顔だね。若いのにさ。波止場の荷下ろしのほうが銭になるよ」

「いえ、こちらでいいんです」

「変わってるねぇ。茶を焙じるから、中は暑いし、下手すりゃ指先を火傷するよ」

「ありがとうございます。気をつけます」

　門が開くと同時に、人々は殺到した。常連の者は仕事の持ち場が決まっているのか、仁太郎を押しのけて、その場に向かう。

　良之助と見に来たときは、奥までは入らなかったが、かなり広い。生茶蔵から茶葉を運んでくる。拝見という者が指図役で、幾つも並んでいる竈（かまど）に一斉に火が点（つ）けられると、急激に暑さが増す。火釜と冷や釜があり、初めは火釜で茶葉を焙じ、仕上がると冷や釜に移して細かくかき回す。

「これは狭山産だな」と、仁太郎がぼそりというと、後ろにならんでいたさっきの婆さんが、「あんた、初めてなのに見た目でわかるんかね」と訊ねてきた。

あ、いや、お茶が好きなのでとしどろもどろになりながら、

「お婆さんは、なぜ火釜にいるのですか」

と、仁太郎が逆に返した。

「そりゃあんた、火釜のほうが、お足がいいからさ」

汗だくの顔でくしゃりと笑った。

一日目には、なにもなく、他の者と話もろくにできなかった。もっとも、混ぜ物をしているかなどと訊けはしない。

幾日かが過ぎ、阿部に代わって、あたらしい神奈川奉行の山口駿河守が着任した。

おきよとは、あの坂で、互いの気持ちをたしかめ合ったと思っている。製茶所に通っていることもあり、見送りには作兵衛と利吉が行った。

森川屋の主人と幸右衛門も来たという話を後から聞いた。

製茶所の帰り、運上所前で同心の真島にばったり出会った。

「おきよさんが寂しそうにしていたぞ。何度も何度も振り返って。お前も冷たい奴だな」

生真面目な真島が珍しく軽口を叩いた。が、そのあと急に顔つきを変え、仁太郎に近寄ってきた。

「運上所にいる下役のひとりが、最近羽振りがいいらしい。すでにその者にあたりを付

けているが、繋がっている店がどこなのかはまだわからん。もし、製茶所で混ぜ物があったなら、すぐに報せてくれ。頼むぞ」

そういって、周りを見ながら、すぐに立ち去った。

しかし、そのような気配はまるで見受けられなかった。仁太郎の心情は複雑だった。茶を汚す行為をこうして待っている。そんなことはない方がよいと思っているのに。けれど混ぜ物は絶対に許してはならない。それが原因で女子がひとり消えている。

火釜の仕事は若い仁太郎にさえ辛かった。頭に巻いた手拭いはすぐに汗みずくになり、喉がひりつくように喝く。だからといって水を飲めば、また汗が滝のように流れる。男たちのほとんどが半裸で作業していた。

仁太郎は森山園に戻ると倒れ込む。「そんな思いまでして」と、作兵衛が呆れた。

八日目のことだ。いつもの婆さんが火釜で茶葉を焙じながら、話し掛けてきた。

「この同じ火釜で仕事をしていた若い娘がいたんだけどさ、お足は安いし、拝見が口うるさいからって、遊女屋に鞍替えしたよ。異人相手のほうが銭にはなるんだろうけどさ、ああ、嫌だ嫌だ。いまの若い者は銭になるなら、なんでもいいんだね」

ああ、来た来た、と婆さんは釜にどさりと投げ込まれた茶葉を見て顔をしかめた。仁太郎もすぐに気づく。色も悪い。香りもない。とても売り物にならない代物だ。

「でもあら不思議。冷や釜で、混ぜ物すると軟らかくなって、色もよくなるんだ。異人にはそれがいいらしいけど」

「へえ、それは面白いですねぇ。お茶ってそういう物なんですか」

仁太郎は婆さんへ相槌(あいづち)を打ちつつ、いった。

「そうなのよ」

「これは、どこの店の茶葉ですか」

「詳しくは知らないけど、田嶋屋とかいったかな」

「おい、そこの若造と婆さん。なにをこそこそ話していやがる」と、険しい声がした。

見ると、指図役の拝見だ。色黒で図体ばかり大きい若い男だ。

「ああ、この人ね、まだきたばかりだから、勝手がわからないようでね」

拝見は仁太郎を、じっと見据える。その眼が何かを探っているようだった。その後はひと言も話さず、仕事を終えると、仁太郎は急ぎ製茶所を出た。真島に知らせなければと、通りを足早に進む。出来るだけ人通りの多い道を選んだが、背後に視線を感じて、振り返った。

あの拝見だ。他にも二人。跡を尾けて来たのだ。仁太郎は小走りになった。江戸ならばいざ知らず、横浜では道がよくわからない。奴らの方が詳しい。恐怖が身を貫いた。仁太郎は耐えきれず駆け出した。拝見たちが追って来るのがわかった。息が荒くなる。汗が噴き出した。

背後から迫って来る足音が次第に近くなる。

「おい、仁太郎、なにを急いでいるんだ。どこ行くんだよ」

路地から大声で呼びかけられた。仁太郎はその声の主を見て、足を止めた。

「元吉さん」と、仁太郎はその場にへなへなとくずおれた。

拝見たちは身を返した。仁太郎は元吉とともに、奉行所の真島の許へ赴いた。

奉行所は田嶋屋と運上所、製茶所へ乗り込み、主人と下役人そして拝見らを捕えた。

元吉に混ぜ物を明かした娘は異人相手の遊女屋に売り飛ばされていたが、そこの主人も同罪だとして、縄を受けた。

仁太郎はそれから二日、素知らぬ顔で製茶所に通った。むろんのこと製茶所で働く者たちの間でも騒ぎになっていた。

「あんた、聞いたかい？」

すぐに老婆が話しかけてきた。

「あたしらは、まったく知らなかったからねぇ。茶葉には混ぜ物をするものだと思っていたよ」

「私も同じです。驚きましたよ」

仁太郎は笑って、お世話になりましたと、老婆に頭を下げた。

「なんだえ、もうやめちゃうのかい？　だらしないね」

「はあ。ここは辛いので、別の仕事をするんです」

「そうかい。若いんだから頑張りな。あたしたちはこれまで食うや食わずの暮らしをしていたけどさ、開港して仕事にありつけた。辛い仕事でもありがたいよ」

開港は悪いことばかりじゃない。あらたな仕事が得られる者もたしかにいる。

仁太郎は道々、そのようなことを考えながら伊勢屋に足を運んだ。

店座敷に腰かけた仁太郎に茶を出しながら元吉がいった。

「良之助には手伝わせなかったのか」

ええ、と仁太郎は応え、茶を啜る。やはり元吉の茶葉の味は一定している。

「あいつは、森川屋の手代ですし、万が一、顔が知られていたらと思いまして」

「なるほどな」

「良之助には、横浜店の主人になる利吉さまと弥一という子どもを預けました。異国の言葉の塾に入れてもらったんです」

「ほう、そりゃいいや」

「森山園ももうすぐ店開きします。これからは、伊勢屋さんに負けないよう頑張ります」

「しっかりやれよ。ま、おれも伊勢屋の養子話が出ているんだ。もっと伊勢茶を広げるつもりでいる。お互い遠慮なしで商売しようぜ。お前は日本の茶を守ったんだ」

元吉はにかっと笑って、仁太郎の背を叩いた。

閏八月の半ば、江戸店を出たとの報せが届いてから五日経っても友太郎が到着しなかった。

六日目の朝、横浜の森山園に番屋から報せがきた。友太郎が襲われたというのだ。友太郎は戸板で横浜店に運ばれてきた。すでに手当てはされていたが、医者を呼び診立てを受けた。刀傷は三ヵ所。腕と脚、横腹にあった。

出血が多く、襲われたあと、友太郎は意識がないまま番屋で三日三晩眠り続けたらしい。ようやく意識が戻ったとき、横浜の森山園、と口にしたというのだ。なんとか森山園に運び込んだが、そのあとまた意識を失った。医者は、若さに期待しようと、なんとも頼りない物言いをした。

作兵衛はまだ暗いうちに起き、日の出を拝む。友太郎のことを祈っていたのだ。仁太郎も利吉も弥一もそれに続いた。

かつぎ込まれて四日目の朝に友太郎は目覚めた。

「友太郎兄さんが気がついた」

弥一が店座敷に飛び込んで来た。枕辺に集った皆の顔を見回し、安堵したように大きな息を吐いた。

「よかった、友太郎。一時はどうなるかと思ったよ」

作兵衛が涙ながらにいうと、友太郎は悔しげに唇を嚙み締めた。

「どうした。なにがあったというんだね」

友太郎が必死の形相で作兵衛の腕を摑んだ。

「茶葉を横浜道で盗まれました。横浜で商いをする者への天誅だと斬り掛かってきたのです」

このごろは、江戸でも盗みが頻発しているという。異国と戦うための軍資金という名目で、浪士たちが大店を襲い略奪をしているのだ。此度はそうした者たちからの警固として浪人を雇ったのだが、当の彼らが攘夷論者だったらしい。

「それでは、おちおち荷も運べぬな」

作兵衛は嘆息した。

「申し訳ございません。開店のための茶葉でありましたのに。そのお手伝いすらできません」

「いや、命があっただけでも儲け物だ。傷は浅いとはいえないが、ゆっくり養生すれば必ずよくなる」

友太郎は歯を食いしばり、夜具の上でうつ伏せになった。痛みと悔しさを堪えつつ、

「なにが攘夷だ！　なにが軍資金だ！　ただの盗人が！」

くそっと、夜具を拳で幾度も叩いた。

「売り物を盗られるなんて、商人として情けない」

友太郎は絞るように声を出した。

「相手は侍だったんだ。命を盗られなかった分、仕事をしてくれればいい」

作兵衛はそう慰めたが、友太郎は身を震わせ、顔を夜具に埋めて、嗚咽を洩らした。

意外だった。調子のいい、おべっか上手だとばかり思っていたが、そうではなかったのだ。友太郎は立派な平手代だった。

それから三日後、森川屋から幸右衛門がやって来た。奉公人たちは荷を載せた大八車を引いている。

作兵衛が幸右衛門を迎えに出ると、

「森川屋から茶葉を持ってまいりました。店の中に運び入れてもよろしいですか」

幸右衛門がいった。

「助かるよ。友太郎があんなことになってしまって」

「嫌な世の中になったものです。己の考えを振りかざせば他人から盗んでもよいと思っている。どうせなら、戦でも起こせばよいのです。いかに侍が非力か身を以て知るでしょう」

「幸右衛門、そんな物騒な話はよしておくれよ。いの一番に横浜が潰れてしまう」

作兵衛は怖々いった。

奉公人たちが、茶箱を運び入れた。弥一と利吉がふたりで懸命に棚へと置く。

帳場に腰を下ろした幸右衛門は、金子を出した。

二十五両を包んだ切り餅をふたつ。あとは四十両。作兵衛が訝しむ。

「幸右衛門。私は百両融通してくれと頼んだはずだが」

「お持ちした茶葉の代金とすでに利子を引いてあります。これでご勘弁を」

幸右衛門が、百両の証文に作兵衛の名を入れ印判を捺すようにと、差し出した。

「そ、そうだね。茶葉をただで譲ってもらうわけにもいかないからね」

幸右衛門が去ってから、作兵衛がため息を洩らした。

「あれはたいした商売人だよ」

森山園横浜店の開店は十日後になった。

「なあ、引札を作ろうよ。おいらと利吉が習った英語と日本語も入れてさ」

「私も配り歩きます。えくすきゅーずみーといいながら」

利吉は、弥一を見る。

それはいい考えだと、仁太郎は思った。英吉利国や亜米利加国の商人たちは店の商標を作っている。看板と似たようなものだが、商品を絵にして、店の前に貼り出したりしている。

「茶箱の絵はどうでしょう。茶箱の柄を描いている絵師に頼むんです。きっと異人の眼も引く」

仁太郎がいうと、作兵衛も頷いた。

「それから、私は通りに出て茶を売ります。その昔、売茶翁（ばいさおう）という方がいたではありませんか」

「あれは坊さんじゃなかったかい？」

作兵衛がいった。

「ええ、宇治の萬福寺（まんぷくじ）で学んだ方です。通りで煎茶を淹れて、仏法を説くんですが、私にはそんな知識はありませんから、茶の効能について説きます。宇治の茶の素晴らしさなど」

「売茶太郎ってのはどうだろうね」

作兵衛がおどけた。利吉や弥一、そして仁太郎という若い者たちが森山園を横浜に根付かせようと、様々な考えを述べるのが嬉しかったのかもしれない。

店開きの日は、引札の効果もあり、異人も日本人も店に入りきらないほどの盛況ぶりだった。

仁太郎は抹茶も点てた。異人たちは最初のうちは苦いと顔をしかめていたが、次第にその味の奥深さがわかったのか、仁太郎は居留地に行って、茶を点てるようにもなった。

お徳に女の子が生まれたという文が届いた。作兵衛が、その文を握りしめ、台所の隅でこっそり泣いていたのを仁太郎は見た。

友太郎の怪我も次第に回復に向かい、冬に入ると店座敷にも出て客の応対をした。

悔しいが、さすが端整な顔立ちをした友太郎だ。特に、異国の婦女子に、「ソーキュート」と囲まれ続けだった。その中に、英吉利国の商人の妻女がいたらしく、故国に是非送りたいといわれた。初めての輸出となった。

店に、元吉や良之助を呼び、ささやかながら祝いの宴を開いた。幸右衛門も呼んだが、仕事があるからと、姿を見せなかった。

「ま、これも、私のおかげだな」

友太郎が鼻を膨らます。

「で、そうきゅうと、とはなんだ？」

「可愛らしいということだよ、友太郎兄さん」

「か、可愛らしいだって？」

友太郎が眼をしばたたいたのを見て、皆が笑った。笑われたのが悔しかったのか、友太郎はむっと唇を結んだ。

「顔を斬られなくてよかったよ」と、悔しげにいい放った。

森山園横浜店の滑り出しは好調だった。作兵衛も、「森川屋さんへの借金も早く返せるかもしれない」と喜んでいた。

あまり順調なのも不安がある。急にのし上がれば、同業者に潰されることだってある。

作兵衛もむろんそのあたりは感じているようで、他の葉茶屋に挨拶はかかさないようにしている。それでも、何軒かには、皮肉をいわれているようだった。

文久三年（一八六三）を迎え、夏も間近になった。

「仁太郎兄さん、明日、御茶壺道中が通るよ」

弥一の言葉に、仁太郎は色めきたった。

江戸に向かう途中の道中を見るのは初めてだ。

作兵衛に許しをもらい、翌日、弥一と利吉を連れて、横浜道を急いだ。

東海道をしずしずと道中がやって来る。

ああ、そういえばいま、公方さまは京にいらっしゃるのだ。新茶は京の公方さまに届けられたのだろうか。碾茶が飲み頃になる初冬には、江戸にお戻りになるのだろうか。御茶壺道中は、公方さまのための道中だ。この時勢の中、いつまで続けることができるのかと、仁太郎は思わずにいられなかった。

神奈川奉行所では、いまだに生麦村の異人殺傷事件の対応に追われていた。賠償金について幕府との折り合いがつかず、期限の夏までに応えを出さないことにしびれをきらした英吉利国の公使はとうとう本国へ帰るといい出し、英吉利人たちも動き出したのを見て、横浜の日本人町は大騒ぎとなった。すわ戦だと、逃げる者、怯える者、騒乱は生麦村まで波及して、神奈川奉行所は対処に追われた。

そんなとき、江戸店から文が届いた。

夜、店仕舞いしてから、帳場に皆が集められた。支配役の作兵衛が硬い表情で江戸店からの文の中身を口にした。

「やはり店がかなり厳しいようだ。しかも今年の新茶が届かないかもしれないのだよ。京の都がかなり混乱しているようでね」

仁太郎が身を乗り出す。

「新茶が届かなければ、江戸店はもちろん横浜店にも差し障りがあります。せっかく調子がよいのですから。次はもっと大きな商いが決まっております。森川屋さんからの借金も早く返せる当てもつきそうなのですよ」

「しかしね、おそらく、先日奪われた茶葉で精一杯だったのではなかろうかと思うのだよ。森川屋さんも同じ立場だ。新茶が届かないのは一緒だからねぇ」

いま、京の都は、京都守護職支配下にある者たちが、市中の取り締まりや尊攘派の弾圧を行っている。

「毎夜毎夜、どこかで暗殺があるそうだ。本当に物騒な世になった、宇治から京へ茶葉を運ぶだけでも大変だ」

「まさか、茶葉までお調べを受けることはないでしょう?」

仁太郎が訊ねると、作兵衛が眉間に皺を寄せた。

「別の店の話だが、箱根の関所で茶箱をひっくり返して調べられたそうだ。武器を隠していないかとね。もっとも今じゃ関所もあってないようなものになっているという噂もある。誰が敵か味方かもわからないからね」

「そんな馬鹿な」

仁太郎は呆れて声を上げた。

「そうした馬鹿なことが起きているのだよ。御茶壺道中が無事辿り着けたのはよかったがね。それでも、公方さまが上洛なさって江戸にはいらっしゃらなかったのは幸いだったよ」

「なにかあったのですか?」

「お城の西の丸がもらい火で焼けた。その前日にも飯倉町あたりの武家地が燃えたらしい」

「もしや、それが江戸店の痛手になっているのでは？」

うん、と作兵衛は苦い顔をしつつ、仁太郎と眼を向けた。

「阿部さまが北町奉行になられた。そこで仁太郎に一旦戻ってほしいとのことだ」

「今は無理です。利吉さまと弥一しかいないのですよ」

と、仁太郎が叫ぶようにいうと、母屋と店の間に下がる暖簾を分け、友太郎が顔を覗かせた。

「おれがいるよ」と、友太郎がうすく笑った。

仁太郎は旅支度を整えると翌日の朝に、元吉の伊勢屋へ行った。また横浜に戻って来るとは思うが、いつになるかはわからない。礼だけでもしておこうと思ったのだ。そのあと、良之助と落ち合うつもりだった。

伊勢屋は早朝にもかかわらず忙しそうだった。客はほとんど異人だ。奉公人たちはそれぞれに異国語を用いて応対している。

ははは、と元吉が笑った。

「お前さんとこの支配役も大変だなぁ。子どもにからかわれてるんだって」

利吉と弥一のふたりは覚えたての英語をいっては作兵衛が困り顔をするのを楽しんでいる。

「元吉さんは異国語を習ったのですか？」

「おれか？　そんな面倒なことはしねえよ。必要な言葉だけ覚えりゃなんとかなる」

と、胸を張り、

「日本に商いをしに来ているんだぜ」

あっちが、日本の言葉を話すべきだと、元吉はうそぶいた。

「で、こんな早くにどうした」と訊ねてくる元吉に、江戸へ戻るのだと告げた。

元吉は眼を丸くして、それは残念だといった。

「店を始めたばかりだろう？　なかなか調子もいいと聞いている。これから面白くなるんじゃねえのか？」

仁太郎もそう思っていた。阿部の町奉行就任の祝いであれば、江戸店の番頭源之助で充分だ。

「ただ、江戸に新茶が届かないかもしれないという話があるようなんです」

「茶葉がなけりゃ商売にならねえな。でもよ、おめえが江戸店に戻ったところで、茶葉が届くわけじゃねえのにな」

元吉は首を捻った。このところ、東海道は物騒だ。しかし元吉には、仁太郎が思っているほどの焦りは見えない。さほどその危機を感じてはいないようだった。

「どうしたよ、その顔」

元吉がふっと笑った。仁太郎が、伊勢屋さんはといい掛けると、

「うちは、船で運んでいるんだ。大坂、四日市、松坂を通る南海路で、横浜に荷を運んでくる。お前んとこは、東海道を使ってるのか？」

元吉がそういった。

「ああそうか、荷は横浜に入れているんですよね？」

「当たり前だよ。横浜店なんだから。船を使った茶の道だ。絹を運ぶ道を絹の道というのと同じだ」

元吉は、茶を淹れるか？　といったが、仁太郎はそれを断って、元吉に礼をいうと表に出た。

「おう、またすぐ戻って来いよ」

元吉の言葉が嬉しかったが、果たしてすぐに戻って来られるのかどうか、仁太郎にはわからなかった。

その後、飯屋で落ち合った良之助も残念がってくれたが、江戸も大変そうだなといった。本当に世の中はこれからどうなっていくのだろう。

五

仁太郎は横浜道を歩いていた。波が岩場で砕けて、白いしぶきをあげている。海と空が溶け合う境が朝焼けの色になる。

後ろから声が聞こえてきた。自分のことを呼んでいる。聞き覚えのある男の声だ。仁太郎が振り返ると、足早に近づいて来たのは、森川屋の江戸店の主人三右衛門だった。

「さ、三右衛門さま」

「私も、少し前に横浜店に来てね。これから江戸に戻るところなんだよ。どうかな、道中、一緒に行かないかね。最近は物騒な噂を色々聞くのでね」

「ええ、私は構いませんが」

「ああ、助かったよ。江戸までとはいえ、ひとりで歩くのは不安があってね」

と、胸のあたりを押さえた。もしかしたら、金子を持っているのかもしれない。

「うちの良之助は迷惑をかけなかったかい？」

「むしろ、横浜のことを色々学ばせてもらいました。こちらこそ、良之助を連れ出してご迷惑だったのではないかと恐縮しております」

「なに、そんなことはないよ」

「でも良之助は偉いです。物怖(ものお)じせずに異人と交渉し、貿易のことにも詳しい。私は、良之助との大きな差を感じました」

三右衛門は、ははと笑った。

「いや、良之助は良之助で、お前に負けまいと懸命だった」

お前は、と三右衛門が言葉を継いだ。

「眼も鼻もいい。なにより宇治の茶を誇りに思っている。そうしたお前ならば、森川屋の柱になってくれると思っていた。良之助とお前をそれぞれの店に分けるとき、朱ではなく緑を選んでくれたなら、お前は今、森川屋の緑の半纏を着ていたのだからね。悔しいよ。とはいえ良之助もしっかり者だ。横浜店ができてから、さらに変わった。新しいことに眼を向ける、その気概が誰よりもあった」

「だと思います。異国の言葉も学んでいますし」

しかし、と三右衛門が相好を崩した。

「あれはよく考えたものだね。開店のときの引札だ」

「ご覧になっていただけたのですか？」

「ああ、江戸店のほうにも届いたからね」

異国語と日本語の両方を入れて、女子が茶を飲む姿を絵師に描かせた。

「異人は錦絵にも興味がある。そこに、異国語を入れて店の披露をし、茶の効能まで入れるのは、なかなか気づくものじゃない。お前が考えたのかね？」

三右衛門が、ちろりと仁太郎を見る。

「じつは異国語は良之助に手伝ってもらいました」

「ああ、そうかい。良之助がね」

「申し訳ございません」

「気にすることはないさ。幼馴染みってのはいいものだね。あっという間に子どもの頃に戻れてしまう」

そこで話が途切れ、東海道に出ると三右衛門と仁太郎は黙って歩いた。

仁太郎は、三右衛門に合わせて歩を進めながら、どことなく居心地が悪かった。幸右衛門のことがあるからだ。訊ねたいが、気が引けた。

幸右衛門は、森山園を裏切った、というよりあれだけ眼をかけてくれていた太左衛門を裏切ったのだ。いま、横浜店にいる友太郎も、幸右衛門には当然いい感情を抱いていない。

「どうせ金で動いたのだよ。森山園にいても先がないから、うちを見限ったのだ」

そう憎々しげにいい放った。

行き交う者たちは、武士が多い。少し前から脱藩者という言葉を耳にするようになっていた。自分の国を捨てて、日本国のために活動しているらしい。でもすべてが、そうした大義を掲げているのか、仁太郎にはわからない。

薩摩藩が英吉利人を斬り殺した生麦村を通る。いまは落ち着いているようだが、結局、外国奉行になられた阿部さまはどう対処なされたのだろうか。今度は江戸の北町奉行に任命されたということだが、阿部さまも職務が目まぐるしく変わっている。

江戸に戻っているおきよが、どうしているか気にかかった。阿部さまの奥方のお世話をしていると知ってはいても、やはり文のやり取りだけでは物足りなさがあった。江戸店に戻れば、きっと町奉行になられたお祝いを兼ねて阿部さまのお屋敷にご挨拶に行くことになる。そこで会えるかもしれないと心が躍った。

「どうだい、鶴見川の手前で少し休まないかね。寺尾稲荷への分かれ道に茶屋がある」

「はい」

仁太郎は空を見上げて、首筋の汗を拭う。

小さな茶屋ではあるが、稲荷道への分岐点であることから、休んでいる人は多かった。床几にはやっとふたり腰掛けられるだけの隙間があり、仁太郎と三右衛門はそこに座る。すぐに茶屋の親父が出がらしの茶を運んできた。

仁太郎は早速口に含む。ふうん、狭山茶か、ともう一度口をつけた。

三右衛門は、ふうと息を洩らした。ふくらはぎを揉み、草鞋の紐を締め直すため、下をむいたとき、

「ところでね、幸右衛門のことだが」

俯いているせいか、声がこもっていた。でも、幸右衛門という名だけははっきり聞こえた。

「森山園では皆、幸右衛門のことを恨んでいるだろうね」

あ、いえ、と仁太郎は首を振った。

「隠さずともいいよ。無理もない。幸右衛門は森山園に戻らず森川屋へ入ったのだからね。本当は宇治から森山園に一度戻って、それから辞めることになっていたんだろう」

「そうです。隠居の太左衛門さまは番頭さん、いえ幸右衛門さんが帰って来るのをお待ちしていましたので」

やれやれ、と三右衛門が身を起こして、茶碗を取った。

「幸右衛門からはなにも聞いてはいないだろうね。もっとも、本人から言い訳がましくいうはずもないが」

仁太郎は訝しげな表情で三右衛門の顔を見る。三右衛門が仁太郎の視線をわずかに避け、茶を含んだ。

「これは、見事な出がらしだね。味もそっけもない。どこの茶かもわからない」

「香りと色からいって、狭山茶だと思います」

三右衛門は、眼を丸くして、さすがは仁太郎だと微笑んだ。

「まあ、うちにほしかったお前だからいうことだけどね、幸右衛門は森山園に恨まれることを承知で、うちの横浜店に入ってくれたのだよ」

今の横浜店の主人は喜八郎だ。その養子となって、ゆくゆくは横浜店を任されると聞いている。

仁太郎は、茶碗を手にしたまま、声を落としていった。

「やはり幸右衛門さんには森山園に恨みがあったのでしょうか。本来なら、お内儀さんと一緒になるはずだったのですから」

三右衛門が、あははと笑った。

「幸右衛門は、お徳と夫婦になるのは気が進まなかったといっていたよ。あのきつい性質だからね。それは仁太郎にもわかるだろう？」

三右衛門が仁太郎へ優しげな眼を向ける。否定も肯定も出来ず、仁太郎は俯いた。

ですが、と仁太郎は、思いの丈を込めて三右衛門にいった。

「それでも、ご隠居さまと約束しながらなぜ戻って来なかったんですか？　ずっとお待ちしていたんです」

三右衛門は笑みを引いた。

「幸右衛門は戻る気であったが、私がね、帰さなかったんだよ。森山園が横浜店を出すにあたり、太左衛門さんが用意した金子を私が預かっていたのは覚えているね？」

たしか、三百両だ。

「それでは、とても足りなかった。店を借り、お上の許しを得るためには千両かかる」

仁太郎は眼を剝いた。途方もない金額だ。

「それで私は宇治の幸右衛門へ文を出したのだよ。森山園のためを思うなら、いまから横浜店に入ってほしいとね。足りない分の返済はそれで無しにしてもよいからと」

まさかそんなことがあったとは思いも寄らなかった。

「お徳は横浜店のために残りの七百両など出さないだろう。ましてや父親の妾の子の利吉のためだ」

はい、と返答をしてから仁太郎は慌てて、口を噤んだ。

三右衛門が、正直だな、と笑う。

「では、幸右衛門さんは、森山園が横浜店を出すために」

「私は利吉のために横浜店を出す手助けをすると隠居と約定をかわした。しかし、私も商売人だ。暖簾分けした店のためにただで七百両を出すほど、人が好いわけではない。森山園一の切れ者を引き抜いたんだよ。のちのち横浜店の主人にするという甘い餌もぶら下げてね」

幸右衛門は、身請けのようだ、と冗談交じりにいったそうだ。

「今日日、落籍するのに七百両もかかる遊女はいないがねぇ。幸右衛門は、一度森山園に戻ると、気持ちが揺らいでしまうから、そのまま横浜店に入るといったよ」

飯だけ喰わせてくれれば給金もいらない、森川屋の奉公人になるならば横浜店を大きくしてみせる。一生、身を粉にして働くと三右衛門にいった。

「幸右衛門も、利吉のために店を出したいという隠居の思いをわかっていたからね。横浜店同士、競い合うことにはなるが、それもこれも森山園のためだ」

仁太郎は黙って茶を飲み干した。

幸右衛門は、太左衛門への恩義を忘れていなかった。恨まれるのも、裏切り者とそしられるのも、承知の上で、森川屋へ入ったのだ。

けれど——。

仁太郎の胸底から疑念が湧き起こる。先に横浜に店を出したのは、森川屋だ。三右衛門にはわかっていたはずだ。三百両ではとても足りないと。それを太左衛門に伝えていなかったのだろうか。だとすれば、三右衛門は、番頭として優秀な幸右衛門を引き抜いたのではないだろうか。幸右衛門なら森山園のためと承知することも、三右衛門なら見抜いていたはずだ。

「どうした？　仁太郎」

「いえ、なんでもありません」

穏やかな三右衛門の笑顔の裏にも、商売人としての思惑がべったり張り付いているような気がした。

「さ、そろそろ行くとするかね」

三右衛門が立ち上がった。


江戸店の前を子どものひとりが竹箒で掃いていた。仁太郎の姿をみとめると、あわてて大声を上げ、

「番頭さん、仁太郎兄さんがお戻りです」

と、店の中へすっ飛んで行った。

「ただいま戻りました」

帳場に座っていた源之助が、腰を上げて、「ご苦労だったね」と声を掛けてきた。

仁太郎は客がひとりもいないことに気づいた。どうしたことだろう。新茶の季節であれば、顧客はもちろん、振りの客もいていいはずだ。

仁太郎の戸惑った様子に源之助はいった。

「まだ茶葉が届かないからね、道中が物騒で宇治から出るに出られないようだ」

「それでは、まだ昨年の分の茶葉を売っているのですか」

「そうだよ。それももう品薄になってきている。困ったものだよ。ま、ともかくお内儀さんに挨拶をしてきなさい」

仁太郎は返事をして草鞋を解いた。子どもが気を利かせてすすぎを持ってきた。

仁太郎は汚れた足を洗い、ようやくひと心地ついた気分になり、お徳のいる母屋へと向かった。でもなぜ、源之助は、お徳に挨拶をして来いといったのだろう。常ならば、主人の太兵衛の処へ先に行くべきだ。

赤子のむずかる声が聞こえてくる。

「お内儀さん、失礼いたします。仁太郎でございます。ただいま戻りました」

赤子を抱いていたのは、十三くらいの娘だった。子守として雇い入れたのだろう。お徳はその傍らで、赤子の肌着を縫っていた。

お徳が顔を上げた。以前よりも顔がふっくりとして、柔らかな印象に変わっていた。

「おかえり、仁太郎。横浜店の調子はいいようねぇ」

早速皮肉かと思ったが、お徳は手を止めて、針山に針を刺した。

「開店の時の引札、作兵衛から送られてきたけれど、いい案だった。友太郎も役に立っているようだしね。やっぱりいい男は、異人にもわかるんだね」

そういって、ほほほと笑う。

赤ん坊が泣き声を上げた。

「あらあら、お腹がすいたんだね。おさえ、おっ母さんのところへおいで」

お徳が子守娘に向かって腕を伸ばすと、赤子が泣き声を上げながら、お徳を求めた。

「お願いします、お内儀さん」

子の名はおさえというのだ。お徳はおさえを抱くと、仁太郎に背を向けて、襟元を広げた。おさえの泣き声が止む。産着から小さな小さなまるで豆粒のような足指が見えた。

「おめでとうございます」

仁太郎は、はっとして、頭を下げた。

「お祝いの言葉が遅いわね。産み月は満ちていたけれど、少し早く生まれちまったから、育ちが悪くてね。でも、そんな子ほど可愛い。健やかに育てと、こうして乳をやる度に思うのよ。少し前にね、やっとはいはいはできるようになったのよ。一日一日、できることが増えていく。それが愛おしくて、不思議でたまらない」

おさえを見つめながら乳を含ませるお徳の横顔は慈しみに満ちて美しかった。

「あの、お内儀さん――」

「ああ、あんたを呼び戻したのは他でもない。阿部の殿さまが北町奉行におなりになった。もちろん、源之助でいいんだけれど、あんたは阿部さまのお気に入りだからね。それに、お奉行さまなら、店にもいろいろ都合がよさそうじゃない？　うちが横浜店を出すときには神奈川奉行。どうもうちと……それとも仁太郎と縁が深いのかしら」

阿部さまと縁が深いといわれたときには少々どきりとした。おきよのことが耳に入っているのではないかと思ったのだ。

と、そんな仁太郎の心配をよそにお徳がため息を吐いた。品不足によって茶の値段が上がったこともあるが、この頃は、客足がとんと落ちているという。

「もちろん、阿部さまへのご挨拶だけじゃないのよ。あんたを若衆から手代にしようと思うの。横浜店で頑張ってくれたから。平手代を飛び越してね」

「手代に？」

「あら、手代じゃ不服かしら？」

お徳が仁太郎を見て片頰を上げる。仁太郎は慌てて首を振る。

「とんでもないことでございます。これまで以上にしっかりご奉公させていただきます」

仁太郎は丁寧に頭を下げる。

「じゃあ、手代になったからには、早速、客足が戻るようにしてちょうだい。それと新茶を早く仕入れたいの。宇治の茶園が渋っていてね。怖くて東海道は下れないというのよ。そこをあんたがなんとかして」

優しい母親の顔を見せていたお徳が、無理難題を押し付けるこれまでのお徳に戻った。

仁太郎は不思議と、ほっとした。優しいだけのお徳では、物足りない。家付き娘の我儘（まま）があったほうが、やはりお徳らしい。

「承知しました」

そう返答はしたものの、なんの案も浮かばない。客足を戻せといわれても、一日二日でどうなるものでもない。座敷を退こうとしたとき、

「ああ、仁太郎、お祖父さまにお線香をあげてやってね」

訝しげな顔をした仁太郎に、お徳は気づいて、うふふと笑った。

「離縁したのよ」

涼しい顔をしていったお徳に、仁太郎はぽかんと口を開けた。

「あたしが、急に産気づいておさえを産んでいる間、あの人、昔の仲間と芸者をあげて、船遊びをしていたのよ。許せると思う？」

仁太郎は、肯定も否定もできずに固まったままでいた。主人の太兵衛はお徳の質を知っていたろうに。どこまでいっても菓子屋のぼんぼんだったのだ。

「ま、いなくなって清々したわ。ただね」

子守娘に席をはずすようにいい、お徳は声をひそめた。

「ここから話すことが、あんたの本当の仕事」

えっと仁太郎は眼をしばたたく。

「実はね、あの人が印判を捺してしまった借金証文がいまだに生きているのよ。あたしは離縁した亭主の実家の借金なんか払う気はさらさらないの。当然でしょう？　だからこれからすぐ阿部さまのお屋敷へ行ってちょうだい。阿部さまにお頼みして、借金証文を無かったことにしてほしいの」

そんなことが出来るのだろうか。一度捺してしまった印判を無しにすることができるなら、借金で苦しむ者などいなくなる。けれど、縁もゆかりもなくなった家の借金の保証人として金子を払い続けるのも理不尽な話だ。

「ですが、これからというのは」

まだ陽はあるが、すでに夕刻近い。

「ほら、もたもたしないで早く行ってきて。お祝いの品はちゃんと揃えておいたから、忘れずに持っていってね」

お徳は、仁太郎を急かすと、ねえ、おさえちゃん、新しい手代さんはちゃんとやってくれるかしら、と仁太郎へ聞こえよがしにいった。

横浜から江戸へ戻って、すぐに阿部さまのお屋敷かとげんなりした。が、北町奉行になったということは、お曲輪内の奉行所を訪ねればよいのだ。

奉行所の奥に奉行の役宅がある。仁太郎は幾分ほっとして手早く着替えを済ませた。

呉服橋を渡れば、すぐに北町奉行所がある。月番でないのか、門は開けられておらず、潜り戸のほうを叩いた。

厳めしい顔をした門番が、怪訝な表情で仁太郎を見る。

「あの、葉茶屋森山園の手代、仁太郎と申します。阿部さまにお目通りをお願いいたしたいのですが」

「駄目だ駄目だ。帰れ」

「私どもは、以前より阿部さまのお屋敷にお出入りさせていただいている葉茶屋でございます。お祝いに参上しました」

「日をあらためて参れ。祝いの品なら、渡しておくから置いていけ」

門番の厳しい声が飛んだ。

「いいえ。直接お渡しいたしたく。せめて、お取り次ぎだけでも」

仁太郎が食い下がると、門番は手にしていた突棒で、仁太郎の腹を押した。

そのとき背後から、

「なにを門前で揉めている。訴状の類ならば明日にせい」

少しくぐもった声がした。仁太郎が振り返ると、同心の篠塚健四郎が立っていた。

篠塚が、おっという顔をした。

「篠塚さまでございますね。私は森山園の手代仁太郎でございます」

「おう、どこかで見た顔だと思ったが、森山園の手代になったのか？」

「はい。若衆から手代になりましてございます。ああ、そういえば、神奈川奉行所の真島さまとは幼馴染みとお伺いいたしました」

仁太郎は懸命だった。ともかく阿部さまに会わねばと、いつもはあまり回らない口がよく回った。

「真島と会ったのか？　息災にしておるか。横浜は湿気が多くて気が塞ぐ、異人ばかりで言葉もわからぬとこぼしていると聞くが」

「はい。お元気でお勤めに励んでおられました。過日は、茶葉の秘密を洩らして遊女屋に売られた娘を救い、その店の主人もお縄にするなど、ご活躍でございます」

森山園の仁太郎か……篠塚がふと考え込んだが、間髪をいれずに、「お前だったか」と大声をあげ、商館の製茶所に入り込んだという者か、といった。

「真島が文をよこしてな。日本の茶葉を守るためだという、ちょっと変わった者が森山園の横浜店にいると綴られていた。あの一件を解決に導いたというではないか。なら入れ入れ。お奉行さまも喜ばれるだろう」

「ありがとうございます」

仁太郎は深々と腰を折った。

篠塚が役宅へと案内してくれた。

「阿部さま、失礼いたします。森山園の手代仁太郎がお目通りを願っております」

「仁太郎？　入れ」

阿部の声がした。篠塚が襖を開ける。阿部は書見台を脇に寄せ、仁太郎を見ると笑みを浮かべた。

「阿部さま。横浜では大変お世話になりました。北町奉行ご就任のお祝いに参上いたしました」

「それは、すまんの。外国奉行のときには祝いがなかったが」

阿部が冗談めかしていった。あっと、仁太郎は顔を伏せる。そういえば、突然外国奉行を命じられ、そそくさと江戸へ発ってしまったので、祝いもなにもしていなかった。

「責めているわけではない、気にするな。で、仁太郎。江戸店に戻ったのか」

「急遽、呼び戻されましてございます。また横浜へ行くかもしれません」

「そうか。そろそろ、夕餉の時分だな。どうだ、ふたりともつきおうてくれんか。いま、おきよを呼ぶから待っておれ」

阿部は悪戯っぽい眼で仁太郎を見ながら、手を打った。おきよも役宅のほうにいるのだと心が騒いだ。

「篠塚。おきよはな、仁太郎の許嫁だ」

ほう、と篠塚が眼を見開いた。

「阿部さま」

仁太郎があたふたしていると、おきよがやって来て、驚くと同時に思わず顔をほころばせる。仁太郎は顔を伏せつつも、おきよの顔を見られた嬉しさに心の臓の鼓動が速くなる。

「なんだなんだ。夫婦になるふたりではないか。おきよ、篠塚と仁太郎の膳を用意してくれぬか。せっかくだ、仁太郎の淹れた茶も飲みたい。煎茶道具も揃えてくれ」

「承知いたしました。すぐに用意してまいります」

おきよは、仁太郎をちらりと見て、にこりとした。仁太郎も、ふたりに気づかれないよう、そっと笑みを返した。

「で、祝いの品には、今年の新茶はあるのか」

阿部が訊ねてくる。それが、と仁太郎は言葉を濁しながら、実情を告げた。

「なるほど。東海道を下るのもこのごろは物騒だというのか。たしかに、脱藩者が増え、幕府の重臣、大名家の往来も激しくなっておる。先頃、ようやく生麦村の賠償金の折り合いがついたが、それでも英吉利国は納得せなんだでのう。薩摩と一戦交えたのは知っておるか？」

「横浜でもその話でもちきりでございました。なんでも薩摩さまが英吉利船を沈めたとか」

けれど、薩摩が英吉利国を負かしたことで、日本人町に緊張が走った。貿易をしている相手は当の英吉利国であり、多くの異国であるからだ。

長州藩が亜米利加船などに砲撃したという噂も流れていた。横浜は商人の町だが、当然、異国の兵隊もいる。もし、なにかあれば日本人町とて危険にさらされる。それをなにより恐れていた。物流が滞れば、消費地の江戸はとたんにそのあおりを受ける。

「数カ月前には大火があり、城の西の丸も焼けるなど、幕府も踏んだり蹴ったりだ。お前にもかかわる話であろうが、金の含有量を減らし、世界の通貨と割合を等しくした改鋳が済んでから、諸色が高騰した。特に生糸不足による高直は顕著だ。茶もそうかもしれんな」

貨幣価値が下がったことにより、米の値は上がったが、日傭取りなどの賃金も同時に上がっているので、均衡は保たれているという学者もいる。それでも、市中では世情不安による打ち壊しや、追い剝ぎ、押し込みが多発していた。

「町奉行所だけでは対処できないところまできているのやも知れぬな」

阿部は眉間に皺を寄せた。

おきよが、膳を運んできた。

「奉行とはいえ、贅沢なものはなにもないが、食してくれ」

私もどうなることやら、と阿部はいささか疲れたように呟いた。

焼き魚に漬け物、それと煮物に汁物という質素な膳だが、味はよかった。横浜からの道中、団子や、品川の手前の鮫洲で穴子の蒲焼きを食したが、今日まともな食事にありついたのは初めてだ。仁太郎は夢中になって食べた。

篠塚に、「少しは遠慮せぬか」といわれ、赤面して俯いたほどだ。阿部は給仕をするおきよに、二杯目の飯は山盛りにしてやれといって、笑っていた。

夕餉を済ませたあと、仁太郎は茶を淹れた。

篠塚が、「美味い」と唸り、

「いやあ、淹れ方によって、このように味も香りも変わるものなのだな」

と、感心していた。阿部も満足そうに茶を喫していた。

「あの、このようなお願いをするのは、はなはだ不躾とは存じておりますが、お耳を拝借してもよろしゅうございましょうか」

仁太郎は、お徳に命じられた証文について、阿部に相談を持ちかけた。

「ほう、これはまた森山園も大変なことだな。返済が敵わねば、家屋敷も取られかねまい」

篠塚が、口許を歪め、腕をくんだ。

「印判もたしかに太兵衛のものか」

「はい。間違いございません。ですが、すでに旦那さまは離縁され森山園から出ていかれました」

阿部が、ほうと眼を見開く。篠塚が、口を開いた。

「貸し主は、叩けばいくらでも埃（ほこり）の出る男ですよ。こうして、借金を肩代わりしては、保証人をつけさせ、なにがなんでも金をむしり取ろうとする」

仁太郎は、あくどい奴ならばなんとかなるのではと、篠塚へ期待の視線を向けた。

「仁太郎。ひとつ訊くが、太兵衛は出ていったのか？」

阿部がいきなりいった。

「はい。離縁されましたし、いまは太兵衛も名乗られてはいないはずです」

「ふうん。店に太兵衛がいないのなら、証文は反古（ほご）だな。いない者から金を取るのは無理だ」

篠塚がぽんと膝を打った。

「なるほど。太兵衛はもういない人物ですから、これは印判も効果はありませんな。では、その手で参りましょう。仁太郎、安心しろ。私がなんとかしてやる。森山園には父の頃から世話になっているからな」

　仁太郎は思わず、身を乗り出した。

「では、篠塚さまは森山園の不幸な出来事もご存じでいらっしゃるのですか？」

　篠塚は、小さく頷いた。


　仁太郎は篠塚を連れて森山園に戻った。篠塚から話を聞かされ、お徳が、おさえを抱きしめたまま絶句した。

「おっ母さんは……」

「そうだ。利吉を引き取ろうとしていた」

「けれど、結局、お父っつぁんがお妾なんぞ囲わなければ、おっ母さんは」

「それには違いない。だが、虎列剌に罹って命を落としたのは誰のせいでもない」

「馬鹿みたい。利吉の名付けもおっ母さんだったなんて」

　お徳ははらはらと涙をこぼした。

「先代が事故で亡くなったことにしたのも、私の親父がそう説得したからだ。森山園が潰れては、孫ふたりが不幸になると。子どもに罪はない」

「お祖父さまを、あたしはどれほど恨んだか。妾の子を内緒で育てて、あげく新しい店を出すなんて、あまりにもおっ母さんがかわいそう過ぎると」

篠塚は、ふうと息を吐いた。

「なにもかも、孫たちのためだったのだ。もう許してやれ」

「ちゃんといってくれれば、あたしだって」

お徳は声を荒らげた。

「聞く耳は持っていたか？　ふた親が死んで」

篠塚の言葉にお徳ははっとしたようだった。

「なにも聞こえない振りをしていたかもしれません。悔しくて、悲しいだけだったから」

お徳は篠塚を見つめ、それから、おさえに視線を移した。

「どんな唐変木な亭主との間に出来た子でも、産んだのはあたし。子はこんなにも可愛い。もし、あたしがあのとき、もっと大人であったら、利吉を受け入れられたかもしれません。この世に生まれて来てくれただけで、こんなに嬉しいのだから」

お徳は、おさえを抱きしめ、篠塚に頭を下げた。


翌日、お徳は店に出て、奉公人たちに一層励むようにといった。

「お祖父さまが守ってくれた森山園を、皆でもっと大きくしましょう」

その顔に険しさはなく、よどんだ水が清く澄んだかのような晴れ晴れとした表情をしていた。

借金の一件はまぬがれたが、店に新茶の手配が出来ないことに変わりはなかった。仁太郎は思い切って、海路を使ってはどうかと皆に提案した。

「大坂へ運び、船に乗せるのです。一旦横浜に入りますが、そこからなら陸路でも江戸に無事着くと思います」

「馬鹿をいうな。海路など無理だ。茶葉が湿気を吸えばどうなる？　売り物にはならないぞ」

手代の長次郎がいきり立った。仁太郎は横浜の伊勢屋のことを話した。源之助が渋い表情をしながら、口を開いた。

「茶園に二度の焙煎をするように伝えなければいけなくなる。それで味が変わってしまっては元も子もない。しかし、それも煎茶であればだ。碾茶は無理じゃないのかい？」

「わかりません。ですが、このまま手をこまねいていても、茶葉は届きません」

仁太郎、とお徳が顔を向けてきた。

「お前がやりなさい。その元吉とやらに頼めばいいわ」

仕方ないな、と源之助も番頭格や手代たちも得心せざるを得なかった。

仁太郎は元吉に文を出し、宇治の茶も船で運んでほしいとしたためた。伊勢屋が使っている船主に、話を通してくれるよう書き添えて。

元吉からの返書は十日もかからず着いた。仁太郎の頼みなら聞くしかないとつづられていた。

仁太郎は、よしっと拳を握り締めた。

「茶葉が届きます」

客待ちで手持ちぶさたにしていた皆が歓声を上げた。店が一気に活気づく。

去年のものは、数種類の茶葉を混ぜて、別の安価な茶として売り出した。特に玉露入りの茶葉は飛ぶように売れた。

横浜にしばらくの間帰れないのはしかたがない。仁太郎は、番頭格、手代、平手代、若衆にも、茶葉の混ぜ方、味、香りの作り方を教えた。

ひと月後、横浜店の作兵衛から、新茶の荷が届いたと文が来た。

森山園が活気を取り戻した。

第四章　将軍の茶葉

一

初冬、茶壺（ちゃつぼ）の封を切る時季が来た。香り豊かな碾茶（てんちゃ）を、仁太郎は早速、北町奉行所の阿部の許（もと）へと持っていく。

おきよとも会えるのが嬉（うれ）しく、仁太郎は茶を点（た）てた。

「仁太郎。今年の茶も悪くないな」

「茶は天候に左右されますが、その微妙な味わいの差も楽しんでいただけたらと思います」

「茶は茶であって、他の何物でもない。だが、こうして少しずつ味わいが異なる」

阿部が静かにいった。

「外敵が来ようとも、さまざまな考えが生まれようとも、我が国は我が国のままでなければならない。根は変わってはならぬ、腐ってはならぬ」

仁太郎は、阿部がなぜ日本を茶にたとえたのか、わからなかった。

「それにしても、私は北町奉行で落ち着くことができるかのう。めまぐるしくて、おちおち昼寝もできぬ」

阿部は機嫌よく笑い、「おきよと、仮祝言でもよい、早く挙げさせてやれと奥がうるさい」そういって、仁太郎を困らせた。

文久四年（一八六四）、江戸に一旦戻っていた将軍家茂は、再び上洛し、その後すぐに元治と改元された。

桃の節句が終わり、桜の季節が過ぎようとする頃、森山園に遣いが来た。

「阿部さま、が。それは、おめでとうございます」

源之助が深々と一礼した。

仁太郎や他の奉公人たちも、なにが起きたのかと、遣いが去ってから帳場に集まる。

「北町奉行であった阿部正外さまが、白河藩十万石の藩主になられた」

「お大名に？」

皆がどよめいた。

阿部家と同族であった白河藩主が急死し、遺児が幼かったことからとられた措置だった。

「仁太郎。早く、阿部さまのお屋敷へ」

お徳が大声を出した。

阿部正外さまが白河藩主になられた。十万石のお大名だ。

「めまぐるしくて、おちおち昼寝もできぬ」

そう冗談まじりにいっていたが、まさにその通りになった。陸奥白河藩は、外様大名の多い奥羽の要として、譜代大名が代々治めている。その阿部家の同族だとしても、旗本としてこれまで異国と渡り合ってきたその手腕も買われてのことだろう。

「仁太郎、すぐにご挨拶の品を用意してくれるか。お大名ともなれば私も共に行くからね。それと若衆のひとりを連れて行こうかね」

番頭の源之助が急かすようにいった。

「お屋敷もお移りになっただろうから、ええと」

源之助は切絵図を取り出し、白河藩の上屋敷を探す。ああ、ここだここだと、仁太郎に指し示した。

「山下御門を潜った処だね」

「では、お祝いの品を揃えまして、早速お伺いしたいと思います。番頭さん、よろしくお願いいたします」

ちょっと待ちなさい、と源之助が顔を曇らせた。

「仁太郎、お大名家へのお出入りとなれば手代では失礼になるな」

では自分にはもう阿部家への出入りはかなわなくなるのだろうか、と仁太郎が不安になったとき、

「そんなの容易いことよ、源之助。仁太郎を今日から番頭格にすればいいじゃない」

お徳がいった。その場にいた奉公人たちがざわつく。同じ若衆だった銀之助と、手代の長次郎が明らかに面白くなさそうな顔をしていた。しかし、一番驚いたのは仁太郎だ。

「私はまだ手代になったばかりです」

仁太郎は、けろりとしているお徳へ膝を乗り出した。

「静かになさいな。お前は横浜店も立ち上げて、茶葉不足も解消したでしょ。あたしはいったはずよ」

店で元服の儀を行ったとき、歳も奉公の年数もかかわりなく、個人の働き、能力次第で役付きを決めると、お徳は奉公人へ告げた。

「でも、勘違いしないでちょうだいね。お前の頑張りは認めているけれど、番頭格にしたのは、あくまでも白河藩のお屋敷にお出入りをするためだから。お前はお祖父さまの頃から阿部さまのお気に入りだし、このままお大名家御用達になれれば店の格も上がるわ」

おさえの泣き声が奥から聞こえてきた。あらあらお腹が空いたのかしら、とお徳は急に母親の表情になって店から母屋へと急いで入って行った。

翌日、若衆に祝いの品を背負わせ、源之助とともに白河藩上屋敷へと向かった。

上屋敷の門前には、祝いに訪れた者たちで行列ができていた。

「これは、一刻（約二時間）はかかりそうだな」

源之助が、げんなりした顔で並んでいる顔ぶれを眺めた。侍もいれば、商人や職人らしき者もいた。

「番頭さん、お店のほうは大丈夫でしょうか」

「ああ、長次郎に任せてきたよ」

友太郎といがみ合っていた長次郎は、いま手代役付きになっている。正直で真面目な処を見込まれ、勘定役を務めていた。

「お前が番頭格扱いになったのは、皆渋々ながらも得心しているよ。私からも話をしておいた」

「ありがとうございます」と、仁太郎は源之助に礼をいった。

もう陽が中天にあがっていた。

腹の虫が鳴る。それが思いの外大きく、源之助に、これ、はしたないといわれた。

門番所の家士が、厳めしい顔つきで紙と筆を差し出した。

「これに、名と店名を記すように。帰るのもよし、ご対面を望むならば、しばし待つように」

家士からそう告げられた。もちろん、仁太郎たちは待つことにした。玄関まで辿り着くのに、まだ二十名ぐらいはいそうだった。

「一刻どころではないね、さらにもう一刻はかかりそうだ」

源之助はふうと息を吐いた。

「それにしても、阿部さまも大変なことだ」

神奈川奉行、外国奉行、町奉行を務め、今度は十万石のお大名だ。噂によれば、寺社奉行と奏者番をすでに拝命しているそうだと、源之助は小声でいった。

「そんなお役にまで就くのですか？」

「そこだよ、仁太郎。寺社奉行と奏者番は兼務が通例なのだ。幕臣からの、新参のお大名だからね、箔付けが必要なのだろうね」

源之助はさらに、声を落とした。

「いずれご老中にまで上がられるかもしれないよ」

「ご老中！」

仁太郎は思わず大声を出し、急いで口許を覆った。それでも、前後に並ぶ者たちには聞こえてしまったようだ。ひそひそと囁き合っている。

「場所柄をわきまえなさい。お前はどっしり落ち着いているかと思えば、うっかり間の抜けたところもある。気をつけなければいけないよ」

はい、と仁太郎は肩をすぼめる。

半刻ほど経つと、「森山園、番頭源之助、番頭格仁太郎、若衆由吉」と、玄関先にいた家士に呼ばれた。周囲の者がざわつく。十名ほどを飛び越して呼ばれたせいだ。

なんだこいつらはというような少しばかり妬心を含んだ視線を向けてきた。その中を三人は、頭を下げながら、前へと進み出た。

「なんだろうね、先に呼ばれるなんて。これは仁太郎のおかげかもしれないな」

「そんなことはないでしょうが」

仁太郎にも見当がつかなかった。

厳しい表情をした家士に案内され、廊下を進む。以前の旗本屋敷も決して狭くはなかったが、大名屋敷になると、玄関の設えから、柱や、庭の造りまで格段に違っていた。

家士がひとつの座敷の前で止まり、膝をついた。

「奥方さま。森山園の者たちでございます」

「入りゃ」

障子が開けられると、阿部の奥方がにこにこしながら座っていた。その後ろには、おきよが控えている。仁太郎は思わず顔を伏せた。おきよは白地に淡い小花を散らした小袖に、鮮やかな朱色の帯を締めていた。少し見ない間に、うんときれいになった。

「どうしました仁太郎。おきよが眩しいのですか」

「奥方さま。おからかいにならないでくださいませ」

奥方は、少し首を回し、

「あら、女子は好きな殿方が出来ると日に日に美しくなります。おきよだって、そうでしょう。わたくしの眼から見ても、羨ましくなるほど肌は透き通るように輝き、身体も一層丸みを帯びて、娘時代のはつらつさより、しっとりとした女子の落ち着きが出てくるのです」

若衆の由吉が、仁太郎にこそっといった。

「あの人は仁太郎兄さんに惚れているのかい？」

「馬鹿！　余計なことをいうな」

仁太郎は由吉をたしなめながらも、おきよの変わりように眼を奪われていた。本当はずっと見ていたいのに、おきよが神々しく思えて、顔が向けられなかった。

奥方が、大きなため息を吐いた。

「まったく、相変わらず照れ屋の朴念仁だこと。そこがいいのかもしれませんが。この衣裳にしても、お前が来たというから大急ぎで着替えたのですよ」

仁太郎は言葉がなかった。おきよが自分のために大急ぎで着替えてくれたことなど知らないのは当然だとしても、そうしてくれた気持ちが嬉しかった。

なのに、自分はおきよになにもしてやれない。横浜の坂で手を握るのが精一杯だったのだ。

「あの、奥方さま」

奥方の言葉を訝しく思ったのか源之助が身を乗り出した。

「そうそう、殿さまは朝から来客の応対にお忙しく、なかなか順番も廻って来ぬであろうゆえに、お前たちに言伝をとのことでした」

奥方は、優しい眼差しでおきよを見ると、口を開いた。

奥方から告げられた阿部の言伝は、源之助や由吉、いや誰より仁太郎がひっくり返るほどのものだった。

源之助は膝立ちして、奥方へ向かっていった。

「それはいくらなんでも無茶でございますよ。森山園の決まりもございます」

「そんなつまらぬ決まりなど、わたくしにはかかわりのないこと。わたくしは、おきよにはよき殿方の許へ嫁いでほしいと常々思うておりました。おきよの歳からいってもけっして早くはありません」

奥方はさらりといってのける。

「そ、そうではございません。森山園では通いの番頭になってから妻を娶るのが許されるのでございます。それまでは、店の奉公人たちと同じ飯を食べ、寝所も同じ、そういう暮らしをしているのです」

ですから、と奥方も引かない。

「殿さまは、これまでのお働きが認められ、白河藩主となったいま、やがては幕閣へという話もあるのですよ」

若年寄、いややはり老中か。源之助の予想は的中した。

「そうなれば、江戸城へのご出仕はむろんのこと、この時勢に鑑みますと、上洛せねばならないかもしれません」

奥方は眉根を寄せた。

「京がいまどのような状態であるか知っていますか？」

「はい。毎日、人が殺められているとか。恐ろしいことでございます」

源之助が本当に身震いした。ですが、と仁太郎が身を乗り出す。

「江戸でも、異国との商いで儲けた商家が押し込みを受けたり、悪くすれば斬られたりと、被害にあっております」

その他、脱藩の浪士が殺害されたり、放火などが相次ぎ、市中見廻りが一層厳しくなっていた。

「殿さまはわたくしにも話せないことがたくさんおありなのでしょう。なにゆえこのような殺伐とした世の中になってしまったのか。なにゆえそんな時に、大名となり、幕閣に加わらねばならないのかと思うと、殿さまの身が案じられます」

「お気持ち、お察し致します」

源之助が頭を垂れた。

「ですからなおのこと。これからお忙しゅうなりますゆえ、ふたりのためにもと、殿さまがいうておりますー」

それに、と奥方が微笑みを浮かべる。

「ご自身で仲立ちをすると、横浜で約定を交わしたというのです。どうであろう」

源之助と仁太郎は思わず顔を見合わせた。

それはまた、どうしたものか、と源之助は困り果てた表情をする。

そこへ、阿部正外が姿を現した。

「待たせたな、といっても、まだ客が絶えんので、ひと休みするというてきた。源之助、仁太郎、よう来てくれた」

「この度は、おめでとうございます」

阿部は、奥方の隣に腰を下ろすと、

「なにがめでたいものか。このような時期に大名になったところで、働かされるだけだ」

若衆の由吉がもじもじしていた。阿部が眼を移す。

「これは初めて見る顔だな」

「お初にお目にかかります。若衆の由吉と申します。あの、お祝いの品を」と、緊張した面持ちで差し出した。

「すまぬな。次から次へと。それより、奥、あのことは伝えたのだろうな」

「はい、もちろんでございます」

ですが、と奥方は源之助をちらりと見て、

「番頭が意地でも承知しないのでございますよ。店の決まりがどうとか申しまして」

冗談めかしていった。

「いや、それは。おそらく主も応えは一緒でございましょう。いままで、そのような例はなかったものですから」

「あの」

と、おきよが小さな声でいった。

「武家にもしきたりがありますように、お店にもそうしたものがあるのでございましょう。それを破ってまで、わたしは」

「いやいや、それはおきよさんのせいではなく、お店の決まりで。それよりなにより、まさかうちの仁太郎とおきよさんが……。そちらの方に私は驚いてしまいました」

「ですから、わたしは」

おきよの声がどんどん小さく、細くなる。

「源之助」

阿部が厳しい顔をした。

「私が立会人だとしても、主は不承知かな」

「仁太郎はただの葉茶屋の番頭格でございます。あまりに畏れ多いことでございます。これ、仁太郎からも丁重にお断りせんか」

「いいえ、それはわたくしが許しませぬ。おきよは武家の出ですが、母とふたり苦労して暮らして参りました。気立てもよく、優しく、なにより少しばかりおっとりしたところがまた愛らしい娘なのです。わたくしは、この娘といると心からほっといたします。その気に入りの娘には、真面目な働き者で、優しい殿方がよいと常々思うておりました」

それが仁太郎であるのだと、奥方ははっきりといった。

「己の野心ではなく、お店を守り立てることを考えている。奉公人として大切な人材ではございませぬか。どうもふたりは初めて会ったときから、互いに気にかかる存在であった様子。そのような縁はそうそうありませんでしょう？」

大きな声ではいえませぬが、と奥方は、

「わたくしなど、殿さまの顔も知らずに輿入れしたのです。それが武家の娘としての習いだと教え込まれて参りましたから、なんの疑問も持ちませんでしたが、おきよと仁太郎はそうではありません。互いに惹かれ合って、少しずつ心を通わせてきたように思えます。羨ましいことです。人の縁とはそうであってほしいとわたくしは思っておりますゆえ」

「なにやら、わしに大いに不満があるような物言いだな」

阿部がわずかに不機嫌を装った。

「ほほほ。ですが、長い年月を寄り添いながら、夫婦となっていくものでもありますからね。少しぐらいの欠点は大目に見ないといけないときもあります」

「やれ、胃の腑がしくしくと痛んできた」

阿部がいうや、奥方は、うふふと笑った。

「というわけでな、仁太郎。せっかく参ったのだ。わしもこれから多忙になりそうだ。祝い事は早いほうがよかろう。本日にいたそうかな」

「え？」

おきよと仁太郎は同時に叫んだ。

「驚く息もぴったり。よい夫婦になりましょう」

「うむうむ、奥もそう思うか。仁太郎、おきよ、異存はないな」

仁太郎は言葉を失い、源之助は仰け反っていた。

「あ、阿部さま、それはあまりにも。せめてまずは主の許しを得てからのお返事ではいけませんでしょうか」

ふむ、と阿部が小首を傾げ、いまの主人はお徳であろう、と含んだような物言いをした。お徳の返答を待っていたら、おきよが大年増になってしまう。ここは、うちうちだけの内緒事として行う、と悪戯っぽくいった。

「誰かある。裃を持て。仮祝言じゃ、仮祝言じゃ」

阿部の一声で屋敷中が騒ぎになった。仕出しを頼み、広間には金屏風を置き、ふたりが並ぶ処には毛氈が敷かれた。

これは仮祝言どころではないよ、本祝言だ、と源之助が頭を抱えた。

阿部への祝いの客が引けた後、広間には、阿部正外夫婦と家老、そしていつ呼んだものかおきよの母の姿があった。

はああ、とんでもないことに、と源之助がひとりごちた。奥方がその様子を見つつ笑った。

「なにをいまさら。殿さまはやるべきことはすぐさま実行に移す方でございますよ。異国の方々にも幕府にも、臆することなく堂々と接しておられます。これからどのような苦難が待ち受けているやらわかりませぬが、おそらく思い立ったら、命がけでございますから」
もっともそれが心配の種ではございますが、と奥方はふうとため息ともつかぬ息を吐いた。夫である阿部を誇りに思っていても、世の情勢に巻き込まれていくのを不安に感じているのだろう。それでも、毅然としていられるのは、武家の奥方だからだ。

仁太郎はこれまで身に着けたことのない裃に着替えさせられ右に、おきよは先ほどと同じ衣裳であったが、化粧をして左に並び座った。窮屈でなにやら肩が凝りそうだ。隣のおきよをそっと窺い見る。化粧をほどこしたおきよは本当に美しかった。仁太郎の視線を感じ取ったのか、おきよがはにかむようにそっと下を向く。その様子がまたなんとも初々しく、この女子と出逢えたことを感謝した。最初の出逢いを思い出す。お茶壺道中に誘ったとき、おきよはすごく喜んでくれた。おきよはそうして少しずつ自分の心の中に入り、その姿を留めてきた。こうあることが夢のようでもあった。

「ふたりともなんて愛らしい。殿さま、ありがとうございます」

奥方が夫である阿部に礼を述べた。そこにおきよの母が、

「お殿さま、奥方さま。おきよはまことに果報者でございます」

おきよの母は森山園の隠居太左衛門の孫利吉の世話をしていた。太左衛門と阿部家が店の主と客の関係以上に懇意であったことが縁で、おきよを阿部家へ奉公に出したのだ。それがこのように実を結ぶとは、予想もつかなかった、とおきよの母は涙ながらにいった。おきよも母の涙を見て、目頭を押さえた。

「おきよ、泣くとせっかくの花嫁化粧が台無しになりますよ。喜びごとは、笑っていなさい。これから、仁太郎とともに歩む道も平坦ではないかもしれません。でも、あなたはあなたらしくいつでも笑顔でいるのですよ。それが、仁太郎にも必ずや伝わりますゆえ」

「はい、奥方さま」と、おきよははっきりと笑顔で応えた。

仁太郎はどれだけ辛いことがあろうとも、この笑顔は壊してはならない、守らねばと思った。

「阿部さま、うちの仁太郎も幸せ者でございます。早く共に暮らせるよう、より一層商いに精を出すことでございましょう」

「うむ、そうだな」

「主には、阿部さまにご媒酌をいただいたことを私から報せ、許しを得るつもりでございます。まことにかたじけのうございました」

源之助が礼を述べ、仁太郎とおきよはふたり揃って深々と頭を下げた。

「めでたい、めでたいのう」

阿部が嬉しそうにふたりの姿に目を細めた。

二

仁太郎は、森川屋の江戸店へ向かった。

子どもが表に打ち水をしていた。十二ぐらいだろうか。

「私は森山園の番頭格の仁太郎です、旦那さまはいらっしゃるかい？」

子どもは、柄杓を持つ手を止めると、眉をきりっとさせて、

「どのようなご用ですか」

と、大きな声でいった。

「旦那さまに相談事があって伺ったのだけれど」

子どもは、首を傾げて仁太郎を胡散臭そうに見ていたが、半纏をたしかめ、

「森山園の仁太郎さまですね、少しお待ちください。番頭さんに訊いてみます」

桶に柄杓を戻し、店の中へ入って行った。

しばらくすると、三右衛門自身が店座敷に出て来た。

「仁太郎から相談事があるとは驚いたよ。まあ、お上がり」

「ありがとうございます」

仁太郎は、三右衛門の後について行く。店座敷から母屋へと通された。

森川屋のほうが店も母屋も大きい。けれど、やはり品不足なのか、それとも茶葉の値が上がったせいなのか、森山園と同じく、客も店に出ている奉公人も少なかった。

もっとも森川屋のほうが、振りの客より、幕臣や大名家との商いが多い。直に屋敷まで届けているはずなので、奉公人は皆、届け先に出ているのかもしれない。

広い客間に通され、仁太郎は緊張しながら、三右衛門と向き合った。

「いま、茶菓子を持ってこさせよう」

いえ、と仁太郎は首を振る。

「ご相談事、というかお頼みしたいことがあって参りましたので」

三右衛門はふむと唸ったが、急に相好を崩した。

「阿部さまの奥方付の娘と仮祝言を挙げたそうだな。いやまったく驚いたよ」

「それは、その」と、仁太郎が口籠る。

「阿部さまもご多忙なお方であるのに、お優しい。よほど、その娘とお前を気に入っているのだろうね。これで森山園も大名家御用達だ。茶葉を船で運ぶというのにも感心した。あのときはうちも助かったよ。それで、横浜店のほうはどうだね？」

先日、横浜店の友太郎から文が届いたばかりだった。堅調に売り上げは伸びていると記されていた。

「おかげさまで」

仁太郎は背筋を伸ばしてから、頭をゆっくりと下げた。

ふっと、三右衛門が笑う。いつの間にやら、商人らしい顔つきになったといった。

「以前のお前なら、もっと横浜店のことを詳しく話しただろうが、な。百両の返済も滞りないと聞いている」

「それなりに商いも出来ておりますので、それ以上は不要かと思いまして」

なるほどと、三右衛門は片頬だけを上げた。仁太郎は再び頭を下げた。

「お願いがございます。こちらの上得意の仙波太郎兵衛さまと高津伊兵衛さまにお会いしたいのです」

ん？　と三右衛門が意外な表情を見せた。

「仙波さまと高津さまに？　これは唐突だ。どういうことだい、仁太郎」

「今後の商いについて、教えを請いたいのでございます」

初代は鰹節を江戸に広めた高津、廻漕業で財を成した仙波、そして酒問屋の中井新右衛門、同じく酒業の鹿島清左衛門、売薬業の後藤長左衛門の五人は、嘉永二年（一八四九）、勘定奉行から徳川五人衆として幕府の御用を務めるよう命じられた豪商だった。むろん、幕府のために働き、金銭の融通などもしている。

中でも、仙波太郎兵衛は茶人としても知られ、森川屋の上得意である。

「私が仲立ちするのは構わないが、なにを訊きたいのか、それをまず私に告げてくれなければね。ただ私の名を使い、店を訪ねて行くというのは迷惑だ。それ相応の応対があると思うがね」

三右衛門が仁太郎を強く見つめた。

仁太郎は口許を引き締め、三右衛門と視線を合わせた。

「いまの情勢から、徳川五人衆というお立場をどのようにお考えでいらっしゃるのか、お伺いしたいのです」

「なにをいっているのか、わかっているのかい？　仁太郎」

三右衛門が眼を瞠った。

「わかっております」

仁太郎は、きっぱりいい放った。

「なるほど。話の出所は阿部さまあたり、かな」

三右衛門が唸る。

「それは申し上げられませんが、江戸で商いを続けて行く以上、このままでは森川屋も森山園も先がないかもしれないと思いまして」

「ずいぶんはっきりと物をいうじゃないか」

「たしかに横浜店はございますが、間に仲買、商館などが入っているため、店の利益はどうしても薄くなります。さらに、江戸店はもっと酷い。お武家のお客さまが多い分、掛売りの焦げ付きが出始めています」

仁太郎は、三右衛門に頭を下げた。

「徳川五人衆と呼ばれている方々が、どうこの時勢を切り抜けようとしているのか、少しでもお聞かせいただけたらと」

三右衛門は、ふむと口許を曲げる。

「店が生き残るためでございます。私は森山園を潰したくはありません。生き残る術を考えなければいけない時期に来たのだと思っているのです」

それは、すでに徳川家がなくなると考えてのことか？　と三右衛門が口を開いた。

仁太郎は返答に詰まりながらも応えた。

「むろん徳川さまがなくなるなどということは考えたくもありませんし、政はよくわかりません。けれど、商人であれば、世の中に吹く風を読まねばならないのではないでしょうか。いまが好機であるとか、いまは動くべきではないとか」

それと、今年は宇治に行かれるご予定はないのですか、と仁太郎は訊ねた。新たな奉公人を連れてくるためだ。

三右衛門が眉根を寄せる。

「京の都が危ないからね。幼い子どもたちを連れて来られる状況ではないよ」

「まことのことを教えてください。それは、新しい奉公人を入れるほどの余裕がないからではありませんか？」

仁太郎は膝を乗り出した。自分でも差し出がましい口を利いていることには気づいている。それでも、三右衛門の口から聞き出したかった。

三右衛門は、しばらく考え込んでいたが、お前のいう通りだ、と口調を変えた。

「すでに源之助とも話はついている。今年は新しい奉公人を雇わない、とね」

そうですか、と仁太郎は顔を伏せた。森山園より大きな森川屋でもそうなのだ。

「茶葉の不足で値が上がっていることは承知しているだろう？　この頃は、諸色の高騰が酷い。各地で打ち壊しなども起きているのだよ」

「これは宇治茶の誇りを失わないためです」

生意気だと重々承知しているが、どうか会わせてほしいと仁太郎は懇願した。

「ずいぶん大袈裟だな」

三右衛門はしばし考えていたが、仁太郎をじっと見据えて、いった。

「ならば、うちの茶室で会わせよう。ただし亭主はお前だ」

「わ、私が？」

茶人ではございません、と仁太郎は慌てた。

「煎茶(せんちゃ)を淹(い)れなさい。宇治一番の玉露だ」

三右衛門は口許を緩めた。


六月に入り、梅雨が明けると陽射しが強くなってきた。森川屋からの遣いが思っていたよりも早く、仙波太郎兵衛、高津伊兵衛との対面がかなうことになった。

森川屋の庭にある茶室で、仁太郎は三右衛門とふたりが現れるのを待っていた。細く開けた窓から、夏の風が入ってくる。湯もすでに沸いている。

煎茶道具は、森山園の物を持参してきた。

店を出る直前に、お徳に声を掛けられた。

「森川屋さんに行って参ります」

仁太郎がいうや、お徳の顔が曇った。

「ちょっと、あんたまで三右衛門さんの処へ行ってしまう気じゃないわよね」

えっと、仁太郎は眼を見開いた。お徳は幸右衛門が森川屋にいることは知らないはずだ。

「なんて顔してるのよ。そんな噂は葉茶屋仲間からすぐに入るものよ。ゆくゆくは横浜店の主人になるっていうじゃない。うまく取り入ったものよね。お祖父さまを裏切って」

そうではない、と喉まで出掛かったが仁太郎は呑み込んだ。じつは森山園のためだったといったところで、お徳は癇癪を起こすか、皮肉をいうかどちらかでしかない。それでも、さほど怒りを感じていない様子なのが少々薄気味悪かった。

「ねえ、おさえ、あんたにはちゃんとした男を婿に迎えないとねえ」

お徳は胸に抱いたおさえに話し掛けた。

おくるみから手が伸びて、お徳の指を摑んだ。

「あらあら、力が強いこと」

お徳が母親の声を出す。

おさえが物心つく頃には、世の中は変わっているかもしれない。この森山園を守るため、宇治の茶を守るためにも、仁太郎はいま動くべきなのだと感じていた。

「それで、なぜ森川屋さんへ？」

「三右衛門さまのお仲間が私の淹れた煎茶の話を聞き、ぜひ味わってみたいということでしたので」

あら、とお徳が笑顔になった。

「仁太郎、ごまかさないで。お仲間って森川屋さんの上得意でしょ？　なら、おまえの美味しい茶でこっちに取ってきなさいな。うちから幸右衛門を引き抜いたんだし」

　それは、と仁太郎が困り顔をすると、お徳はふっと息を吐く。

「源之助には許しを得ているのよね」

　はい、と仁太郎は応えた。

「でも、あまり勝手なことは慎んでちょうだいね。茶葉は無事に届いたからいいけれど、客足は戻ってこないから、頭を捻らなきゃいけないしね。奉公人を減らすことも考えているのよ。まだ横浜店の稼ぎが、さほど江戸店にまわってくるではないし」

　奉公人を減らす？　仁太郎は、茫然とした。つまり、宇治に帰すということだ。

　お徳が仁太郎を見て慌てる。

「ああ、うっかり口をすべらせちゃったわ。いまのは内緒にしてよ。番頭の源之助と支配役の作兵衛しか知らないことだから」

「承知しました」

　お徳はおさえをあやしながら、ひとりごちた。

「猿若町は燃えちまうし、芝居も観に行けなくなっちゃったわ。困ったねえ、おさえ」

　まだ言葉などわかろうはずもないのに、お徳は赤ん坊のおさえに文句を垂れていた。芝居より、店の閑古鳥をなんとかしようとは考えないのだろうかと、いささか呆れながら、仁太郎が煎茶道具を手に店を出ようとすると、

「勝手に仮祝言を挙げてしまう奉公人もいるのよ」

お徳の声が聞こえた。

「それでは行って参ります」と、仁太郎がきまり悪げにいうと、

「早く通いの番頭になりなさい。女を待たせちゃ駄目よ」

お徳が笑みを浮かべた。


そろそろ、三右衛門が来る頃だろう。仁太郎は窓の隙間から葉を揺らす桜樹を見つめ、大きく息を吐いた。今年の茶葉の出来も心配だったが、御茶壺道中が無事到着出来るのかが、不安だった。もっとも、こんなご時世に御茶壺道中などあるのだろうか。

初めて江戸幕府が採茶使を宇治へ派遣したのは、慶長十八年（一六一三）だった。それから二百五十年ほぼ絶えることなく東海道を御茶壺は運ばれてきた。

採茶使や茶坊主たちが、宿場で必要以上の歓待を求めたり、大名行列でさえも道を譲らねばならなかったりと決して評判はよくない。けれど、宇治の者たちにとっては、将軍さまにお買い上げいただくという誉れがある。どの地域の碾茶にも負けないという自負がある。

御茶壺道中がなくなってしまうときは、徳川将軍家もなくなるときだ。

仁太郎の心配は、宇治の御茶師たちへも及んだ。日本一の碾茶を作り上げるために工夫を重ねてきた。その自信と名誉が失われたら、茶処宇治はどうなってしまうのか。

むろん、玉露や上喜撰などの煎茶も作っているが、やはり宇治は碾茶が中心だ。これからは転換が必要になるのではないか——。

仁太郎は葉茶屋の行く末を考えねばと思った。これまでは国内だけを相手に生産を考えていればよかった。けれど、異国との交易によって品不足が起き、値も上がった。すぐに生産量は増やせない。しかし、店としては傍観しているわけにはいかないのだ。どうすればいいか。

仮祝言の礼に、白河藩上屋敷を訪ねたときだ。

阿部を前に、仁太郎は思っていることを口にした。助言を求めたのではない。ただ、思いの丈を吐き出したかった。

「将軍家の威光が保てなければ、御茶壺道中が消えます。それはすなわち、茶処宇治の誇りも失われることになります。この泰平の世さえも。私はそれが悔しくてなりません」

仁太郎は歯嚙みをしながら、いった。阿部が静かに仁太郎を見つめる。

「誇りを捨ててはどうかな。宇治の茶は天下一だとお前はいった。それはなにも上さまのお口に入るからだけではなかろう。お前は宇治の茶を多くの者に味わってもらいたいと思っていたはずだ。自身の茶を信じてやれ」

「私の茶を——信じる」

阿部はゆっくりと頷いた。

「この先どうなるのか、わしにも見えぬ。商いも苦しいのだろう。商家が江戸を離れていることも聞いている。お前が守りたいのは、何か、よく考えるのだな」

仁太郎は阿部家を辞去し、戻る道すがら考えた。宇治の茶を活かすためには、まず森山園を守ることだ。そのためにはどんなことでもしよう。

仁太郎の脳裏に、ゆらゆらと浮かんできたのは、徳川五人衆と呼ばれる商人だった。

この時局をどうしていくつもりなのか。

笑い声と足音がして、仁太郎は我に返った。躙り口が開けられ、三右衛門が入って来た。

「待たせてしまってすまなかったね」

「さほどではありません」

続けて、ふたりが入って来た。

「お招きいただきまして」

まず細面の年配の男がいった。

「楽しみにして参りましたよ」

身体の大きな、四十ぐらいの男が仁太郎へ視線を向けた。

客畳に座ると、三右衛門が笑みを浮かべる。

「右のお方が、高津さま、左のお方が仙波さまだよ」

幕府と密接な関係を持つ高津と仙波。さぞ威圧感のある者だろうと思っていたが、肩すかしを食うほど穏やかそうに見えた。

「私は、宇治茶を扱っております葉茶屋、森山園の番頭格で仁太郎と申します。本日は、私の我が儘を聞き入れてくださり、ありがとうございます」

早速、仙波が口を開いた。

「お前さんかね、葉の色、香り、味で茶の産地がわかるというのは」

「恐れ入ります」

仁太郎は、すぐに茶の用意を始めた。かつて、先代の主太左衛門に淹れていたときと同じくらい慎重に、丁寧に、器へと茶を注ぐ。

「宇治の玉露でございます。どうぞ、ご賞味ください」

仙波は茶人らしく、静かに喫した。口中で茶を味わい、香りが鼻に抜けるのを待ってから飲み込んだ。

「はあ、これは美味い」

「ですなぁ、仙波さん。私は茶の作法が苦手でその道には入りませんでしたが、煎茶の味はわかりますよ。たしかに、家で飲む茶とはひと味もふた味も違う。なにか秘密でもあるのかね？」

「特別なことはしておりませんが、湯飲みを温め、湯の熱さも考えております。注いでからは、しっかり最後まで湯切りをいたします。その一滴に味がございますので」

仁太郎は自分が淹れた茶がふたりに気に入られたのがまず嬉しかった。

「とてもとても女房に、そのように淹れてくれとはいえないよ。十分特別だ」

「ありがとうございます」

うん、と仙波が頷いた。

「ところで、三右衛門さんから聞いたのだが、私たちに訊ねたいこととはなんだね」

仁太郎は、ふたりを交互に見てから、この先商いはどうすべきかをいきなり問うた。

ははは、と高津が笑い出す。

「これはまた、難問だ。私たちのほうが訊ねたいくらいだよ、なあ、仙波さん」

「たしかにそうだねえ」

仙波も苦笑する。

仁太郎は、大変不躾（ぶしつけ）ですが、と高津を見る。

「高津さまは八代目でいらっしゃいますが、六代目のときに、銀製の切手（商品券）を出されたそうでございますね。それが鰹節（かつぶし）をさらに江戸に広めることになったと」

「ほう、よく調べたね。その通りだよ。その切手で鰹節と交換が出来るのだ。切手は贈答品に使えるだろう？　もともと上方下りの鰹節と現金掛け値無しの商法は初代から続いている。しかし六代目が浪費家だったのでね、私もそれを埋めるために懸命だった。お上からは上納金を要求されるしね。どれほどだったかね」

「千五百両でしたな」

仙波がさらりといった。

「一万両のときもありましたよ、高津さん」

「あれは酷かった。名字帯刀を許され、徳川五人衆などとよばれても、要は金子の用立て商人ですな。大きな声ではいえませんが」

「ここは、うちの母屋からも離れた茶室。誰にも聞かれることはございません。料理屋などより安心ですよ」

三右衛門がいった。

そうだねぇ、と仙波が笑った。

「もう一服、いや、もう一杯でいいのかな、茶を淹れてくれるかな」

仙波にいわれ、仁太郎はすぐに用意をする。茶人の仙波に所望されるとは、よほど気に入ってくれたということだろうか。

「私は、御救い米がらみでね、江戸に米を廻漕していたのだよ。米不足だといわれても、米処に実際出向いて、一粒残らず買い上げる。少々強引なやり方ではあったが、それで江戸の町人が飢えることなく、飯が食えた。ここは、誰にも聞かれることがないとして話をするが、いまの情勢は非常に危ういことを、若くとも番頭格であるのだ、わかっているのだろう?」

「詳しいことは存じませんが、不安はございます」

仁太郎は顔を強張らせつつ、仙波と高津、そし三右衛門を順に見つめた。

「商いを生業にする者として、正直なお気持ちを伺いたいのです。商人として常にどのような心構えでいらっしゃいますか?」

仙波が、おっと目を見開いた。

「驚いたねぇ。まさかお前さんのような若いお人から、そのようなことを訊かれるとは思いも寄らなかった。なあ、高津さん」

身体の大きな仙波が身を揺らして笑った。

「そうだねえ。じゃあ、こちらも訊ねるが、お前さんはどう思っているのだね？　まずはその応えを聞かせてもらいたいものだ。私たちが応えるのはそれからにしようじゃないか」

高津のほうは、生意気な若造がというような眼をしたが、声音は柔らかいものだった。

「失礼いたしました。私はお客さまに常に誠意を持って長いお付き合いをしていただきたいと思っております。こちらがお客さまを信頼しなければ、お客さまも店を信用してくれないと。うちは森川屋さんから暖簾分けされた店ですので、森川屋さんにも恥はかかせられません」

ふうむ、と高津が顎を撫でる。

「そんなことをもう恩義に感じることはない。互いに独立した兄弟みたいなものだ。いつまでもそこにとらわれていたら、森川屋へ足をむけて眠れないよ。同じ葉茶屋なのだから、ときには協力出来る強い味方でもあるが、森川屋さんを追い越すことも恩返しになるとは思うがね」

「高津さん、そこまでいわれては敵いませんよ。私どもは、森山園の面倒をずいぶん見てきております。いまの女主人にしても気は強いが商いについては素人に近い。支配役や番頭がしっかり者であるのが幸いしているのです」

苦笑する三右衛門に、ふむ、と高津が頷く。と、仙波が口を開いた。

「誠意、信頼といったが、私は形のないものは信じない性質でね」

「ははは。さすがは仙波さんだ。確かにそうだね。信用したところで相手に伝わるかどうかしれない。信用していいのは金だけだ」

ふたりは顔を見合わせて笑った。

「どうした。承服しかねるという顔だ」と、仙波がいった。

「いえ、ありがたく拝聴しております」

仁太郎の応えに、高津は、くくっと含むように笑う。

「まあ、なりふり構わずやったらいい。ときには自分を曲げてもいいんじゃないかね。小賢しいと陰口を叩かれようとも貫くことだよ。客を信じるなら、まず己から信じることだね」

不意に仙波が鋭い眼を向けてきた。こちらの胸底を見透かすような眼だ。仁太郎の背がぞくりと粟立った。

「三右衛門さんからも聞いているが、茶葉の生産が厳しいようだね。よしんば茶葉があっても、こんな時勢では、陸路を運ぶのも危ない。葉茶屋とはいえ、いっとき、他の品を入れてもいいんじゃないかね？」

高津がいった。それは、と仁太郎がいいよどむ。

「店を守るなら、そういう手もあるということだ。なあ、仙波さん」

「なりふり構わず、だな」

そのとき、茶室の前で三右衛門を呼ぶ声がした。

三右衛門は、躙り口をわずかに開け、「騒々しい。どうした」と小声でいった。

「森山園が襲われたといま報せがございました」

森川屋の奉公人が声を震わせた。

襲われた？　血の気が引いていくのを感じた。

仁太郎は、「失礼いたします」と、弾(はじ)けるように立ち上がった。

三

仁太郎は急ぎ、森山園へと戻った。

襲われた、というのはどういうことだ。友太郎の時とは違う。あれは攘夷を騙(かた)った盗人だ。森山園になにが起きたというのだ。この頃、横浜に店を持つ商人を狙う無頼者や攘夷を唱える者が増えていると聞いてはいたが、まさか森山園が標的になるとは思いもよらなかった。横浜で異国相手に商いをしているといっても、たいした儲けを出しているわけではない。

そもそも異国との付き合いをしている、それがすでに気に食わぬということか。

仁太郎は、さらに足を速めながらはっとした。森山園が横浜店を持っていることは、さほど江戸の町では広まっていないはずだ。

店先に着いたとき、近くの医者を連れて、長次郎が走って来た。

「長次郎兄さん！」

「仁太郎か。番頭さんが斬られた」

斬られた——源之助さんが。

「先生、母屋の座敷へお願いします」

長次郎は、医者を急かすように奥へと入って行った。

仁太郎は半ば茫然としながら店に足を踏み入れる。茶箱のほとんどが棚から落とされ、茶葉が店座敷にも三和土にも散らばっていた。宇治の茶園の風景が脳裏に浮かんだ。じゃり、と仁太郎が茶葉を踏んでしまった瞬間、いい知れぬ哀しみと怒りが込み上げてきた。一体、私たちがなにをしたというのだろう。

仁太郎はしゃがみ込んで、茶葉を両手でかき集めた。砂埃と葉の香りが混ざる。思わず両手に掬いあげた茶葉を握りしめた。きしきしと小さな音がする。細々になった茶葉が指の間から落ちた。

「番頭格さん」

子どもが泣いて、仁太郎にすがりついてきた。

「一体、なにが起きたというんだい？　お内儀さんはご無事か」

　子どもは泣きながら、頷いた。いまだ恐怖に身体を震わせながら、事の次第を話したが、泣き声が混じり要領が摑めない。

「仁太郎。戻ったか」

　母屋に続く暖簾を撥ね上げ出てきたのは、平手代に昇格した銀之助だ。

「三人の浪人風の者たちが店に入って来るなり、天誅だと大声を張り上げて、ひとりが刀を抜き、他の者たちは茶箱を棚から落とし、茶葉をあたりにぶちまけた」

　そのとき、止めに入った源之助が、刀を抜いた者に腕を斬られたのだという。

　天誅。やはり、店を襲ったのは、開国に反対している攘夷を唱える武士なのか。

「番頭さんのお怪我は？　浅いのか」

　銀之助が難しい顔をした。「深いのか」と、仁太郎はもう一度訊ねた。銀之助がちらりと帳場のあたりに視線を移す。板の間に、おびただしい血溜まりが出来ている。

　子どもが怯えながら、仁太郎の背後に隠れた。

　銀之助が顔を曇らせた。

「落とされたんだ。左腕をすっぽり」

　背に怖気が立った。左腕を斬り落とされた……。

「近くにいたお内儀さんは気を失って倒れたが、怪我はない。お嬢さまも無事だ。ただ、番頭さんは助かるかどうかわからない」

「どうしてだ。腕だけなら」と、銀之助に向けて声を荒らげた。

「──血が、噴き出したんだよ。おれだって懸命だった」

銀之助の顔が曇る。見れば、銀之助の着物があちらこちら血に染まっている。

「悪かった。それで、番屋へは報せたのか」

「ああ、すでに町役人が来てくれたが──」

銀之助がいいかけたとき、

「すまねえ、遅くなったな」

店に入ってきたのは、北町奉行所の定町廻り篠塚健四郎だった。

「篠塚さま。ご苦労さまです」

「よう、仁太郎。おめえ、番頭格に昇進したそうじゃねえか。祝いの言葉を述べたいところだが、こいつはひでえ有様だな。よっぽど恨みを持っているに違いねえな。金はどうした。金も盗まれたのか」

銀之助は黙って口を引き結ぶ。そこへ長次郎が戻ってくると、銀之助が脅され、金蔵の鍵を開けたといった。

「ってことは、すっかり持ってかれたってわけかい」

はい、と小さく頷きながら、銀之助が応えた。

「で、町役人からの報告だと、天誅だといったそうだな。そいつはつまり攘夷志士の奴らってことになるな。いまはな、軍資金ほしさに攘夷の奴らも開国の奴らも、皆、銭を狙って商家を襲っている。が、天誅だというのは攘夷の者どもだ」

「それがまことに、国のためですか？」

仁太郎は茶葉を泣きながらも片付け始めた子どもらを見つつ、声を張り上げた。

「中には、そういう流れに便乗した輩もおるだろうが」

「冗談じゃない。私たちは、この茶葉を少しずつ売って儲けを出しているのです。攘夷とも開国とも、便乗とやらとも、なんのかかわりもございません。ただ正直に商売をしているだけでございます。なのに、このような仕打ちをなぜ受けねばならないのですか。番頭さんは左腕を斬り落とされたのです。命もあぶない。そんなことってありますか？」

仁太郎は篠塚に詰め寄った。

「よせよせ、篠塚さんに恨み言をいっても始まらねえぞ」

篠塚の小者が前に出て来て、仁太郎を乱暴に押し止めた。

「ここか、攘夷の者どもに襲われたという葉茶屋は」

ぞろぞろと捕り方役人が店に踏み込んで来た。散らされた茶葉を遠慮なく踏み、ある者は、足先で汚いもののように払った。

それを見た仁太郎は怒りを覚えた。

「踏み散らかすな！　私たちにとっては大事な品だ」

一団の中の巻き羽織の同心が鋭い眼つきで仁太郎を見た。

「貴様、土まみれの茶を売るというのか、くだらぬことをいうな」

「違う！　茶葉は長いときをかけて作る物だ。それを粗末に扱うなといっているんだ」

仁太郎はさらに声を上げた。

「やめろ、仁太郎」

銀之助が仁太郎を背後から抱えた。

「やれやれ、血の気が多い者がおるようだな。篠塚、少しなんとかならんか」

篠塚が「これは、これは」と、頭を下げる。

「こちらは、与力さまだ」

奉行所もいまはてんてこ舞いだった。無頼浪士や浮浪人の対策の他、増加している放火、強盗、殺人にも対処しなければならない。

「それにしても、これでは店が立ち行かんな。お前はどう思う？」

中年の与力は、先ほどの鋭い眼をした若い同心を振り返った。同心は仁太郎を見据えながら、口を開いた。

「茶箱ごと盗んでもたいした銭にはならぬと判断したうえでの嫌がらせでありましょう。銭だけを狙ったものか」

「金蔵の鍵を開けさせたそうでございます」

と、篠塚がいった。

「しかし、幕府御用達の大店(おおだな)ならいざ知らず、このくらいの葉茶屋を襲うのは解せぬな。横浜に店は持っておるか？」

仁太郎を羽交い締めにしたまま、銀之助が「あります」と応えた。

ふむ、と与力が首を傾げた。さほどの大店でもなく、幕府の御用達でもない、横浜店は開いたばかり、と呟く。

「銭はいかほど盗まれたのだ」

「はっきりとはわかりませんが、仕入れた茶葉の払いを済ませたばかりでしたので、金箱には五十と少しだったと思います」

「しかも番頭の源之助さんまで斬られて……」

仁太郎は悔しげにいった。

「わずか五十両で、店の者まで斬られたのか。篠塚はどのように見る?」

「これまで大店がことごとく狙われましたが、人を斬ったということはございませぬ。むろん、夜道で財布を奪われ惨殺された商人もおりますが。ほとんどは、押し入り、店の者を脅して、金品を奪うという手口でございます」

これまで、刀で斬りつけられた者はいないという。

「よほど、その源之助という者が賊に抗ったのであろうな」

与力が、茶葉を箒でかき集める子どもや若衆の姿を見ていった。それは、まるで源之助に非があるというような口振りだった。仁太郎は苛立ちをそのまま口にした。

「当然ではありませんか。商人にとっては店が命。それを守ろうとした番頭さんに落度などあろうはずがございません」

それより、軍資金などという名目をつけて、商家を襲うほうがどうかしている、拒んだ側を責めるのは間違っているのではないか、と仁太郎は与力へ向けていい放った。

「貴様、いまどのような時勢であるのかわかって物をいっておるのだろうな」

若い同心が険しい顔で仁太郎を睨めつけた。

「襲われた店などいくつもあるのだ。それが嫌な者たちは店を捨て、別の地に参っておる。恐怖を感じているならば、江戸から去ね」

「私たちは、宇治という茶処から来て、この江戸で商いをし、江戸を支えてきたという自負がございます。商人が江戸を栄えさせてきたのであるなら、江戸を守るのがお武家の役割ではございませんか？　怯えて暮らすのは真っ平です。なにゆえ、無頼どもを一掃なさらないのですか」

仁太郎は銀之助の腕を振り払い、同心の眼前に立った。この、商人風情が、と同心が怒りをあらわにしたとき、

「よさぬか」

与力の厳しい声が飛んだ。

「その者のいう通りだ。江戸の治安を守るのが我らの役目。しかし、もう限界やもしれぬな。江戸を離れる者らを止めることさえ出来ぬふがいなさよ。正直申すとな、攘夷の者や開国を唱える者たちは、各々どこぞの藩邸に匿われていることがあってな。奉行所では、太刀打ち出来ぬ」

与力が頭を下げた。仁太郎をはじめその場にいた者の誰もが唖然とした。

「襲われ、金子を強奪された店の立て直しは難しかろう。だが、もしも商売を続けて行く気があるならば、堪えてくれ。そうでなければ、宇治へ帰るがよかろう」

与力が仁太郎へ真剣な眼差しを向けた。

「帰りません。宇治の碾茶は将軍家がお買い上げになる上質なもの。お大名、お旗本にはお得意さまがたくさん居られますゆえ。碾茶ばかりでなく、宇治茶を多くの人に味わっていただくため江戸に参ったのです。それが、宇治の茶に携わる者たちすべての望みでもあります」

「聞こえは良いが、商いを続けることはようわかった。お前、名はなんという？」

「番頭格の仁太郎と申します」

仁太郎？　と与力が呟き、篠塚の顔を見る。

「そうです。この六月に、ご老中になられた阿部豊後守正外さまのお気に入りですよ」

「なるほど」

与力は、笑みを浮かべると背を向けた。

「番頭の命、助かるとよいがな。でなければ、店も大事になろうゆえ」

はい、と仁太郎は悔しげに歯を食いしばる。

だが、三日後、源之助がこの世を去った。腕を断ち斬られたための失血がひどく、手当ての甲斐もなく逝ってしまった。森山園は、忌中として、七日の間喪に服した。

横浜から、支配役の作兵衛がやってくるなり、泣いた。

仁太郎も子どもの頃から源之助にはよく面倒を見てもらった。幸右衛門に代わって阿部屋敷へ同行したのも源之助だった。

悔しさと哀しみが、仁太郎の中でぐちゃぐちゃになった。腹の底には怒りがあり、胸には寂しさが募った。

お徳も目尻(めじり)に涙を溜めていた。あれこれ口を出してはいたが、これまで番頭の源之助にほとんど店を任せていたも同じだ。ひとりになってしまったという孤独感もあるのだろう。いつもの気の強いお徳の姿は微塵(みじん)もなかった。

源之助には、妻も子もいた。お徳は、番頭としてどれだけ立派な仕事をしてきたか、森山園のためにつくしたかを語った。そして、本来なら店を退(ひ)くときに渡す隠居金を、妻子に与えた。

老中の阿部からも香典が届けられ、おきよも弔いの手伝いに来てくれた。阿部は、本当に老中になってしまったのだ。多忙な日々が続くのだろう。

店の奉公人たちは、おきよが仁太郎の女房であることは当然知らない。阿部屋敷から、遣わされた者と思っている。

おきよと仁太郎は視線を交わしただけで、話をすることさえ叶(かな)わなかったが、源之助を失った仁太郎の気持ちを察してくれているかのように、哀しい眼を向けてきた。

江戸の町の諸色の高騰は、米を筆頭に、麦、糸、酒、絹物、茶、紙などの他に、油、蠟、干物、豆、小豆という暮らしに直結する物にまで及び、町人を圧迫し続けた。ふがいない幕府のせいだと、皆、怒りをあらわにしている。

お徳は疲弊し、周囲にきつく当たるようになっていた。店には、ほとんど売り物になるような茶葉がない。盆の時季の掛取りもうまく運ぶかわからなかった。朱色の店暖簾が風にあおられる。

お徳が奉公人を集めて、強い口調でいった。

「払ってくれない屋敷には、金目の物を出せといいなさい」

「それでは、盗人まがいではございませんか？」

支配役の作兵衛がたしなめるも、お徳は聞き入れなかった。

「盗人はどっちよ。品は先に納めているのよ」

「それが、信用商いでございますゆえ」

お徳が眉をひそめた。

「もう信用だなんていっていられないのよ。わかるでしょう？　真面目に商売しても馬鹿を見る世の中になったの。お向かいの雑穀屋さんも千住へ引っ越すそうよ」

源之助は殺されてしまうし、その下手人の探索さえお上は諦めている。店には売る茶葉もない、これからどうすればいいのか、とお徳は嘆いた。

不意に、仙波と高津の言葉が浮かんできた。他の品。なりふり構わず。仁太郎は懸命に考えた。店座敷を見回す。茶箱の中には、もうわずかな茶葉しかない。

「あ」と、思わず口を衝いて出た。

「なによ、仁太郎」

お徳が怪訝な顔を向けてきた。

仁太郎は、余計なことではございますが、と立ち上がった。

「茶葉の代わりに海苔を売ってはいかがでしょうか？」

海苔、と皆がざわついた。

「海苔と茶などまったく違うじゃないか。ここは宇治茶を売る葉茶屋だぞ」

長次郎の意見に、皆が同調した。

「森山園は葉茶屋だぞ。宇治茶以外の物を置けるか！　仁太郎、宇治の誉れはなんだ？誇りはなんだ？　答えろ」

長次郎が挑むような口調でいった。

「茶葉です」

「それを知りつつ、なにが海苔だ。ふざけるのも大概にしろ。森山園を潰す気か」

さらに長次郎が声を張り上げる。周囲の者たちにもその張り詰めた気が伝わる。

「長次郎、いい加減にせんか」と、作兵衛が取りなすようにいう。

「兄さん。たしかに海苔と茶では、まったく物が違います。ただ、同じことがひとつあります」

仁太郎の言葉を受け、作兵衛が呟いた。

「保存の仕方か」

海苔も茶葉も湿気を嫌う。茶箱に茶葉を保管するのは湿気から守るためだ。

「けれど、海苔屋は海苔屋でちゃんとあるじゃないの」

お徳がいった。

「それを説得するのです。いまうちには茶葉がほとんどありません。代わりに海苔を売るのです。幸い、海苔屋さんの心当たりが」

お徳がはっとした顔をする。

「まさか、お祖父さまの碁仇だった、浅草海苔の。あそこは、海苔職人が直にいるお店だったわね」

「浅草海苔の店は、浅草周辺に多いのですが、日本橋あたりではめっきり少なくなります。ですから、きっと日本橋近くにも品を入れたいはずです」

「なるほど。その話は私が出向こう。先代は亡くなっているが、倅の吉次さんのことは幼い頃から知っているからね。うまくいけば、仕入れ値も安く出来るかもしれない」

と、作兵衛が頷いた。

「ありがとうございます」

「けれど、葉茶屋に茶葉がなくて、海苔があるというのも妙な話よね」

お徳が、後れ毛を撫で付け、息を吐いた。

仁太郎は立ち上がったまま、お徳を見据えた。

「なによ、仁太郎」

「大丈夫です。今年もまもなく御茶壺道中が来ます。きっと宇治からやって来ます。そうすれば店もまたやり直せます」

仁太郎はお徳に強い意志を示すようにいい放った。

お徳は、仁太郎を呆れるように見ると、くすくすと笑い始めた。前屈みになってまで笑っていた。集まっていた奉公人たちは、なにが起きたのかわからない、と皆が顔を見合わせた。

お徳は、ひとしきり笑い終えると、目尻に浮いた涙を指で拭った。

「仁太郎。ほんとに、あんたって面白いわ。幕府の兵隊が行軍している中を、御茶壺道中ですって。昔から好きなのは知っていたけれど、いまも大好きなのね。公方さまは、また京にお発ちになっているのよ。公方さまに届けるお茶なのに、途中ですれ違ったら楽しいわ」

お徳は自分でいって、また笑い始めた。

「でも、お内儀さん、御茶壺道中が宇治の誉れ、泰平の証なのです」

「わかったわよ。仁太郎、あんた、いくつになったんだっけ？」

二十歳になりました、と応えた。

「初登りじゃないの。どうしてあんたのことはうっかり忘れるのかしらね。それなら宇治へ行って、茶園の様子を見てきてちょうだい。宇治茶のこれからを考える意味でもね」

お徳がきっぱりといった。

秋になり、篠塚健四郎が、下手人を捕えたことを伝えにきた。

「天誅といえば、攘夷志士と勘違いするだろうという、ただの無頼浪人だった」

その無頼浪人を、背後で操っていたのは、お徳の元夫の恭三だった。実家の借金を森山園に背負わせようとして、離縁された、その意趣返しだ。恭三は居酒屋で酔いに任せて、愚痴をこぼしただけであって、無頼浪人とは金銭の受け渡しもなかったといっているらしい。だが、浪人たちは、ひとり三両ずつ入手したという。口書きが食い違っていた。

篠塚は、よくあることだと片付けたが、少し気になることもあるといって店を出た。

お徳はひとり泣いた。源之助のための涙だ。離縁をしなければ、こんなことにはならなかったと、作兵衛に悔しさを滲ませた。

「ですが、離縁なさらなければ、森山園もなくなっていたでしょう。恭三さまの遊蕩と借金で」

無事、宇治から新茶が届き、そして浅草海苔が驚くほど当たった。客は、二帖、三帖と買っていく。その上、茶の試飲とともに、海苔を茶請けにしたのも功を奏し、茶と海苔の両方を買い求める客も多くいた。まずはひと安心だ、と帳場に座る作兵衛が肩をとんとんと叩いた。

「横浜店はどうなのでしょう」

作兵衛がここにいるということは、いま横浜店は友太郎が仕切っているのだ。

「じつは、友太郎も利吉さまと弥一だけでは心許ないだろうから、私が戻るまでは幸右衛門が入ってくれているのだよ。三右衛門さまの許しも得ているので、大丈夫だと思うが」

しかし、数日後、森川屋からの遣いが来た。

作兵衛と番頭格の仁太郎は、慌てて身支度を済ませ、森川屋へと足を運んだ。

海苔の一件だった。森川屋としては、海苔の販売を快く思っていなかったのだ。

「葉茶屋がなぜ海苔を売るのだね。仁太郎、おまえは宇治の茶が日本一だといいながら、茶葉だけを売る自信がなかったということかね？」

三右衛門はいつになく厳しい表情をしていた。その上に、恭三のことにも触れた。

「いくら離縁したあととはいえ、前の主が源之助を死に追いやったのだぞ。そのような店を続けられるとでも思っているのかい？」

作兵衛が眼を見開く。

「どういうことでございましょう」

「森山園を潰すか、森川屋と名を改めなさい。店が立ち行かなくなった際には、屋号を森川屋とするというのが暖簾分けのときの条件なのだよ、これは」

三右衛門が冷たくいい放った。

仁太郎は唇を嚙み締める。自分が早まったというのだろうか。しかし、あのとき森山園を存続させるには、手立てがほかになかった。これからは、新しい商いも始めなければならないと思っていた。

「海苔を売ることは、まだ先でもよいと考えておりました。しかし……賊に襲われ、売り物の茶葉がほとんどなかったのです」

「茶葉がなければ、なぜ、本店に頭を下げて来ないのだね。なにもかも自分の裁量で事を収めるつもりだったのかな。応えなさい、仁太郎」

作兵衛が膝を乗り出した。

「それについては、私も同意いたしました。浅草海苔屋に相談を持ちかけたのも私でございます。仁太郎ひとりの責ではございません。勝手な振る舞いでございました。お詫び申し上げます」

「いいかい、暖簾分けの覚え書では、宇治茶以外は売らぬこと、罪人を出さぬこと、となっているんだよ。このふたつを違えてしまったのだから、しかたがないね。さ、店を潰すか、森川屋を名乗るか、選びなさい」

仁太郎は、二択を迫られながら、横浜で良之助から聞かされた話を思い出した。

「森川屋も決して景気はよくない。上得意が、幕府や大名家なのは知っているだろう？　そこへ、開港の際、早々に横浜に店を出した。これも痛かったんだ。幕府のお偉がたに、その付け届けやら、上納金やらもごっそり取られている」

異国との交易が軌道に乗り始めたため、ようやく息がつけるくらいにまでなったといっていた。少し酒が入っていた良之助は酔った勢いで洩らしたのだが、途中でふっと気づいて、いまのは聞かなかったことにしてくれといった。

良之助の話がまことなら、この際森山園をもう一度森川屋に戻し、二軒の主人に納まりたいと三右衛門は考えているのだろう。

さあ、と三右衛門が仁太郎と作兵衛を睨めつける。

仁太郎は、背筋を伸ばしてから頭を下げた。

「生意気を申し上げるようですが、どちらもいたしません」

「なんだと？　暖簾分けの覚え書に沿わなければ即刻——」

仁太郎は立ち上がった。

「では、森山園が襲われたとき、すぐに手を差し伸べてくださいましたか？」

むっと、三右衛門が唸った。

「本店だというのなら、店にすぐさま見舞いに来られたはず。それと、篠塚さまから伺ったのですが、恭三さまは無頼浪人に金子を渡してはおりません。ただ愚痴をこぼしていただけだと、居酒屋で他の客の証もとれたそうです。では、ひとりに三両もの大金を渡したのは、いったい誰でしょう」

「そんなことは、知らんな。森山園が恨まれていただけだろう？」

「未だ浪人者たちは吟味の最中と聞いています。三右衛門さま、奉行所に参りましょう。

悪事はなにかとほころびが出ます。詮議を受けてはいかがかと、森川屋からも罪人が出るかもしれません」

三右衛門が言葉に詰まった。

「では、覚え書は、森山園にも控えがございましょうか？」

「それは、本店にしかない」

仁太郎は、なるほど、と頷いた。

「こちらでは、たしかめられないということですね。支配役さん、お暇いたしましょう」

おい、仁太郎、と作兵衛は青い顔をしていた。仁太郎は三右衛門に背を向けた。

「おい、横浜店は私が金子を融通したことを忘れておらぬだろうな」

「忘れておりません。もし横浜店を潰すのでしたら、幸右衛門さんをお返しいただきたいです」

な、なんだと、と三右衛門は口をぱくぱくさせる。

「高津さまはおっしゃいました。本店を追い越すことも恩返しになると。商人にはそうした恩の返し方があると知りました。それが、森川屋に反旗を翻すことになろうとも」

仁太郎は、おろおろする作兵衛を促し、そのまま座敷を出た。

「思い上がるな。仁太郎！　待て」

三右衛門の怒声が聞こえた。

仁太郎は振り返ることなく、障子を閉めた。

四

作兵衛は、横浜店に戻り、仁太郎は森山園の番頭に昇格した。海苔の売り上げで、店を立て直したからだ。長次郎は番頭格になり、勘定役も兼任した。銀之助は手代の役付きとなり、仁太郎の補佐をお徳から命じられた。

お徳は、子のおさえを守ることだけに専念するといい出した。江戸を出たいともいっている。それでは、森山園が続かなくなると説得したが、やはり元夫に直ではないにしろ、酷い仕打ちをされたことが恐怖だったのだろう。しかし、その背後に三右衛門の影があったなど、とてもいえなかった。

「信じられるのは、肉親だけよ」

お徳はおさえから片時も離れない。

「でも、店は仁太郎に任せるからね、しっかりやってちょうだい」

そういわれても、奉公人を動かすだけでも大変だ。源之助や作兵衛は帳場に座りながらも、さまざまに目配りしていたのだということがようやくわかった。そばに幸右衛門がいてくれたら、どんなに頼りになるだろう。そう考えても詮無いことだ。

一方、京の都では、大変なことが起きていた。長州が、会津、桑名、薩摩と一戦を交えたのだ。京の町は火の海となり、翌日になっても収まらず、庶民たちは、どんどん焼けといって、長州に恨みを抱いた。

　この一件に激怒したのが、孝明天皇だ。幕府に長州征討を命じた。

　おきよが、森山園に駕籠を乗りつけた。

「お殿さまが、お殿さまが」

　仁太郎は、店に飛び込んできたおきよを抱きとめた。

まだ、店を開く前であったので、誰にも見咎められず、ほっとしたのも束の間、おきよがその場にしゃがみ込んで、泣き出した。

「長州の討伐に、お殿さまも参るとのことです。ほんとうに戦になるのでしょうか」

　阿部さまが長討に出る？　仁太郎も困惑した。

　興奮したおきよの泣き声が響き、奉公人たちがぞろぞろ出て来た。

「阿部さまのお屋敷のお方か」

　誰かがいった。仁太郎はおきよを落ち着かせるため肩に手を置いた。

「おきよさん、阿部さまはいまご老中のお立場。長州への派兵はあっても、お殿さま自らが兵を率いるということはないのではありませんか」

「でも、あのお殿さまですよ。京の都を焼いた長州は許せないと憤慨しておられました」

　仁太郎も困り顔で、おきよをなだめる。

「でも、公方さまがお命じになったら」

　きよ、どこだ、と大きな声がした。

大名駕籠が森山園の前で止まった。

するりと駕籠の格子窓が開き、顔を出したのは、阿部正外、その人だった。

「まったく、ひとり合点もいいところだ。わしは長州へ参るのではない。いまは、山積みの異国との話し合いでそれどころではない。奥が大袈裟にいったのであろう」

仁太郎は慌てて、おきよを促し、駕籠の前にひざまずいた。

「ご老中さま、このようなところに」

「ご老中などといわれると、背中がかゆくなるわ。それにしても、おまえの女房どのは早とちりでいかんな。喉が渇いた。茶を所望する」

いや、その、と仁太郎が振り向くと、奉公人たちが皆、ぽかんとしていた。


「先日、上洛してな」と、阿部は茶を喫しながらいった。

おきよは俯いて、はずかしそうにしていた。

「相変わらず横浜を鎖港するだのなんだのと揉めておる」

「横浜鎖港、でございますか？」

仁太郎は眼を丸くする。いまさら、横浜を閉じることなど可能なのだろうか。

「出来るはずがない。異人とて承知しておる。しかし、奴らには武力がある。強引に乗り込んで来るのだ。それに屈しては、我が国は清国と同じ道を辿ることになろう。それだけは避けたい」

だが、国内が一枚岩ではない。

「先日は、長州さまの上屋敷が打ち壊されました」

「それが、正しいことであるのかどうか。憎しみだけでは、物事を解決には至らしめられぬ。また上洛をせねばならんとは思うが、はてさて、いかようなことになるのか」

仁太郎は、ちらりとおきよを見た。申し訳なさを感じながらも、いわずにおれなかった。

「阿部さま、私を京にお供させてはいただけませんか。足軽でも、下男でも結構です」

阿部が、むうと唸った。

「なんのためだ？」

「宇治へ行きたいのです。この国の政が乱れているのは、私たち町人ではどうにもなりません。けれど、異国との貿易が始まり、暮らしはたしかに変わりました。これからを考えねばならないのは一緒です。私は商人として、森山園の番頭として、宇治の将来を考えたいのです」

お願いいたします、と仁太郎は頭を下げた。

森山園を出た阿部正外が店先に回された駕籠に乗り込む前、

「仁太郎、たまには、おきよに顔を見せてやれ。奥には、仁太郎はお店が忙しいだろうから、といっているようだが、その実、さびしそうにしておるらしいぞ」

おきよには聞こえないよう、仁太郎の耳許で、小声でいった。

「申し訳ございません。色々なことがございまして」

「わしに詫びてもどうにもなるまい。まあ、本日はおきよが騒ぎ立ててすまなかったな。わしにかこつけてまでお前に会いに来たかったと思えばよかろう」

阿部は、今度はおきよへ聞こえよがしにいった。

そんな、お殿さま、わたしは、とおきよが俯く。

「嘘だ嘘だ。おや、いかん。紙入れを忘れてきてしまったようだ」

では私が、という仁太郎を阿部が制して、「おきよ、通された座敷にあるはずだ。取ってきてくれるか」と、おきよに命じた。

おきよが再び店の中へ戻って行くと、阿部が手招きした。

「まだ、奥にも話しておらなんだが、女子というのはなにか察するところがあるのかもしれん」

仁太郎は、まさか、という顔で阿部を見る。

「いつお発ちになるのですか？」

「年が明けたら江戸を出る」

公武合体を望んでいる孝明天皇は、あくまでも攘夷決行だけはまげなかった。が、次第に発言力を強めていた朝廷は、将軍家茂の上洛も求めてきた。一会桑（一橋慶喜、会津、桑名）と呼ばれる在京の幕府勢力は、攘夷派の公家、浪士ら、そして江戸の幕閣とも距離を取り、朝廷上層部との癒着が甚しい。それらを牽制するため、同じく老中の本庄宗秀（じょうむねひで）とともに京へ上るという。

「それは、危険ではございませんか？」

「出向いてみなければわからんが、兵を率いていくつもりだ」

と、静かにいった。阿部は、なにを求めているのだろう。幕府の権威を取り戻そうとしているのか。

「大坂までは船で行くことになろう。しかし、番頭の源之助もいない。お前が店を空けることになるのは、構わんのか？」

仁太郎は、頭を巡らせる。長次郎もいる、銀之助もいる。奉公人たちも立派に育っていた。それに、お徳からは、二十歳の初登りを許されている。

「森山園の番頭として店の者たちを信じております」

「それはまた、お前らしい応えだな」

おきよが戻ってきた。

「お殿さま、紙入れはございませんでした」

うん、そうかと、阿部は首を傾げた。

「ああ、袂（たもと）に入っておった。すまぬすまぬ」

阿部はそういって、駕籠に乗り込み、おきよは、仁太郎を幾度も振り返って去って行った。阿部は、このことを仁太郎に伝えるために、わざとおきよを外させたのか。

仁太郎はすでに様々なことが起き、初登りの機を逸してしまっていた。宇治に戻り、現状を見て来なければ。阿部が京に上る。それを利用させてもらえばいい。

阿部の駕籠を見送りながら、身を翻し、店に戻った。

店に入るやいなや、奉公人たちから手荒に迎えられた。当然だ。おきよと仮祝言を挙げたことを知っていたのは、主人のお徳と亡くなった番頭の源之助、それと若衆の由吉だけだったのだ。

「怪しいと思っていたんだ」

「いつ想いを告げたんだ」

「あんな可愛らしい娘はお前にもったいない」

など、皆いいたいことをいっていたが、お店の家訓にふれるものは誰ひとりなかった。本来なら通いの番頭にならなければ、妻を迎えることは出来ないことになっている。

「ああ、うるさいわね。なんの騒ぎかしら」

お徳が店に出てきた。子どものひとりが、番頭さんが祝言を挙げた、といった。

「そのことなら、知っているわ。しかたないじゃないの。ご老中さまが仲立ちをしてくださったのだから、こちらではなにもいえやしないわ」

さ、静かにしてちょうだい、とお徳がいうや、皆は店座敷に座り、ぴしりと背筋を伸ばした。

「奉公人が店の中で悪ふざけしていたら、お客さまが避けて通りますからね」

一同は、はいと頭を垂れた。が、隣に座っていた銀之助が、「お前のせいだ」と、仁太郎を肘で軽く小突いた。

　お徳は、大戸を半分閉めるようにいった。手代たちがすぐさま立ち上がり、大戸を半分だけ下ろす。店の中が薄暗くなる。それでも、灯りを灯すほどではなかった。

「実はね、皆に聞いてもらいたいことがあるのよ。うちが横浜店を出すにあたり、隠居から預かった金子では足りず、本店の森川屋さんが七百両を用立てした。これを今月中に返済してほしい、それでなければ、横浜店を潰すか、横浜と江戸、どちらかを森川屋に譲れ、と遣いが来て三右衛門さんからの伝言を告げていったの」

　突然のことに奉公人たちの間に動揺が広がる。子どもの奉公人はまだ訳がわからないようであったが、悪い報せであることだけは感じているようだ。森川屋になったら、おいらたちはどうなるんだ、とここそこ頭を突き合わせていた。

　お徳が仁太郎を見る。お前はこれを知っていたのか、というような眼付きだった。

　仁太郎は、身を乗り出す。

「申し上げます。森川屋の主、三右衛門さまは、森山園から幸右衛門さんを引き抜きました。それが、森山園の江戸店にとって大きな痛手となりました」

「けれど幸右衛門は、自分からあちらへ入ったのでしょう？　あたしとの縁組みが反古になって、恨んでいたとも思えるし」

　奉公人たちがさらにざわつく。お徳と幸右衛門の一件を知らない者もいるからだ。

　お徳が、はいはい、と手を叩く。

「私は、七百両の価値が幸右衛門さんにはあると思います」仁太郎はいった。そうだ、あのとき横浜から帰る道すがら、幸右衛門を引き抜き「足りない分の返済はそれで無しにしてもよい」と告げた、と三右衛門はいったはずだ。が、体のいい口約束。しかし、このような形で返済を求めてくるとは、森川屋もかなり店の状態がよくないのだろう。

「仁太郎のいう通りです。いまさら、横浜店のために工面した金子を返済しろというのもおかしな話ではありませんか。そんな借用証文はありません」

長次郎がはっきりといった。さすがは勘定役を任されているだけのことはある。証文がなければ、金を返済せずとも構わないはずだ。

ただ、お徳は森川屋に対して強気に出てもいいものかとため息を洩らした。元夫、恭三のことを思い出したのだろう。

また、お店に嫌がらせをされるのではないかという不安があるようだった。裏で糸を引いていたのが三右衛門であったという事実をお徳は知らないにしても、その懸念はもっともなことだ。

お徳が写しをかざした。お上からの横浜店許可の書付けだ。そこには、森山園隠居太左衛門三百両、森川屋主人三右衛門七百両、と記されていた。

これが借用証文代わりであるということだ。ましてや、森川屋の出資金は森山園の倍以上。店を寄越せといわれれば従うべきか。

長次郎が、舌打ちした。

「しかし、森山園はこれまでそんなことは知りませんでした。それをいきなり認めろ返せというのも、無茶でございましょう」

「三右衛門さまのことだ。これは、ご隠居の遺志を尊重したもの。本店としてそれは叶えてやりたかったとでもおっしゃるのではないでしょうか」

仁太郎は長次郎とお徳を交互に見つついった。

ご隠居はもういない。そんなことは勝手にいえる。しかも、それは本店が暖簾分けした森山園を思ってのこと、と恩着せがましくいうことだって出来る。

「なら仁太郎、なにかいい知恵はない？　本店の三右衛門さんとは話し合いですませることは出来ないかしら。それに、七百両なんて、いまはとても無理よ」

いつも強気のお徳とは思えないほど、声に張りがなかった。やはり攘夷志士を騙った者たちに店が襲われたときの恐怖がいまでも残っているのだろう。しかも番頭の源之助まで、命を落としているのだ。

仁太郎の中にふつふつと怒りが湧き上がる。斬ったのは浪人者だとしても、それを仕向けたのは、三右衛門に違いないのだ――。

仁太郎はいきなり立ち上がった。

「ど、どうしたの、仁太郎」

お徳が眼を丸くする。

「私は、森山園に育てていただきました。このお店がなくなる、あるいは森川屋になるということは我慢なりません。番頭として、出来る限りのことをしたいと思います」

「なにをするというの？」

「七百両、三右衛門さまがぐぅの音も出ないよう、かっちり工面して参ります」

お徳が思わず腰を浮かした。

「そんなことが出来るの？」

「出来るかどうかはわかりません。こちらの誠意を見せることで、信用していただくことしかありません。銀之助、一緒に来てくれるか」

「おれが？」と、銀之助が眼を見開き、自分を指差した。

「このところの銀之助の働きには眼を瞠るものがある。客のあしらい、品の薦め方、茶の淹れ方もきれいだ。それとなにより、気後れしないところがいい」

「そうかな、なんだか照れるな」

「期待してるよ」

銀之助の肩をぽんと叩いた。

仁太郎の頭の中に、ある人物の顔が浮かんでいた。

銀之助に手土産の海苔と玉露を用意させ、仁太郎はすぐさま店を出る。

「なあ、仁太郎、いや番頭さん、どこへ行くんだよ」

「仁太郎で構わないよ。銀之助とは、元服も同じ年にやったんだ」

そうだったな、と昔を思い出すような顔をした。しかし、さほどの年数が経っていないことに、ふたりとも気づいていた。世の中の動きが速すぎるのだ。あちらこちらで、不穏な情勢を伝える瓦版が飛び交っていた。

「高輪に行くんだ」

仁太郎は、銀之助に応えた。銀之助が眼をしばたたく。

「これから会いに行く人は、まだ私も一度しかお会いしていない。受け入れてくれるかどうかもわからない。けれど、賭けてみる価値は十分にあると思うんだ」

「いい加減だな。そんな人に七百両もの大金を出してもらう気なのかい？　おれはてっきり、ご老中さまにお頼みしに行くのかと思ったよ」

仁太郎は笑った。

「まさか。ご老中に頼めるわけがない。お武家もご内証は大変だからな」

「いや、金子ではなく、三右衛門さまを諫めてもらうためだよ」

「それでは、事は収まらない。森山園は森山園で、事を鎮めなければ駄目だ」

銀之助が、急に番頭らしくなったな、と皮肉も込めていった。

赤羽橋に至る前から久留米藩上屋敷の火の見櫓が見えてくる。久留米藩邸には水天宮が勧請されており、この火の見櫓とともに江戸の名物にもなっている。

「それにしても、このところ人の通りが少ないな。本当なら、水天宮のあたりは、床店で賑やかなはずなのにな。やっぱり乱暴者が増えたせいかな」

「そうかもしれないな」

仁太郎が頷いた。

久留米藩邸の長い塀が尽きると、三田に入る。その先、大木戸の手前は車町といわれる。幕府の重要な品物を運ぶ牛車や大八車が多く並んでいた。

「まだ行くのかい？」

「高輪といったろう。伊皿子まで行くんだよ。それで、銀之助に頼みがある。なにがあっても、怒ったり、口答えしたりするな」

「しやしないさ。おれの得意なのは、人を持ち上げることだからな。この数年で、客あしらいは誰よりもうまくなったと思うぜ」

「それを期待しているんだよ」

仁太郎は笑った。向かっているのは、以前、三右衛門の茶室で会った徳川五人衆のひとり、仙波太郎兵衛の屋敷だ。幕府からの要請で、牛車と大八車を使い、遠方から江戸に米を運び、富を得ていた。

「徳川五人衆のおひとりだ」

「と、徳川五人衆！　御用達どころの騒ぎじゃねえ、上納金だけじゃなく、政の陰にも五人衆がいるって噂だ。雲の上の人たちだと思っていたけど、まことに会えるのか？ああ、驚いた」

と、銀之助は胸の辺りを押さえて、深く息を吸った。

「伺うことは伝えてある。大木戸の茶屋で休んでから訪ねよう」

銀之助は仙波に会うことで緊張しているのか、団子を喉に詰まらせてむせ返った。

仁太郎は銀之助とともに、高輪の大木戸の手前の道を折れ、伊皿子坂を上っていった。

伊皿子坂を上りきった少し先にある仙波の屋敷は、少禄(しょうろく)の旗本をしのぐほどの大きさがあった。仁太郎も銀之助も圧倒されながら、その佇(たたず)まいを見上げていた。あたりには、大八車が置かれ、腕っ節の強そうな男連中が、寒さのなかでも褌に晒(さらし)、半纏一枚の恰好(かっこう)で、山のような荷を肩に担いで威勢良く声を掛けながら働いていた。

仁太郎はその中でも、木箱の上に座って煙管(キセル)を吹かしつつ咳(せ)き込んでいる、温厚そうな初老の者に声を掛けた。

「咳(せき)がひどいようですね」

初老の男は、しょぼついた目を向けた。

「ああ、喉が痛くてよ。でも煙草はやめられねえんだが、へへへ」

「ならば、茶でうがいをするとよいですよ。お茶には喉の痛みを和らげる効能がありますから」

「はあん、そうかい。試してみるか。で、あんたら、なにもんだい？」

「失礼いたしました。ご主人の仙波太郎兵衛さまはいらっしゃいますでしょうか。私は、日本橋の葉茶屋森山園の番頭で仁太郎と申します」

「なんだ。葉茶屋かい。それでうがいしろってか、商売上手だな」

銀之助がすっと身を乗り出す。

「いえ、まことのことでございますよ。ぜひ試してみてください。もともと茶葉は、その昔、薬として用いられていたくらいですから」

初老の男は、へえと素直に感心して頷いた。仁太郎も驚いた。以前のやる気のない銀之助とは違っていた。お徳が、各人のやる気で、役にも付けるし出世もさせるといったのは、効果があったのかもしれない。銀之助は、きっと、茶についてしっかり学んでいたのだろう。やはり連れてきたのは間違いではなかったようだ。

「すみません、余計なことを申しました。それで、仙波さまは？」

「親方なら、お城へ行ってるな。もうそろそろ帰ぇって来る時分だと思うよ。ところで、あんたお店者の番頭にしちゃずいぶん若えな」

「いえ、たまたまでございますよ」

ははは、と初老の男は前歯の抜けた口を開いて笑った。煙草の煙がもわっと上がる。

「おお、ほれほれ、帰って来なさった」

駕籠が一挺やって来て、屋敷前に止まった。

仁太郎の姿に仙波の方が気づいたらしく、簾を上げ、顔を出した。

「先日は、美味い茶を馳走になった。あのあと大変だったようだね。人死にも出たと聞いた。もうお店は落ち着いたのかい？」

「おかげさまで」

と、仁太郎は腰を折った。

「で、わざわざここまで来たのは、どういうことだね」

「折り入って、お頼みしたいことがございまして」

ふうむ、と仙波は考え込んでいたが、若衆をひとり呼んで、仁太郎たちを屋敷へ案内するようにいいつけた。

客間は、五十人ぐらいが宴会を開いても十分な広さがあった。案内をしてくれた若衆が、「親方は、人足たちをここに入れて、ときどき宴席を張るのさ。いい親方だよ」といって、去って行った。

少しして若い娘が、茶を持ってくる。楚々とした品のある娘だ。下女ではなく、仙波の娘かもしれない。銀之助は少しばかりぼうっとして、その娘を眺めていた。

着替えを済ませた仙波は、「待たせたね」と、大きな身体を揺らしながら、どかりと腰を下ろした。

「私に頼み事ってのはなんだい？」

仙波は仁太郎を見据えた。

「森山園の茶葉を一手に引き受けていただきたいのです」

仙波が訝しむ。

「茶葉は、森川屋さんとの取り決めで運ばれてくるのではないのかい？　そんな勝手をすれば三右衛門さんが機嫌を悪くするだろう」

仁太郎は、それは承知の上だといった。

「森川屋はいまだに陸路を使って茶葉を運んでいます。このご時世では、いつ何時、滞るかわかりません。茶葉がなければ、葉茶屋はなりたちません」

ふふっと仙波が笑みを浮かべた。

「そういえば、三右衛門さんがとさかにきていたぞ。葉茶屋のくせに森山園が海苔を売り始めたとな。それも、お前さんが考えたのかい？」

「そうです。海苔も茶も、湿気を嫌います。私どもは浪人者に店を襲われた際、ほとんどの茶葉を失いました。苦肉の策ではありましたが、浅草の海苔屋さんも、日本橋で売ることが出来るならと快諾してくださいました」

「なるほどな」

仙波が腕を組む。

「では訊くが、茶葉を一手に引き受けてくれというのはどういうことだい？」

仁太郎は、横浜の元吉のことをまず告げた。

「横浜の元吉なら、知っているよ。伊勢屋さんの娘と祝言を挙げる手はずになっている」

「それは知りませんでした。元吉さんをご存じで」

仁太郎は素直に驚いた。元吉はやはり伊勢屋の主人に納まるのだろう。

「ああ、横浜の荷を江戸に運ぶことも多くあったからな。あいつと知り合いだとは知らなかった。森山園の横浜店にいたからかね？　ちょいとばかり変わり者だが、やはり茶にかけては、右に出る者がいないほどの才の持ち主だ」

異人に日本の茶を売り込めたのも、元吉の功績が大きいと、仙波がいった。

「おそらく、あいつは伊勢屋だけに収まるような者ではなかろうな。横浜の商人として、名を残すのではないかな」

「すでに、横浜では異人の間に名が通っておりました。とくにスミスさんという方と仲がよいようでした」

「ふうん、亜米利加国の商人だな。スミス・ベーカーという名だったかな」

仁太郎は驚いた。仙波は横浜のことも詳しい。

「ああ、すまなかったな。話が逸れてしまった。元に戻そう」

「すでに元吉さんに話を通しておりますが、森山園では、伏見から船で横浜に茶葉を運びます。そこから江戸までは陸路になりますが、それを仙波さまにお願いいたしたく思っております」

仙波が、若衆を呼び、煙草盆を持ってこさせた。

「舌の肥えている葉茶屋に茶を勧めるのはどうかと思うが、せっかくうちの娘が淹れたんだ。口をつけてやってくれ」

仁太郎と銀之助は、頭を下げて、湯飲みに口を運んだ。銀之助が「美味い」とひと言いった。たしかに、美味かった。宇治の玉露ではない。これは、と仁太郎は微笑んだ。

「伊勢茶ですね。元吉さんが調合した茶葉です」

ほう、と仙波が眼を丸くした。

「たいしたものだ。ひと口含んだだけで元吉の茶葉と知れたか」

「横浜で、茶葉の調合について学ばせていただきましたので」

仙波は煙管を取り出すと、ふうんと唸った。

「それと」

仁太郎は両手をついた。

「まだ、なにかあるのかい？　私はまだ引き受けるともいってはいないが」

「はい。必ずやっていただけると思っておりますので」

図々しいな、と仙波が笑った。

「それと、どうか七百両をお貸しください」

仙波は眼を剝いた。

「茶葉を運べ、はまだわかる。七百両貸せ、とは一体どういうことだね」

「返済ができないときには、森山園をどうしていただいても構いません」

「待て、おい、仁太郎だったな。主人の許しを得て、ここに来たのか？」

仁太郎は爽やかに笑った。

「まさか。私ひとりの考えでございます。森山園は必ず私が守り立てます」

銀之助までが隣で呆気に取られた顔をしている。

「どこからその自信が出てくるのかね」

わかりません、と仁太郎は応えた。ただ、自分を信じておりますのでと続ける。仙波が相好を崩した。

すると、銀之助が包みの結び目を解(ほど)いた。

茶葉と海苔だ。

「これを召し上がっていただければ、森山園はたしかな店だということがおわかりになっていただけると思います」

仙波は、煙管の雁首(がんくび)を使って、茶葉と海苔を引き寄せる。

「若えのにたいしたもんだな。そういう自信かい？　三右衛門さんには相談したのかね？」

三右衛門との経緯(いきさつ)を仁太郎は仙波に告げた。

仙波は煙管を手に持ったまま、膝の上に肘を載せて、身を前に乗り出してきた。

「なるほど。森川屋さんも商いが厳しいということか。うちが、徳川五人衆と呼ばれる商人だということは知っているだろう？」

「もちろんです。しかし、徳川五人衆であるからこそ、この先を見通していらっしゃるのではないかと思っております」

公方さまはどうなりますか？　徳川の世はどう変わりますか？　仁太郎は仙波に詰め寄った。

ふう、と仙波が息を吐いた。

「ただ、この先がどうなろうとも、仙波さまにうちの茶葉を運んでいただきたく思っております。森山園とのお付き合いを、ずっと続けていただきたいのです」

「なにがあっても必ず茶葉を扱っていくということか？」

「はい。仙波さまは荷運びで財を成したお方。万が一にも間違いはないと思っております。商人は信用がなにより。形はございませんが」

「三右衛門さんに裏切られても、そういえるのか？」

「同業は、いいときには手を組み互いに利を得られましょうが、追い落とすこともあります。けれど、仙波さまは荷運びが主。異なる商いであれば、どちらも利を得られると思います」

「幕府と繋がっている徳川五人衆と組めば、店の格も上がるということか」

「そのとおりです。森川屋を越える店にすることがいまの私の望みですから」

仁太郎は、はっきりといいきった。

「森川屋を越える、か」と、仙波は笑った。

「むろん、葉茶屋である以上、宇治の茶を広め、店を守り通したいと考えています。多くの奉公人もおります。皆、宇治から出てきた者ばかり。その者たちも番頭の私が守らねばなりません」

仙波が息を吐く。

「では私が七百両を貸さないといったら、どうするね？　三右衛門さんに頭を下げるかい？」

「下げません」

銀之助がすっと膝を進めた。

「番頭さんは、海苔の販売も始めましたが、茶葉不足を埋めるため、茶の香りと味を見極め、質は落とさぬように茶葉を混ぜ、安価な宇治茶の提供もしています。私は、まだ手代ではございますが、この番頭さんについていきたいと思っています。森川屋の看板に変わるならば、すぐに店を退くつもりです」

どうか、番頭さんを信じてください、と銀之助が頭を下げた。

「二年でお返しいたします」

えっと、仁太郎と仙波が眼を見開いた。

「それくらいで返せなきゃ、店はほんとうに森川屋にまるめこまれちまいます。もし返せなければ、仙波さまに店を取られたほうがましです」

仙波が、楽しそうに笑い、

「三右衛門さんは江戸を離れたよ。なにか江戸にいられない事情があるようだ」

仁太郎と銀之助が絶句した。七百両はどうなるのだ。

「江戸が危なそうだから郊外に引っ込むのだろうさ。本店は大番頭に譲り、横浜店も残している。それを考えれば例の金子は返さねばなるまいよ」

銀之助は、反故にはならないのかと肩を落とした。

「それにしても、若い奴らが雁首揃えて、えらそうなことをいうものだ」

よしっ、と膝頭を叩いた。

「おい、久蔵を呼んでくれ」

若衆が、すぐに飛んで行った。

久蔵は、最初に声を掛けた初老の男だった。

「うちの束ねだ。この爺さんに逆らう者はいない。私の親父の頃から一緒に苦労してきた。私のことを怒鳴れるのも、この久蔵だけだ」

仁太郎と銀之助は顔を見合わせた。

「おんや、さっきの葉茶屋じゃねえか。茶でうがいをしたら、ほんとに楽になったよ。茶ってのはすげえな。で、ぼっちゃん、どうしなすった」

久蔵はどかりと腰を下ろした。口には煙管を咥えたままだ。

まあ、聞いてくれと、仙波は久蔵に事のあらましを告げた。話を聞いた久蔵は、

「若いってのはいいねえ。無謀だが、気概があらあ。横浜からの茶葉か。おいらに任せな」

そういって、仁太郎と銀之助を、眼を細めて見た。

五

元治二年（一八六五）一月下旬、阿部とともに仁太郎は江戸を発った。仁太郎は阿部

付の下男ということになった。

おきよには、前夜、宇治に行くことを告げた。驚き、涙を浮かべたおきよを仁太郎は抱きしめる。その身体の温もりがいまも腕に残っている。宇治に行き、江戸に戻るのはいつになるのか、様子を見てからでないとわからない。宇治の茶園から森山園にもたらされた書状によれば、御茶壺道中の御茶師を務めていた者たちの茶園が荒れ果てているというのだ。

船に乗るのは初めてではないが、宇治から江戸へ下る際に乗った桑名宿と宮宿を繋ぐ七里の渡しと六郷の渡しくらいだ。幕府の軍船で、外海へ出るなどということは、そうそう経験出来ることではない。仁太郎は気分が高揚しながらも、甲板に出て波のうねりを見ているうちに、次第に腹の底からなにかが込み上げてくるような気がした。

「大丈夫か、仁太郎。顔色が悪いようだぞ」

「すみません、少々」

船酔いか、と阿部が笑った。それは仕方がなかろう。どこかで横になっているといい、といわれたが、仁太郎は首を横に振った。

「いいえ、私はご老中さまの下男ですから、お側を離れるわけにはまいりません」

「おいおい、わしがお前の世話をするのは勘弁してほしいな」

大丈夫です、と仁太郎は、生唾を吞み込んで、堪えた。

海は広く、青かった。これまで気にしたことはなかったが、この海の先には、遠く異国があるのだ。異国は、東にあるこの島国まで貿易を求めてやってきた。この国になにがあると思ったのだろう。この小さな国のどこに惹かれてきたのだろう。

「ご老中さま、異国はこの国を自分たちのいいようにしたいのでしょうか」

「それを食い止めるのが我ら幕府だ。ただし、もう攘夷は無理だ。開港地を増やせと、異国から求められている。その上、攘夷を決行した長州はいま朝敵になっている」

一橋慶喜、会津、桑名も、我ら江戸の幕閣を無視して勝手なことばかり、それでは、異国には対抗できない、と阿部はため息交じりにいった。

「戦が起きるということですか？」

仁太郎は、おずおずと訊ねた。

「わしは異国との戦はないと思うておる。彼らにとって、この国を倒すことは赤子の手を捻るようなものだと、誰もがわかっていることだからな。それよりも、我が国の乱れのほうが心配だ」

我が国の乱れ。長州征討のことだろうか。

「少しでも隙を見せれば、異国につけ込まれる。それだけは避けなければならぬ。此度も、異国との交渉がある。兵庫を開けということだが、異国嫌いの天子さまが、京に近い兵庫の開港を許すはずがない。気が重くてたまらんな。胃の腑が痛む」

そういいつつも阿部は笑った。

「それで、仁太郎。店のほうはどんな具合だ？　本店の森川屋にも留守の間を頼んできたのか」

「店は長次郎に任せてきました。実は、三右衛門さまが……」

「森川屋の三右衛門？　森山園を後押ししてくれていたのではないのか。横浜店を出す際にも力を尽くしてくれていると、生前、太左衛門がいっておった。三右衛門は信用出来るとな」

仁太郎は、唇を噛んで海を眺めた。

海鳥が鳴きながら空をゆうゆうと飛んで行く。白い羽が美しい。

「店同士のいざこざなので、このような話をご老中さまのお耳に入れるのは、非常に心苦しいのですが」

阿部は口許を歪めた。

「構わん、大坂まではまだまだときがある。ゆっくりと聞かせてもらおう」

「恐れ入ります」と、仁太郎はわずかに楽になった胃の腑の辺りを押さえつつ甲板に座り、話を始めた。阿部は軽く笑みを浮かべる。

「それで、徳川五人衆のひとりを味方につけたというわけか」

「味方、というほどでは……しかし、私たちの熱意だけはわかっていただけたのではないかと思っております」

水平線の向こうが、赤く染まり始めた。森山園の店半纏の色だ。

船内へ戻る阿部を見送ると、仁太郎は、舳先に向かった。風が身を切るように冷たい。

首をすくめつつ、次第に夜の帳が下りてくる空と海を見つめた。

船は先に進んで行く。もう後戻りはしない。仁太郎は見えない先を見つめながら、あらためて思う。

自分には、守るものが三つある。おきよと宇治の茶葉、そして森山園だ。

江戸を発つ前に、お徳が仁太郎を自分の居室に呼んだ。

「お前にいっておきたいことがあるの。おさえはまだ四つ。これから婿を取るまでにはまだ年月がかかる。お前にいっそ、太兵衛の名を継いでほしいと思っているのよ」

お徳は、突然のことに驚く仁太郎がなにかいおうとするのを遮った。

「これが、森山園の主人としての最後の言葉。宇治から無事に戻ったら、お前が森山園をおきよさんとともに守り立ててちょうだい」

「でも、お内儀さんは？」

仁太郎がやっとのことで言葉を発した。

「あたしは、そうねえ、横浜にでも行こうかしらね。江戸はどんどん物騒になってくる。うちみたいな店でも狙われるのだもの。なら、横浜店の隣に茶店でも建てて、異人相手に茶を淹れるのもいいかしらって」

子が出来て初めて知った。どれだけ、子どもが宝なのか。人が人の営みを続けていくには、子がいなければならない。

「お祖父さまもそう思っていたからこそ、利吉を産ませたのではないかしら。店の跡継ぎよりなにより、命を繋いでいく大切さよ。森山園にこだわっていただけじゃなかったのかもしれない」

横浜で利吉と仲良く出来るようになれたらいいと思うわ、とお徳はおさえを抱きながら、微笑んだ。

これまで見てきたお徳の笑顔の中で一番輝いているような気がした。仁太郎は、身体をぶるりと震わせて、船内に入った。


遠くに天保山が見えてきた。安治川口の港まではあとわずかだった。

仁太郎は、大坂で下船し、次は伏見へと船を乗り継ぐ。そのあとは、徒歩で宇治へと向かう。

「ありがとうございました」

甲板で、仁太郎は阿部に頭を下げた。

「お前と顔を合わせるのも、これが最後になるやもしれん」

阿部は、いつになく張り詰めた顔でそういった。

「太左衛門と初めて我が屋敷を訪れたのはいくつの時だったかの。立派になったものだ。いつの間にか、お前が森山園を支える要になっているとはな。おきよを大切にしてやってくれ。でないと、うちの奥は恐ろしいぞ」

「ご老中さま、今生の別れのようなお言葉は聞きたくはございません。必ずやまた私の淹れた茶を飲んでいただきとうございます」

「そうだな。お前の淹れる茶は、実に美味い」

「お約束でございます」

うむ、と阿部が頷いた。

「ただの旗本であったわしが、お前と出逢ってから、不思議と様々な役職につき、白河藩主となり、こうして幕閣に加わるまでになった。お前はわしにとっての福の神、いや、この混沌とした時代に老中となったことを思うと疫病神なのかもしれぬな」

阿部が軽口を叩く。

「私にとって、ご老中さまほど大事なお方はおりません。神奈川奉行であられた際も、町奉行でおられた時も、お力を貸していただきました。そしてこの度も、こうして、大坂まで――感謝申し上げます。それと、おきよのことも」

よいよい、と阿部は笑った。

阿部の姿が朧げに見えた。これは、きっと涙のせいだ。仁太郎はぐいと腕で目許を拭った。阿部には、感謝の念しかなかった。もう一度深々と阿部に頭を下げた。ご隠居が亡くなった後――様々に導いてくれた。それはまるで……。

「阿部どの、兵も明後日には到着するのでしたな」

もうひとりの老中本庄宗秀がやって来た。

「四千、か。どれだけ、一橋慶喜侯と会津、桑名、公家衆に圧力をかけられるかわからんが」

阿部と本庄は、朝廷寄りになりすぎた慶喜、会津、桑名を牽制するために兵を集め、上洛するらしい。それがどのような結果をもたらすのか仁太郎には皆目見当もつかないが、戦だけは避けてほしいと願った。

京の町は予想以上に荒れているようだ、と本庄がいった。どんどん焼けといわれた蛤御門の戦から、まだ立ち直ってはいない。焼け落ちた家屋がいくつもあり、美しかった都がいまや酷い有様になっているという。

「私は宇治の出ですが、やはり京の都にはあこがれをもっておりました」

仁太郎がいうと、阿部はうむと頷いた。

「そのようなことに江戸がならんとも限らん」

本庄が顔を歪め、そのための上洛なのだと、強い口調でいい放った。

江戸はもともと火事が多いとはいえ、幕府が開かれてからこれまで一度も戦火に見舞われたことがない。もしも戦になったとしたら、ひとたまりもない。江戸は百万の人々が暮らしている。密集した町家はすぐにも灰になる。犠牲者も相当数になるだろう。まだまだ大地震の被害も残っている。さらにいえば、江戸は物が集まる場所だ。そこがめちゃくちゃになったならば、金の動きは混乱を極め、諸色はさらに高騰するだろう。

自分は、店を守ることが出来るのか。

「ご老中さま、では私はこちらで失礼いたします。ありがとうございました」

仁太郎が三度頭を下げると、

「伏見には、土佐や薩摩の屋敷がある。決して気を抜くでないぞ。商人とて、疑われるやもしれぬ。気をつけて参れ」

「ご忠告恐れ入ります。それでは、ご老中さま方」

仁太郎は下船し、歩き出した。一度だけ振り返ると、阿部が甲板から仁太郎を見送っているのが見えた。

必ず、またお会いできましょう。仁太郎は心の中でいった。

宇治川だ。仁太郎の中に懐かしさが込み上げる。約十年。川の流れはなにも変わっていなかった。伏見に着くと、ともかく眼に入った宿屋に入った。寺田屋という名だった。

威勢のいい仲居が出てきて、どこから来たのかと訊ねてきた。江戸から上ってきて、これから在所の宇治へ初上りで帰るところだと応えると、こんな乱れた時勢のときに、大変だねと笑った。

仲居は仁太郎の足をすすぎながら、このあたりは昼もうろうろしちゃいけないよ、おたずね者がいるとか噂がたっているからね、すぐに怖い新撰組が飛んでくる、そういった。

「新撰組？」

「あんたはん、知らへんのどすか？　江戸ではそういう話は流れておへんのやろか。京都守護職の松平容保さまの配下どす。皆、腕に覚えのある者ばかりの集まりなんどすわ」

「はあ」

「もう、攘夷だの、尊王だのと揉めとる場合やおへん。皆、先のことを考えとります。この国を変えるゆうてね」

「この国を変える」

宿屋の奥から、「お龍さん」と声がした。

「はい、ただいま」

お龍と呼ばれた若い女は、ともかく気をつけて宇治まで帰るんだよといってくれた。

仁太郎は、この先のこと、この国を変えるとはなにかを考えた。けれど、なにひとつ思いつかない。このまま、徳川さまの世ではなぜいけないのか。では誰が政を行うのか。いま起きていることのすべてが、江戸まで届いてはこない。むろん、公方さまが二度も江戸を離れたことで、いまは京に政が移っているのは、なんとなくわかる。

この国を変える——。

若い仁太郎が聞いても惹かれる言葉だ。しかし、それを先導するのは誰なのだろう。変えることは、容易いことではない。葉茶屋一軒とて、商売の仕方を変えていくのは大変なことだ。それが国ひとつとなれば、どれだけの苦難があるのだろう。

宿で、宇治の実家へすぐに文をしたため、飛脚を頼んだ。

翌日、凍えるような寒さではあったが、日の出とともに宿を出る。仁太郎の世話をしてくれたお龍という仲居が「お気をつけて」と見送ってくれた。

息が白い。仁太郎は襟巻きをきつく巻き付けた。

この道を、御茶壺道中が通る。きらびやかで、いかめしく、大名行列も横に控えるほどの権威を持つ。幼い頃、仁太郎は毎年、御茶壺道中が見えなくなるまで見送ったものだ。

その度に、御茶師である上林家の当主に、からかわれた。

「お前は、御茶壺道中がほんとうに好きやなぁ。道中に加わりたいか?」

うん、と仁太郎は応えた。

「宇治一番のお茶を江戸まで運んでみたいよ。行く先々で、御茶壺は大事にされるんだろう?」

「ああ、なんといっても公方さまが喫される碾茶や。公方さまくらい偉い」

「宇治はすごいな、おいらもお茶は大好きだ」

道中を見送る仁太郎の心はいつも躍った。公方さまの口に入るお茶。宇治の茶は日本一なんだ、そう思っていた。

仁太郎が宇治橋の袂まで来ると、橋の向こう側で手を振る者が見えた。「仁吉」、その柔らかく懐かしい声音に心が締め付けられた。

母のお茂(しげ)だ。

「おっ母(か)さん、おっ母さん」

仁太郎は二十一の自分から、十二の頃に戻っていた。江戸へ奉公に出るときも母は、自分の名を呼んだ。その声は哀しそうでもあったが、仁太郎を勇気づける声でもあった。

「仁吉。よう戻った。よう戻った。道中、何事もなかったかい」

仁太郎は母の両手を握り締め、「ただいま戻りました」といった。お茂は野良着に綿入れ。仁太郎がいつ着くかと待っていたのだろう、手が氷のように冷えていた。

「ご老中さまとご一緒に船で大坂まで来たんだ」

「ご老中！　あんたそんな偉い人と付き合っているのかい？」

「いまは、店の番頭にもなったんだ。それに――仮祝言も挙げた」

お茂は、あまりのことに笑っていいのか、うれし泣きをするべきか困惑していた。

「ともかく、家に帰って江戸の話を聞かせておくれ。お前の好物の茶粥も作るよ。近所の人も親戚の人たちも呼んで、今夜は宴だ。お父っつぁんも張り切っているよ」

「皆、元気なんだろう？」

「ああ、兄ちゃんの分まで働くって、もう皆茶園を手伝ってくれているよ」

急に温もりが流れ込んでくる。

その夜は、森山園で持たせてくれた故郷への土産物を皆に配った。酒も江戸と違って美味い。だが、なにより母の手料理を仁太郎は堪能した。

宴は深夜まで続いたが、男たちだけになり、次第に話は茶園のことになった。

驚いたのは、御茶師たちが茶園から手を引き始めているということだった。なぜ、そうしたことになったのかと、仁太郎が訊ねると、わからないのかとばかりに従兄（いとこ）がいった。

「御茶師たちが扱うのは主に碾茶だ。ところがお武家という後ろ盾を、いまは失いかけている。もう先がないと見越して、御茶師を退く者がどんどん出ているんだ。御物（おもの）御茶師も十一あったが、それもいくつ減ったか」

「御茶師がいなくなれば、碾茶も御茶壺道中もなくなるじゃないか」

御茶壺道中？　と呆れたように従兄が首を振った。

「江戸は、そこまで能天気なのか？」

「これは、まだ噂だが、薩摩さまあたりにも、倒幕を唱えるお人すら、出てきているというよ」

「倒幕って、つまり公方さまを倒すということか？　政がまったく変わるということになるじゃないか」

「あくまで噂だ。だが、御茶師仲間たちは、幕府諸侯と永年付き合いを続けてきた。それが崩れれば、暮らしの元を断たれるも同然。それに、宇治は陸は大和（やまと）、水路は伏見へと続く。長州が起こした騒ぎのときには、ここいらも調べられた」

「このあたりにも関所ができるという話だ。物を運ぶのに便利だからな」

そうなのか、と仁太郎は唸った。

「ほら、暗い話はやめて、ね。誰か唄（うた）でもうたってちょうだい」

お茂が考え込む仁太郎に、笑いかけた。

宴は夜通し続き、仁太郎は寝不足の頭のまま、翌朝、御茶師の上林家を訪れた。上林家は、御茶師の頭取である。

門を潜って、仁太郎は一瞬で眼を覚ました。あの上林家が茶の小売りをしていたのだ。

「これは、どうしたことですか？」

仁太郎は出迎えた若い当主を思わず質した。

「反対する者も多くいた。我ら御茶師は武家とともに生きてきた。いまさら、庶民に媚(こ)び、茶の味もわからぬ者たちに売ってもしかたがなかろうと。しかし生きる道を模索することに恥などない。私はむしろ宇治茶が世に広まることを望んでいる。若い者は無謀だといわれるが、若いからこそ出来ることもある」

上茶園を潰して、煎茶園になっていくことは嘆かわしく、碾茶の宇治郷としては忸怩(じくじ)たるものがある。が、それも時勢。いたしかたなく、生きるためだと、仁太郎に苦しい胸の内を吐露した。

江戸の葉茶屋の番頭である仁太郎に、当主は訊ねてきた。

「江戸でも、茶を喫する者は多いのかな？」

「町中には茶屋がたくさんあります。ただ碾茶でなく、煎茶が主ですが。玉露を生み出したように、さまざまな嗜好(しこう)に応える茶葉が必要になると思いました」

「さまざまな嗜好に応える茶葉、か」

「それは、値のこともありましょう。安価な煎茶があれば、庶民にも行き渡りやすい。それといまは異国との貿易もあります。伊勢茶などは、異国でずいぶんともてはやされています。それも、売り込む者の力によりますが」

元吉の顔を仁太郎は思い出していた。

「なるほど。ほかの御茶師にも当たってみよう。皆、頭のかたい頑固爺さんばかりだが。もしよかったら、いくつか茶園をまわってみるといい。その窮乏ぶりがわかる」

仁太郎は、上林家当主に案内され、茶園を巡った。もちろんまだ芽の出る季節ではないが、茶畑の処どころが櫛の歯が欠けたようになっていた。これは、茶畑を売ってしまった跡だ。

愕然とした。斜面のどこまでも続く青々とした茶園の姿は、すでに失われつつあった。

「異国との交易も考えなくはなかった。しかし、これまでと同じ陸路では、このご時世では危険過ぎる」

仁太郎は、それなら大丈夫ですと応えた。

「伏見から船を使い、大坂で乗り継ぎ、横浜へと運ぶのです。ただし、茶葉は湿気を嫌いますので、しっかりと乾燥させた茶葉を作る工夫が必要です。横浜から江戸へは陸路で、仙波屋さんに届けていただきます」

「仙波屋というのは」

「徳川五人衆のおひとりです。荷運び業で財を成した方です」

「では、宇治からの茶の道は出来ているということだな。お前もまだ若い。そうして自ら道を拓いていくことが、私は大事だと思う。失敗したら、またやり直せばいい」

仁太郎は、上林家の若き当主に力強く頷きかけた。

「ああ、宇治田原に、奥田熊次郎という者がいるのだが、奴も宇治茶を異国に売ることを考えているようだ。そのための茶作りもせねばならないと、かねていっていた。どうだ、一緒に行ってみないか」

もちろん同行したいと、仁太郎は答えた。

横浜の現状や、元吉という異人相手に茶を売る男もいると伝えることが出来る。

仁太郎の宇治での滞在は思いの外、長期に亘った。その間、奥田と新しい茶の開発に努めていたこともあったが、とうとう戦が勃発しそうな気配になったためだ。長州征討の情報が流れ、まず藤堂藩により、関所が作られ、そのあとには大垣藩が警固に入った。宇治周辺の茶園は、建屋を含めて、減らされてしまった。宇治が物資の流通拠点になることを幕府は視野に入れ、警戒したのである。

宇治の者たちとて、戦など真っ平だ。夜も昼も、いつ兵火に巻き込まれるかと怯えていた。

仁太郎が宇治に戻ってから、約一年が過ぎた。その間、おきよと弥一、作兵衛に宛て、文を書いた。だが、この時勢の中、文が無事に届くかどうかも、定かではない。

時々、忘れた頃に返書が届く。仁太郎はその都度、ほっとして、隅から隅まで読んだ。

おきよからの文は念入りにだ。

江戸はさらに物騒になっていた。盗賊、辻斬りが横行していた。

ただ、おきよの文は必ず、自身を律して、やるべきことを為して、お帰りください、と結ばれていた。仕草は愛らしいが、やはり武家の女子なのか、一本芯が通っている。

暮らしを共にしたら、やり込められそうだ、と、仁太郎は少々不安に駆られる。

慶応二年（一八六六）の初夏、御茶壺道中の採茶使、茶坊主、奴、徒士、茶壺を載せた駕籠が宇治へとやって来た。以前に比べれば、人数は驚くほど少なくなった。それでも仁太郎はほっとした。御茶壺道中はまだ続くのだ。これが続く限り、安寧は保たれると信じていた。が、同年六月に二回目の征長が始まり、その最中の七月に将軍徳川家茂が薨去、十二月には孝明天皇が崩御した。

将軍の座についたのは一橋慶喜だった。慶喜は、家茂病死の後、朝廷に願いでて、長州再征を中止している。しかし、幕府にとって、孝明天皇の死は痛手だった。朝廷はますます存在感を増し、幕府瓦解の道へと進む。

仁太郎は、めまぐるしく変わる情勢の中、阿部のことを心配していた。長州の征討には出陣したのだろうか。その身が案じられた。

おきよにも文すら書けずにいた。きっと不安を抱えていることだろう。森山園も、どうなっているのかわからないのだ。仁太郎は、奥田に新しい茶の製法を任せた。

翌慶応三年の初夏を迎えた。

採茶使もいなかった。ただ、二条城にいる将軍慶喜に随行していた元数寄屋組頭の鈴木春碩が供を連れて宇治を訪れた。たったの三名だ。出迎えた御茶師たちは戸惑いを隠せなかった。こんなことは初めてだ。

「なにか手違いがありましたのでしょうか？　他の皆さまは」

上林の当主が訊ねた。

「おらぬ。わしと、この者らだけだ。さ、早う茶を詰めろ。明後日には出立する。それから茶壺を運ぶ者を用意せい」

「失礼ではございますが」

仁太郎は宇治橋の袂で鈴木に声を掛けた。

「私は江戸の葉茶屋の番頭で、仁太郎と申します。御茶壺道中は」

鈴木は、ふんと鼻を鳴らした。

「道中などであるものか。宿場人足を継いで二条城におわす上さまにお届けしたら、江戸まで運ぶことになっておる」

そんな。宿場の人足が上さまの、宇治の茶を運ぶ――。これが最後か。最後の道中なのか。

「私もお連れください。江戸店に帰らねばなりません」

鈴木は胡乱（うろん）な眼をして、仁太郎を見たが、いいだろうと頷いた。

粗末な駕籠が並ぶ。葵の御紋など当然ながらそこにはない。ぎっしりと茶葉を詰め込んだ茶壺は、駕籠から落ちないように、人足たちの手で、無造作に荒縄で縛りつけられる。

上林を始め、御茶師たちは茫然とする。まさかの光景に誰ひとり、声を発しない。

これが、これが、御茶壺道中なのか——。仁太郎もまた、信じられないという面持ちで出立までの様子を眺めていた。

鈴木は笠の縁を押し上げ、陽が降り注ぐ茶園を見渡している。

「春碩さま、出立の支度が整いましてございます」

供のひとりが声を掛けた。

「では、参るか」

鈴木が、身を翻した。宇治で雇った駕籠かきたちが茶壺を担ぐ。

哀しいのか、悔しいのか、乱れた心を抱えたまま仁太郎は上林に深々と頭を下げた。

「必ず無事に上さまの許へ参ります。おそらくこれがお届けする最後の、茶葉です」

もう二度とない道中への寂寥か、上林は、仁太郎の言葉を噛みしめるように聞き、そして目蓋を閉じた。

四名は足早に宇治橋を渡る。茶壺も揺られながら橋を渡る。

茶壺は、二条城に届けられた後、一路、江戸へと下った。

東海道を進みながら、仁太郎は幼い頃から見てきた御茶壺道中を思い返していた。

先代の上林春松と見送ったとき、江戸では弥一を連れ、おきよを連れ、出迎えに行ったとき――。一年に一度の逢瀬のような気分だった。

横浜の見慣れた風景が見えてきた。眼前が霞む。霞んだ先に、佇んでいる人影が二つ、見えた。

仁太郎は、手の甲で眼汗を拭う。幸右衛門と良之助だ。

「江戸まで無事に届けろよ」

良之助の声に再び眼の前が曇る。

「まかせておけ」

仁太郎は声を震わせながら叫んだ。

徳川の世は、これで終わるのだ。二度と御茶壺道中を見ることは叶わないのだ。

「のう、仁太郎とやら。お前は御茶壺道中が好きなのか」

歩きながら、鈴木に訊ねられた。

「あこがれでございました。宇治の茶の誇りでございました」

空を見上げ仁太郎はきっぱりといった。

「わしもだ。幾度か道中に加わってきたが、皆が茶壺に頭を下げる。おかしなものだと思ったが、それは泰平の世を作り上げた徳川の力とも思ったものだ。長い道中も苦ではなかった。どこの宿場でも歓待され、料理も豪勢でな。ははは、それが楽しかったのではないぞ。わし自身も、このお役目に就くことが誇らしかったのだ」

鈴木は遠い昔に思いを馳せるような眼をした。

「だが、これで茶壺も終わりだ。もうこの道中もない」

鈴木は、笑った。その笑いはどこかさびしげだった。

けれど、宇治の茶が役割を終えたわけではない。むしろ、大きな後ろ盾をうしなったいまこそ、本当の茶葉の味が、香りが試されるのだ。

おきよの顔が眼に浮かぶ。

これから、仁太郎は森山園の主人となり、太兵衛の名を継ぐ。そしておきよとふたりで森山園を切り盛りしていくのだ。

まだ、夜明けには遠い。それでも、仁太郎の眼の前には明るく輝く未来があるような気がしていた。


明治二十年（一八八七）春。江戸の名残りはわずかにありながらも、東京は大きく変わった。

「こら、三吉。待ちなさい！」

おきよが、横を走り抜けて行く末の息子の襟首を摑んだ。

「離せよ、遊ぶ約束しちまったんだから」

三吉は身を捩って、おきよから逃れると、店から飛び出した。

「おう、相変わらずだなぁ」

山高帽にステッキ、羽織袴、口ひげをたくわえた老人にぶつかりそうになった。

「もう、通りに飛び出したら駄目っていったでしょ。あいすみません」

おきよが頭を下げるや、老人は帽子を取った。

「太兵衛はいるかね、おきよ」

「ああ、お殿さま」

「いい加減に、お殿さまは止めんか。ご一新からもう二十年も経っておるのだぞ」

おきよは、そうですねと、白髪の交じり始めた結い髪を恥ずかしそうに撫で付ける。

「今日も、お散歩でございますか、阿部さま」

「うん。堀のあたりをまわってな、途中で喉が渇くとどうしても、ここに寄りたくなってしまう」

「どうぞ、こちらへ」

おきよが阿部をうながす。帳場には、十八になる長男の仁吉が座っていた。

「阿部さま、いらっしゃいませ」

「また、お前の父親の茶を飲みにきた」

「いつも、お待ちしておりますよ」

「なかなか、商売上手なことをいう」

阿部は履き物を脱いで、店座敷に上がる。おきよは太兵衛の居室に案内をする。

「お前さん。阿部さまがおいでに。いま、茶器の支度をして参りますので」

太兵衛となった仁太郎は、「いらっしゃいませ」と頭を下げた。

長男の仁吉が生まれた時に植えた桜が、いまが盛りと咲き誇っていた。

「美しいな。花を眺めながら、お前の茶を喫することができるとは、わしも運がいい」

「おそれいります」

太兵衛は、微笑んだ。

おきよが、煎茶の茶器を運んできた。太兵衛は早速、茶の準備を始める。いくつかの湯飲み茶碗を温めた湯を急須に移し、少しずつ均等に注ぐ。最後の一滴に茶のこくと美味さが凝縮されている。太兵衛は急須を振って、最後の一滴までを注ぐ。

「どうぞ、召し上がってください」

「ああ、いわれるまでもない」

太兵衛と阿部が、笑みをこぼす。

桜がひとひら、散った。

阿部は息を吐き、「やはりお前の淹れた茶は美味い」といった。

「ありがとうございます。そのひと言が、私をこれまで支えてきたのだと思います」

「さまざまのこと思い出す桜かな――か」

「芭蕉の句ですね」と、太兵衛は阿部を見る。

阿部は、慶応元年(一八六五)、仁太郎と別れを交わした後、四千の兵を率いて上洛したが、朝廷に将軍家茂の上洛を求められ、兵を引き、江戸に戻った。四ヵ月後に、家茂に従い千二百の兵とともに再び上洛。兵庫開港交渉に臨むことになったが、異国が幕府との交渉をせず、朝廷と直にやり取りすることになれば幕府は崩壊すると、阿部は危惧した。無勅許の開港もやむなしと主張したが、これに反対する一橋慶喜が交渉の延期をはかった。無勅許の咎で阿部は老中職を離れ、官位も剝奪され謹慎となった。

大政奉還後、戊辰戦争が勃発すると、旧幕側に立ったが、居城の白河城、次いで隠れ潜んでいた棚倉城も新政府軍に奪われ、阿部は逃亡した。東京と改称された江戸に戻って来たのは明治四年（一八七一）のことだ。

「まことにいろいろ、ございました」

「うむ、ありすぎるほどにな。随分とお前を振り回した」

太兵衛の髪にも白髪がちらほら見え始めた。

「そうだ、横浜はどうだな」

「ええ、お徳さまも祖母さまになり、利吉さまもおかげさまで店を広げました。なにより、元吉さんですが、大谷嘉兵衛と名乗り、いまは大谷商会という茶の買付け会社を営んでおります。茶王と呼ばれているとかで」

森川屋の横浜店は幸右衛門が主人となり、良之助は暖簾分けが許され、十年前には英吉利国にも渡った。

「茶王、か」

「徳川の世が停滞した時代ならば、明治は進歩の時代。これから日本がどのように舵を取るのか、楽しみではありますが」

「しかし、こうして生き長らえ、お前の茶を喫する悦びは変わらぬ。茶の美味さも変わらぬ。桜樹の美しさもな。変わらぬものは、無理に変えることもなかろう」

太兵衛と阿部は、庭の桜樹に眼を向けた。

「いつでも、お寄り下さい。まもなく新茶の季節がまいりますので、ご賞味いただけたらと思っております」

うむ、と頷いた阿部の姿が朧に消え行くような気がした。

阿部正外の訃報が入ったのは、それからまもなく、四月二十日のことだった。

太兵衛は、阿部のために茶を淹れ、静かに眼を閉じた。

謝辞　十四代目・上林春松様並びに宇治上林記念館に厚く御礼申し上げます。

著者

解説

縄田一男

近年、一作ごとに充実の度合いが増している梶よう子作品にあって——この解説を書いている時点での最新作、『噂を売る男』（PHP研究所刊）も正にそうした一巻だ。作品は、天下を揺るがす日本地図の海外流出、すなわち、シーボルト事件を新たな趣向で描いた時代サスペンス小説である。

主人公は、神田旅籠町で古本屋を営む藤岡屋由蔵。ただし、由蔵が商う物はもう一つあり、噂や風聞の類、すなわち、情報である。由蔵のお得意様は各藩の留守居役や奉行所の役人等々。しかし、ある日、幕府天文方の役人が逃げ込んで来た事から、由蔵の舎弟が命を落とす事に。

作品のテーマは、情報を制する者は天下を制するという極めて現代的なものだが、いい加減な風聞によって父を失った由蔵が自らに課しているのは真実を見極める事。時にハードボイルドタッチで描かれる由蔵の闘いには、思わずページを繰る手に力が入る。時を忘れる快作の登場である。

『お茶壺道中』は「小説　野性時代」一五八号から一七一号まで連載された『茶壺に追

われて』を加筆修正したものを改題し、二〇一九年三月、KADOKAWAから刊行された作品である。

　作者は第一章「葉茶屋奉公」冒頭で、宇治で生まれ育った、両親が茶園で働いている少年・仁吉が、江戸からやって来る御茶壺道中の見物に行く場面を紹介している。仁吉は、上さまが心穏やかな時を過ごす手助けとなるのが宇治の茶の役目と心得、その事を誉れと思っている。

　が、時は幕末、物語は仁吉のそうした変わる事のない思いと、変わっていく時代の有様を対比的に捉え、その中から仁吉が御茶師・上林家の当主に言った「将軍さまの世が続くかぎり、ずうっと道中も続くんだろう？」をモチーフとして進められていく。

　そして仁吉は、日本橋に店を構える森山園という宇治茶を扱う葉茶屋に奉公している。ここは、三代前にやはり葉茶屋の森川屋から暖簾分けされた店で、森川屋が本店という事になる。

　仁吉は、森山園の大旦那の太兵衛のお気に入りで、太兵衛は若さに似ぬ仁吉の茶に対する深い知識を憎からず思っていた。

　ここからは、森山園の人間関係や多彩な登場人物について触れなければならないので、解説の方を先に読んでいる方は、是非とも本文に移って頂きたい。

　さて、森山園には婿の菓子屋の三男恭三と一人娘のお徳の夫婦がいるが、この恭三が遊び好きのぼんぼんで、茶よりも酒好き。お徳も事故でふた親が逝ってしまった事から、商売に身が入らず、二人して芝居見物にうつつをぬかす始末。それでいてお徳は太兵衛が商売に口を出すのが気に入らず、太兵衛のお声がかりで元服した仁吉、以降仁太郎に何かと厳しくあたるのだった。

そんな折、仁太郎は、太兵衛につれられて得意先である旗本・阿部正外の屋敷を訪れる事になる。

この外国奉行から老中までを歴任する阿部と仁太郎との出会いは、否が応でも物語を幕末動乱の渦中へと引きずり込んでいく。

この他にも、仁太郎が面倒をみている弥一や、阿部の屋敷で手伝いをしているおきよらが登場し、物語としては森川屋の横浜出店や、お徳の父親が外で産ませた隠し子の存在などが今後どうなっていくか、予断を許さない。

次なる第二章「湊の葉茶屋」は、軽く済んだが、太兵衛が卒中で倒れ、以後、婿の恭三に名を譲り、一切合財店の事には口を出さないと決める話から始まる。隠居となった太兵衛、改名して太左衛門は、お徳の父親の隠し子・利吉の所へ向かう途中、卒中で死亡。利吉は十一歳になって森山園に奉公、「お兄さん方、どうぞよろしくお願いいたします」と堂々たる第一声を放つ。

また、横浜を目指す仁太郎一行は、当時、神奈川奉行の阿部の体調が優れず、ためにおきよを横浜まで同道させる事になる。

歴史的事件としては、和宮の降嫁、そして坂下門外の変等があるが、やはりここで最も迫力をもって描かれているのは、生麦事件であろう。仁太郎の道中と生麦事件をクロスさせたのは、いかにも作者の手柄で、臨場感あふれる中での仁太郎一行——特におきよと阿部との再会の場面は、作者会心のものであったろう。

そして利吉は横浜へやられ、父親の菩提を弔う、親戚に挨拶をしたら戻ってくると言っていた幸右衛門は、なんと森川屋の横浜店番頭となっているではないか。

第三章「変わりゆく茶葉」から第四章「将軍の茶葉」では、まず仁太郎の良きライバルとも言える元吉が登場。その一方で輸出の茶葉に混ぜ物を使う悪質な業者を追うサスペンスに満ちた展開となっている。

この章では、阿部正外が、今度は北町奉行から白河藩十万石の藩主となる。阿部はその祝いに駆け付けた仁太郎をつかまえ、おきよと仮祝言をさせる。

そして仁太郎が仮祝言の礼に、白河藩上屋敷を訪ね、

「将軍家の威光が保てなければ、御茶壺道中が消えます。それはすなわち、茶処宇治の誇りも失われることになります。この泰平の世さえも。私はそれが悔しくてなりません」

と言った時、阿部は、

「誇りを捨ててはどうかな。宇治の茶は天下一だとお前はいった。それはなにも上さまのお口に入るからだけではなかろう。お前は宇治の茶を多くの者に味わってもらいたいと思っていたはずだ。自身の茶を信じてやれ」

と答えた。

そして慶応三年、仁太郎は最後の御茶壺道中——それが御茶壺道中と言えるのなら——に立ち会うことになる。

幕末の動乱——決して長くはないはずだが、人々にとって、その先の見え無さと共に、これほど長く感じられた時も無かったのではあるまいか。

その中を、己の茶を信じ、まっすぐに歩いていった仁太郎の姿は、妻おきよをはじめとするその同伴者達とともに深い感銘を与えずにはいないだろう。

我が国の歴史・時代小説史上、御茶壺道中をテーマとした作品は、本書が初めてである。さらに個人と歴史をダイナミックに交差させる作者の手法は、一方で、一軒の葉茶屋から見た歴史という繊細さをもって、その歴史の日常すらをもあぶり出している。こんなはなれわざが出来るのは梶よう子ならではであろう。

本書は、二〇一九年三月に小社より刊行された
単行本を加筆修正のうえ、文庫化したものです。

お茶壺道中

梶よう子

令和3年 11月25日　初版発行
令和6年 9月20日　再版発行

発行者●山下直久

発行●株式会社KADOKAWA
〒102-8177　東京都千代田区富士見2-13-3
電話　0570-002-301(ナビダイヤル)

角川文庫 22919

印刷所●株式会社KADOKAWA
製本所●株式会社KADOKAWA

表紙画●和田三造

●お問い合わせ
https://www.kadokawa.co.jp/ (「お問い合わせ」へお進みください)
※内容によっては、お答えできない場合があります。
※サポートは日本国内のみとさせていただきます。
※Japanese text only

ISBN 978-4-04-111646-3　C0193

◆◇◇

角川文庫発刊に際して

角川源義

第二次世界大戦の敗北は、軍事力の敗北であった以上に、私たちの若い文化力の敗退であった。私たちの文化が戦争に対して如何に無力であり、単なるあだ花に過ぎなかったかを、私たちは身を以て体験し痛感した。西洋近代文化の摂取にとって、明治以後八十年の歳月は決して短かすぎたとは言えない。にもかかわらず、近代文化の伝統を確立し、自由な批判と柔軟な良識に富む文化層として自らを形成することに私たちは失敗して来た。そしてこれは、各層への文化の普及滲透を任務とする出版人の責任でもあった。

一九四五年以来、私たちは再び振出しに戻り、第一歩から踏み出すことを余儀なくされた。これは大きな不幸ではあるが、反面、これまでの混沌・未熟・歪曲の中にあった我が国の文化に秩序と確たる基礎を齎らすためには絶好の機会でもある。角川書店は、このような祖国の文化的危機にあたり、微力をも顧みず再建の礎石たるべき抱負と決意とをもって出発したが、ここに創立以来の念願を果すべく角川文庫を発刊する。これまで刊行されたあらゆる全集叢書文庫類の長所と短所とを検討し、古今東西の不朽の典籍を、良心的編集のもとに、廉価に、そして書架にふさわしい美本として、多くのひとびとに提供しようとする。しかし私たちは徒らに百科全書的な知識のジレッタントを作ることを目的とせず、あくまで祖国の文化に秩序と再建への道を示し、この文庫を角川書店の栄ある事業として、今後永久に継続発展せしめ、学芸と教養との殿堂として大成せんことを期したい。多くの読書子の愛情ある忠言と支持とによって、この希望と抱負とを完遂せしめられんことを願う。

一九四九年五月三日

角川文庫ベストセラー

角川文庫ベストセラー

大統領の首
妻は、くノ一　蛇之巻3
風野真知雄

かつて織江の命を狙っていた長州忍者・蛇文が、米国の要人暗殺計画に関わっているとの噂を聞いた彦馬と織江。保安官、ピンカートン探偵社の仲間とともに蛇文を追い、ついに、最凶最悪の敵と対峙する！

姫は、三十一
風野真知雄

平戸藩の江戸屋敷に住む清湖姫は、微妙なお年頃のお姫様。市井に出歩き町角で起こる不思議な出来事を調べるのが好き。この年になって急に、素敵な男性が次々と現れて……恋に事件に、花のお江戸を駆け巡る！

恋は愚かと
姫は、三十一2
風野真知雄

赤穂浪士を預かった大名家で発見された奇妙な文献。そこには討ち入りに関わる驚愕の新事実が記されていた。さらにその記述にまつわる殺人事件も発生。右往左往する静湖姫の前に、また素敵な男性が現れて——。

君微笑めば
姫は、三十一3
風野真知雄

謎の書き置きを残し、駆け落ちした姫さま。豪商〈薩摩屋〉から、奇妙な手口で大金を盗んだ義賊・怪盗一寸小僧。モテ年到来の静湖姫が、江戸を賑わす謎を追う！　大人気書き下ろしシリーズ第三弾！

薔薇色の人
姫は、三十一4
風野真知雄

売れっ子絵師・清麿が美人画に描いたことで人気となった町娘2人を付け狙う者が現れた。〈謎解き屋〉を始めた自由奔放な三十路の姫さま・静湖姫は、その不届き者捜しを依頼されるが……。人気シリーズ第4弾！